一十四洲

小蘑菇

审判日

Little Mushroom

一十四洲 著

北京联合出版公司
Beijing United Publishing Co.,Ltd.

人类利益高于一切。

2.14，野外，回程，采集异常真菌样本 1（孢子）。

✦

“我想死很久了，只是没想到临死前会遇到你这种温和的生物，小蘑菇。”

“没有第二个杜赛了。”

人的动摇始于第一次心软。

这座城市没什么好的，只有土豆汤还算不错。

要不是——要不是他的孢子总想靠近陆沨，他早就走了。

CONTENTS

✦✦✦ 目录 ✦✦✦

第一卷・审判日

第 1 章

你只是一只很小的蘑菇。

洞穴昏暗潮湿，被植物发出的微弱荧光照亮。

石壁上缠绕着藤蔓，墨绿，深紫，浓黑，像大团的、正在纠缠的蛇。

一只黑色的飞虫跌跌撞撞地闯入，它长着六只坚硬的翅膀，有三个口器。

下一秒，纠缠的藤蔓间忽然出现一个巨大的深紫色膨胀物，它迅速裂开，像张开了一张嘴，下一瞬间又合拢，将飞虫吞入腹中。

藤蔓群缓缓蠕动起来，膨起的那部分逐渐收缩，恢复原本的形态。

洞穴里响起仿佛翅膀扇动的声音，一滴黏液拖曳着半透明的细丝从洞穴顶端落下，啪嗒一声掉进地面黏腻的苔藓丛中，苔藓轻微地蠕动起来，这滴闪光的黏液很快被吸收殆尽，在地面上消失了踪影。

角落——被绿色真菌发出的荧光照亮的角落，岩石与土壤相接的缝隙里，一片白色的潮水涌出来，覆盖了大片的区域，是雪白的菌丝。它生长，蔓延，伸出数以亿计的触角，最后向着洞穴中央蠕动而去，合拢，聚集，拉长，一个形体出现。一只脚踏上厚实软腻的苔藓，苔藓陷下去吞没了它，只露出雪白的脚踝。

安折看向自己的脚踝——属于人类的肢体，由骨架、肌肉和血管支撑起来的肢体，关节可以活动，但因骨骼的限制而不灵活。角质层构成指甲，圆润透明，是退化的产物，来自兽类锋利的爪尖。

他抬起腿，迈出一步，先前因被踩而凹陷的苔藓丛湿凉且富有弹性，在他离开后重新聚拢起来，像竖立的蚯蚓。

这一次，他脚下踩到了别的东西，是一具人类骨骼的手臂。

昏暗中，安折望向那具骷髅。

真菌、藤蔓已经扎根在它骨骼的深处，髋骨、腿骨上缠绕着深绿的藤蔓，肋骨上生长着颜色鲜艳的细小蘑菇，像盛开的花朵。

荧光蘑菇从它空洞的眼眶和稀疏的牙齿里生出，绿色光芒像细碎的流沙，在洞穴的雾气中，很模糊。

安折看着它，看了很久，最后他俯下身去，拾起骷髅旁一个兽皮制成的背包。背包内部储藏的物品并未被潮气侵染，是几件衣服、人类的食物和水，以及一枚半个巴掌大的蓝色芯片，芯片上刻着数字——3261170514。

三天前，这具骷髅还是一个活着的人类。

“3261170514，”年轻的人类声音沙哑，断断续续，洞穴里幽绿的荧光照亮了他的面庞，“我的ID号。这是我的ID卡，拿着它我才能回到人类基地。”

安折问：“我能帮你回去吗？”

人类笑了笑，右手手指软垂下去放在身侧，芯片从他手中落下，隐入高高低低的苔藓丛中。他背倚着山壁，抬起头，左手按上自己的胸膛——那里有一道巨大的伤口，灰白色的骨刺从前胸穿透后背，周围的皮肤已经溃烂了，一部分是灰白色的，絮状的血肉覆盖着骨刺的表面，另一部分则显出墨绿的色泽，随着呼吸一起一伏的节奏不停地滴落灰黑的浊液。

他喘了几口气，轻声说：“我回不去了，小蘑菇。”

他的衬衫被血液染透了，皮肤苍白，嘴唇干裂，身体在不规律地颤抖。

安折看着他，不知道该说什么，最终只喃喃念了一声这个年轻人类的名字：“安泽？”

“你几乎学会人类的语言了。”人类低头望向自己的身体。

这具躯体上除了脓液、血迹，还有雪白的菌丝，那是安折身体的一部分。菌丝蜿蜒生长，紧紧附着在安泽四肢和躯干各处的伤口上，蘑菇的本意是为这个弥留之际的人类止血，但出于本能，菌丝同时也吸收、消化了那些流出来的新鲜血液。

“吃掉我的基因，就能让你学会这么多东西吗？这个地方的污染指数确实很高。”人类道。

零散的知识碎片在安折脑海里展开，五秒的转换后，他知道污染指数意味着基因的转化速度。现在，来自人类的基因正顺着安泽的血液流进他的身体。

“或许……等我死了，你把我的身体全部吃掉……还会获得更多东西。”安泽望着山洞的顶端，牵了牵嘴角，“那我好像也做了一件有意义的事情，虽然不知道这对你来说到底是好是坏。”

安折没有说话，整个身体向安泽的方向移动，他用刚刚长出来的人类手臂抱住安泽的肩膀，大量的菌丝涌过去，堆积在安泽身旁，为他支撑着摇摇欲坠的身体。

寂静的山洞里，只有濒死的人类喘息的声音。

良久，安泽终于再次开口：“我是个活得没有意义的人。”

“……没有任何出色的地方，所以他们丢下我……是很正常的事情。其实，不回人类基地，我很高兴，那里和野外一样，都是……有价值的人才能活下去的地方。我想死很久了，只是没想到临死前会遇到你这种温和的生物，小蘑菇。”

安折并不很清楚那些名词的意义，譬如价值，譬如死，他只是再次捕捉到了那个名词——人类基地。

他倚着安泽的肩膀，说：“我想去人类基地。”

安泽问：“为什么？”

安折微抬起左臂，手指在空中虚晃一下，像要抓住一朵虚无的空气，但他什么都没有抓到。

就像他的身体。

他的身体是空的。

一个巨大的空洞从他躯壳最深处出现，没有办法填满，没有办法愈合，随之而来的是无边无际的空虚和恐慌，这些东西日复一日地缠绕着他。

他用人类的语言组织着，慢慢道："我弄丢了……我的孢子。"

"孢子？"

"我的……种子。"他不知道该怎样解释。

每只蘑菇的一生中都会拥有孢子，有的有无数个，有的只有一个。孢子是蘑菇的种子。它会从菌褶中生出，随风散落到丛林中的任意一处，落地生根，变成一株新的蘑菇，然后，这只蘑菇也会渐渐长大，拥有自己的孢子。将孢子养育成熟是一只蘑菇毕生唯一的使命，但他把自己唯一的孢子弄丢了，在它远没有成熟的时候。

安泽缓慢转头，安折能听到他骨头转动时发出的咔咔声，他就像一台老旧的人类机器。

"别去那里，"人类的声音沙哑，语速加快，"你会死的。"

安折再次念出那个字眼："……死？"

"只有人类才能进入人类基地，你逃不过审判官的眼睛。"安泽咳嗽几下，然后艰难地喘了一口气，"别去……小蘑菇。"

安折茫然道："我……"

人类的手猛地抓住安折的菌丝，他用了很大的力气，喘息声越来越急促。

"听话，"一阵剧烈的颤抖和喘息后，安泽缓缓闭上了眼睛，他的声音很低，"你没有攻击力也没有防御力，你只是……一只很小的蘑菇。"

有时候，安折很后悔告诉安泽他要去人类基地这件事。

如果他没有告诉安泽，安泽就不会把最后的时间花在阻止他这件事上。

他或许还能听安泽讲一个故事，或许还能带他离开这个昏暗的山洞，最后一次去看天空中变幻的极光。但安泽的眼睛不会再睁开了。

短暂的记忆消散在空气中，就像安泽的生命忽然消散在这个世界上，安折眼前仍然只有一具雪白的骷髅。

但是，他还是要违背安泽的意愿。

——他缓缓张开五指。

掌心细腻的皮肤和浅淡的纹路上，静静躺着一枚黄铜色、金属质地的圆管形弹壳，很沉，上面有一些难以理解但绝不寻常的纹路——这是在他失去孢子的那个地方找到的，他从拿到起就没有放开过。

假如有万分之一的可能，他能够找回自己的孢子，那么这万分之一的可能就寄托在这枚弹壳上，而它是人类的造物。

轻轻叹了一口气，他将弹壳放进安泽留下的兽皮背包里，俯下身，捡起安泽曾经穿在身上的那些衣物——染血的灰白色长袖衬衫，黑色的硬质背带裤，黑色的皮靴。

做完这一切，他向山洞外走去。走动间略微宽松的衣服摩擦着他的皮肤，细微的电流从皮肤里埋藏的神经末梢传向中枢，第一次使用人类形体的安折并不适应。他蹙起眉头，挽起宽松衬衫的衣袖。

山洞长且曲折，洞壁上藤蔓堆积，它们相互推挤，在安折行经的时候潮水一样退去，盘踞在山洞顶端。

安折转了三道弯后，风吹了进来，很潮湿。蘑菇拨开从洞口垂落下来的枯藤。蘑菇，他的同类，在他的视野里，从近到远，一望无际。它们仿佛高到了空中，一切都很静，悄无声息。伞盖遮掩间，暗淡的天光照进来，天空是灰色的，闪烁着一些杂乱的绿光。安折闻见了雨水、雾气、蛇蜕和植物腐败的气息。

现在是傍晚，他在离山洞口最近的那株灰白色蘑菇的伞盖下坐下，从背包里拿出一张暗黄色的地图，地图上有深浅不一的色块，标志着不同地区的危险程度。安泽曾指给安折他们所处山洞的大概位置，这儿是整张地图上最黑的一块，意味着危险等级六星，污染等级六星的地段名字叫“深渊”。地图上，深渊所在的区域还被标上了许多奇形怪状的符号，安折循着地图右下角的索引挨个核对，那些标志的意思是，深渊里分布着密度极高的蘑菇、食人藤蔓、食人灌木、单纯型哺乳怪物、混合型哺乳怪物、爬行类普通怪物、爬行类剧毒怪物、有翼怪物、两栖怪物、混合类多态怪物、类人怪物……这些东西。同时，深渊里还有峡谷、丘陵、山地、人类废城、道路遗址。

上北下南，他的视线一路向上，在这片色泽斑驳的地图的右上方，有一个纯白色的区域，用一个鲜红的五角星标定，五角星的右侧写着这片区域的名字——北方基地。

天空的绿光越来越盛，底色也一点一点变深，直至变为漆黑。午夜时分安折勉强辨认出天空中星星的形迹，他知道最亮的那一颗叫作北极星，可以用来辨别方向。

于是他将地图左上角那个向上的箭头对准北极星的方向，踩着地上的朽木、落叶、菌丝与泥土，一步一步向外走去。

夜晚并不黑暗，天空中，那些变幻着的绿色光芒——人类称它为极光，照亮了前方的一切，安折的视野里只有蘑菇。

黄色的，红色的，褐色的，拥有硕大伞盖的蘑菇。

小的，在山石上密密麻麻聚集的蘑菇。

圆形的菌包，散落在地面上，成熟后，喷发出雾雨一样的孢子。

这些孢子落地，在潮湿的落叶与泥土中开始分裂，长成与它们的母体一样的球形菌包。

有的蘑菇没有伞盖，只有白色或黄色的触手，团在一起，或放射状分开，海草一样飘浮在空气中。

但这并不是一个只有蘑菇的世界，藤蔓、苔藓、灌木、食人的花朵和奇形怪状的树木，静静潜伏在夜色里。在植物的丛林间，一些黑影，一些奇怪的形体，兽类或人类与兽类的混合物，在丛林里奔跑、号叫、打斗，动物与动物打斗，动物与植物打斗，或植物与植物打斗。高高低低的号叫声击打着安折的鼓膜，石头和泥土里掺着各色新鲜的血迹，他目睹过一棵松树弯下树干，吞掉一条鳞甲漆黑、有两条尾巴的长蛇，也见过一只蟾蜍——巨大的蟾蜍，伸出鲜红色的长舌卷住空中一只背后长有人类手臂的蝙蝠，吞下蝙蝠后五分钟，一对黑色的翅膀在它布满疙瘩和黏液的脊背上长了出来，软软蜷着，这只是蘑菇所见景象的万分之一，他早已习惯了。

就在此时，一只灰色的兽类走了过来，它有四只眼睛，身上覆盖着鳞片、羽毛和绒毛，头颅像鳄鱼，又像巨大的狼，七颗牙齿露在嘴唇外，它凑近安折，血红色的鼻子在他身上嗅。

安折没有动，静静靠在一株蘑菇旁，均匀地呼吸着，直到他全身都被嗅遍。

巨大的怪物仿佛一无所获，拖着沉重的脚步转头离去。

安折意识到没有东西会注意到他，即使他使用了一具人类的躯壳——或许是因为蘑菇在这里随处可见，没有营养，也没有攻击性，其中一些还有毒。于是他和它们仿佛是两个世界的生物，相安无事。

或许就像安泽说的那样，他只是一只很小的蘑菇。

第 2 章

“你们要回北方基地吗?”

安折走了很久。

许多个黑夜和白天过后，他在地图上移动的距离只有人类小指的指甲盖那么宽，离北方基地却还有一整根手指那么长。他没有人类的交通工具，不知道到底还要走多久才能到那里。

终于，他嗅到潮湿阴暗的气息渐渐消失，也感到脚下的泥土也终于变得越来越坚硬。

傍晚，太阳像一只深红的眼珠沉了下去，远处连绵的黑色的山像眼帘接纳了它，阳光渐渐消失，暮色和极光一起浮上来，安折努力辨认地图上的字迹和符号。

他刚刚走过的那条干涸河流是深渊的边界，这道边界后，是一个叫作“第二平原”的地方。第二平原危险等级三星、污染等级二星，生活着大型节肢类怪物和啮齿类动物，不再长满蘑菇，植物以普通低矮灌木为主。

的确，深渊里高低起伏的地势、随处可见的裂谷，以及深夜里纠缠着的高大树影，在这里全都不见了。这个地方视野开阔，一览无余——平坦而一望无际的暮色。

但安折感到不安。

第二平原干燥的空气好像并不适合蘑菇生存，他找不到可以汲取营养的土壤，只能用人类的方式来恢复体力，比如睡眠。

于是他又走了很久，终于找到一片略微凹陷、上面零零散散生长着青黄色小草的洼地，抱膝坐下，找了一个合适的姿势蜷起来。

蘑菇的一生绝大部分时间都在睡眠中度过，但这还是他第一次用人类的姿势睡着。

蘑菇的睡眠是静静待在一个地方，等待时光的流逝，但人类的睡眠好像不一样。闭上眼睛不久，无边无际的黑暗就像潮水一样漫上来，他的身体变轻了，或者说他好像在渐渐失去自己的身体。

不知道是哪一刻，呜呜的风声从他耳边响起——是旷野里的风声，以前他最喜欢的东西。

但那些风声现在已经没有意义了，他弄丢了自己的孢子——当他在一片喜欢的旷野中打滚的时候。风声里会响起人类的声音，那些音节他记不太清了，只能想起其中很少的一部分，换成人类语言，也是断断续续无法拼凑的只言片语——

“很……奇怪，很……”

“……怎样？”

“取……这里……样本。”

下一刻，一种无法言喻的疼痛放射到身体各处。那种感觉很轻，但很深，一个空洞出现在他的意识里，永远、永远不能被填满，他知道自己从那以后失去了最重要的东西。

——恐惧在刹那间遍布他的全身，从那以后他开始害怕风声，住在洞穴里。

心脏咚咚跳动，一股恐惧忽然来袭——失去孢子那样的恐惧。

安折猛地睁开眼睛，他立刻意识到自己在做梦，只有人类才会做梦。下一刻，他的呼吸完全停止了。

他知道了那股恐惧的来源——一个黑色的生物站在他身前。

两只血红的复眼幽幽发亮，安折浑身紧绷，目光下移，巨大的——有一个成年人类那样长的——三对薄而锋利的镰刀形前肢闪烁着月光一样寒冷的光。

意识到这是什么东西之后，他的身体颤了颤，一种遥远的感觉，来自千万年前第一位先祖的战栗——蘑菇会死于一群白蚁的啮咬。

深渊里的猛兽或许对蘑菇不屑一顾，但第二平原的节肢类怪物可能将蘑菇视作难得一见的美食。

这个念头一出现，安折就下意识往旁边一滚！

一声沉闷的钝响，连地面都震了震，那只节肢类怪物锋利的前肢猛地插入他身旁的泥土里——那是他刚刚躺着的地方。

安折迅速抓起背包翻身爬起，向不远处的灌木丛狂奔，节肢类怪物密密麻麻的脚步声就响在他耳边。等声音稍小一些的时候，安折回头望，极光下，他终于看清这东西的全貌——一只巨型的黑色怪物，像放大了几千倍的蚂蚁。

好在这东西的身体看起来过于笨重，人类的奔跑速度胜它一筹，只要跑进前面的灌木丛里——

他摔了一跤。

就在这瞬息之间，他已经被怪物投下的阴影所笼罩，尖厉的风声中，那东西的前肢朝他的手臂砍过来。

安折的衣袖里忽然空了，布料软垂下去，它什么都没有砍到。

这似乎出乎怪物的意料，它顿了顿。

与此同时，菌丝在安折的衣袖里重新蔓延生长，再次组成一条完整的人类手臂。

他就地往下一滚，堪堪躲过怪物的下一击，然后用手臂撑地，扑进了低矮的灌木丛，两株粗壮的灌木挡住了他的身体。

但这不足以让他逃过这只怪物的眼睛。安折急促地喘了几口气，他的身体在这一刻开始变化，手臂、手指和其他所有肢体的轮廓都虚化了，有东西在下面涌动着，向菌丝的形状转变，准备以一个更加灵活的方式逃跑。

就在此时——

“砰！”

半空中划过一道白色的光芒，流星一般重重撞在那怪物头和腹部连接的关节上。

沉闷的撞击声响起后，白色光芒无声炸开，其中还夹杂着红色的火光。

安折伏在灌木丛里，眼睁睁看着这个巨大的东西从中间断成两截，轰的一声落在地上。

灌木叶子被震得簌簌响，落了安折一身，怪物的头就落在他身边不到半米的地方，血红的复眼仍然望向他。

安折在深渊里见过被砍成三截后，每一截仍然能够活动的生物，他正想起身离这东西远一点，忽然又听到了不远处的声音。

“最后一颗铀弹了，捡完尸体就回基地。”一个男人的声音，音质很厚。

“节肢类的壳不便宜，没想到最后还捞了一把。”另一个男人的声音，比上一个要尖细一些。

短暂的交谈过后，他们不再说话，脚步声传了过来，是厚底的皮靴踏在沙地上的声音，其间夹杂着沙沙的摩擦声。

——人类。

安泽死后，安折已经很久没有见过人类了，他悄悄从灌木丛里抬起头来。

灌木丛簌簌响。只听第一个说话的男人低喝了一声：“警戒！”

下一秒，三个黑洞洞的枪口就对准了他这边。

安折看着他们。

他不可避免地想起丢失孢子那一晚的混乱记忆，但安泽的存在又让他见到人类善良友好的特质。他思索了一下自己现在的处境，开口道：“你……

你们好。”

极光的照耀下，面前的景象一览无余，这是三个穿着深灰衣服的人类，都是男性。他们腰间束着褐色宽皮带，上面绑着弹匣，站在中间的那人身材高大，另外两人略矮一些。

中间那人正是方才最先开口说“最后一颗铀弹”的那个，他声音很沉稳：“人？”

安折迟疑一下，想起那个把怪物拦腰炸断的武器，他道：“是的。”

“叫什么？ID 号多少？你的队友呢？”

“安折，3261170514，失散了。”

那人皱了皱眉头，低头注视着他。他眉毛浓黑，眼睛黑白分明，鼻梁高，嘴唇厚，这样的五官组合在一起，并不会像深渊里的那些野兽一样让安折感到危险，他抿了抿嘴唇，回视。

三秒钟后，那人身边的另一个男人—— 一个矮小的黑皮肤男人，咔嗒一声给枪再上了一次膛，满含威胁意味，望着他，声音低沉，语速很快：“衣服，脱掉。”

安折从灌木丛中站起身来，解开灰衬衫的第一粒纽扣，然后是第二粒，领口的皮肤露了出来。他的皮肤是一种光滑的奶白，有一点像他的菌丝的颜色。

下一刻他听见第三个男人吹了一声口哨，那是个皮肤苍白透红、黄头发的人，脸上有很多褶皱，这种褶皱意味着人类的衰老。眼睛是灰蓝色的，眼角吊起来，正直勾勾地看着他。

安折低下头，解开剩余的纽扣，将衬衫脱了下来。

灰蓝眼的男人走近他，吹了第二声口哨，并开始上上下下打量他。

这人的目光非常黏着，像深渊里兽类的涎液，将安折打量一遍后，他又绕到他的身侧。

下一刻，安折的手腕被他捉起来，他的手指在安折手腕的皮肤上抹了一把，拇指摩挲着他的腕骨，微微尖细的嗓音问道：“这是什么？”

安折低头看自己的手背和手腕，上面有一些凌乱、不规则的红色痕迹，这是刚才为了躲避怪物的攻击而被灌木丛刮伤导致的。他转头，用目光示意身后的灌木丛：“树叶。”

接下来就是短暂的沉默。过一会儿，那男人咂了咂嘴，又道：“剩下的是你自己脱，还是我给你脱？”

安折没有动。

他大概知道他们要做什么，安泽的记忆中存在类似的场景。

怪物与怪物之间、人与怪物之间都会发生基因污染。初步确认一个陌生人是否被污染的方法就是检查他浑身上下有无伤口。

但背后那个人让他感觉不舒服，当他还是一只蘑菇的时候，蛇类游过他菌柄和伞盖的感觉就是这样。

于是他抬头看向那个第一个开口的男人，他在深渊见过很多凶猛的兽类，也会大致判断它们的危险程度。现在，他直觉这人的攻击性在三人中最低。

“霍森。”短暂的对视后，那个男人再次开口，声音很沉，“在野外别犯病。”

霍森嗤笑一声，目光更加放肆地打量着安折。

三秒钟后，那个男人对安折道：“跟我到后面去。”

安折顺从地跟着那人绕到那只怪物头颅的后方，他身上除了被灌木枝叶划伤的痕迹，确实没有其他任何伤口。

那人道：“和你队友失散多久了？”

安折想了想，回答：“一天。”

“你命很大。”

“这里怪物好像不多。”

“但虫子不少。”这人说话总是很简短，但也显得可靠。

安折扣好衣服的纽扣，看着他，小声问：“你们要回北方基地吗？”

那人回答："嗯。"

"那……"安折道，"可以带上我吗？我自己有吃的和水。"

"我说了不算。"那人道。

话音刚落，只见那个男人跨出去，看向另外两人："没伤，带上他吗？"

霍森笑了笑，抱臂看着安折，吹了第三声口哨，然后道："为什么不带？不多他一个。"

随即，他看向剩下的那个人："黑鬼，你说呢？"

安折也看过去，正对上那个黑皮肤男人阴沉沉的目光。

第3章

“小宝贝，别被恶心吐了。”

极光在地面上投下淡绿的光，这种光映照在那人黝黑的皮肤上，形成了一种奇异的幽绿色，像蜥蜴或者蟾蜍的表皮。

终于，那人开口：“我们不是审判官，不能确定他百分之百是人类。”

“话是这样说，”霍森抱臂，语调拖得很长，“第二平原污染等级才二星。”

黑皮肤男人又沉默半晌，道：“第二平原的平均变异时间是四小时，过了四小时才行。”

“行，”霍森道，“我们收拾完战利品，他还不变异，就带上。”

黑皮男人终于点了点头，随后，他们三人对视一番，似乎统一了意见。

“我叫范斯。”中间那个高大的男人转向安折，自我介绍道。

安折：“您好。”

让他感到有点讨厌的霍森也道：“霍森。”

余下那个被称为“黑鬼”的人沉默半晌，吐出几个音节：“安东尼。”

安折也对他说了一声“您好”，之后又道：“谢谢你们。”

“不谢，”范斯笑了笑，道，“大家都是人类同胞，而且我们刚死了一个队友，也缺人手。”

说罢，他走到旁边那只怪物头颅旁，指挥其余人道：“捡完尸体就走，动作快点。”

说着，范斯从背包里拿出一副手套、一把长匕首，丢给安折：“你去把腿卸掉。”

安折接住它们，乖乖应了一声，往前走了十几步，停在怪物的半截身体旁，戴好手套，开始观察它的身体。

节肢动物的体形很庞大，外壳本身是光滑的，但有些地方长着长而尖的毛刺或凸起的瘤突。他往下看向怪物的腿，一共有六条，细且长，分为三截，其上覆盖着密密麻麻的黑亮绒毛。

范斯和安东尼在另一边处理怪物的头颅，将它头部的外壳卸掉，让脑浆和其他液体流出来，然后刮干净内部。霍森在外围放哨警戒。

于是安折也拔出匕首，专心割着怪物的关节，大概花了五分钟，一个关节被割断，一条腿与怪物的胸腹分开，掉在地面上，断口处白色的像黏稠的脑浆一样的液体缓缓渗进黄色的沙地里。

他听见了霍森调笑的声音："小宝贝，别被恶心吐了。"

安折没反应，安静地继续割断一个关节。

他对这只怪物没什么感觉，甚至觉得它比深渊里生活着的那些动物干净多了。

但霍森似乎不打算放过他，脚步声在他身后响起。霍森走过来，右手按住了安折的肩头，手指在他肩膀周围滑动："宝贝儿，你今年多大？"

安折从他的语调里听出一种贪婪——兽类面对食物那样的贪婪。但在他有限的认知中，人类并不会以同类为食。

于是他平静地回答："十九岁。"

安泽今年十九岁，他吃掉了安泽的基因，所以他大概也算是十九岁。

"但你看起来只有十七岁。"霍森呵呵的笑声闷在胸膛里，用尖细中带着嘶哑的嗓音说。

安折蹙了蹙眉，不知道如何作答。

"霍森。"正在此时，范斯的声音从不远处传来，"专心放哨。"

霍森"嗤"了一声，手指又在他肩头捏了捏，这才踱步离开。

安折再次意识到人类中的每个个体可能都有不同的特性。比如安泽和那些挖走他孢子的人类不同，范斯又和霍森不同，他很感激范斯。

他低下头继续割关节，将每条腿分成三段，割完，再把它们整整齐齐码成一摞——这东西的外壳泛着金属光泽，硬得像石头，摞在一起的时候会发出清脆的撞击音。

当他把怪物的六条腿都卸下来的时候，范斯和安东尼也完成了对其头部的拆解，来到这半截身子旁边。范斯瞧了一眼地面上整齐码放的腿脚，笑了笑："你还挺认真。"随即又对霍森道："你把车开过来。"

霍森没说话，转身往外走。

安折站到一边，看范斯和安东尼对怪物的胸腹部下手。

他问："需要我帮忙吗？"

范斯戴着手套，手里拿着一个有人类小腿那么长的黑色钳形工具，道："你没怎么出来过吧？"

安折："……嗯。"

"那在旁边待着就行了。"范斯用钳子撬开怪物胸腹连接处的甲片，甲片的边缘不规则，和其他甲片连接处形成一根根锋利的黑刺，闪烁着灰冷的光。范斯道："这东西刺多，没经验容易被扎。第二平原的污染等级不高，但还是有可能感染。"

安折就乖乖往后退了几步，看他们绕着尸体各处拆解，一片又一片黑色外壳被掀开，白花花的内脏和组织淌了一地。

看着看着，沉闷的轰隆声响起来，安折望向自己的右手边，见一辆黑色长方形装甲车正往这边行驶，像个巨大的甲壳类怪兽——这东西他很眼熟，安泽以前所在的那个队伍有五辆这样的装甲车。

车开近了，霍森从车里跳下来，范斯头也不抬，道："你先帮他把东西抬到车上。"

安折"嗯"了一声，在地上捡甲片，然后小心用绳子将它们捆好，递给霍森。霍森接过来，将东西放进装甲车的储藏室。

庞大的怪物被他们越拆越小，安折捡起的甲片也越来越多。

正用绳子捆着一摞甲片时，他的动作忽然顿住了。

此时此刻，他手底下那片黑色的长有尖刺的甲片——尖刺顶端的表面有几颗细密的、液体凝成的水珠，暗色的，不仔细看很难发现。

他看向地面上内脏的污迹，确认这只怪物体内的所有液体都是白色、黄色或透明色的。

那这些暗色的水珠是什么？他想起了安泽临死前身体里流出的血。

于是安折朝范斯和安东尼处望去，那两人都在专心致志拆解尸体，神色平静，一切如常。于是安折只能当作什么都没有发生，重新低下头，将东西捆扎好。

很久以后，拆解终于完毕，那三个人似乎也确信安折不会突然变成什么要命的怪物。

范斯道："上车，回基地。安折，也来。"

一辆装甲车能容纳七八个人，内部也有供人休息的空间，被简单划分为三个隔间，但每个隔间都非常低矮和狭窄，人类必须弓着腰才能在里面走动。

安折被安排在最外面的那个隔间里，右手边就是车门，他枕着背包躺下，安东尼到前面开车，范斯在他隔壁，最里面的是霍森。

车门关闭，这里陷入黑暗，只有微光透过侧边的一扇小窗照进来。一阵摇晃过后，装甲车缓缓启动，平稳向前行驶，偶尔会有颠簸，但幅度不大。

安折睁着眼睛望着眼前的黑暗，他感觉自己正漂浮在黑色的潮水里，潮水裹着他流向北方基地，而他对那里一无所知。

微微的无措和茫然包围了他，他就这样在黑暗里静静待着。

小窗外的光线渐渐变强的时候，周围也略微明亮了一些。车停了，安折听见霍森起身，往外面走了几步，打开了连接驾驶室与休息室的闸门，走进去接替安东尼。安东尼则回到霍森原来的位置躺下，他的呼吸声很重，动作幅度也很大，休息室的地板都震了一下。紧接着，范斯问了一声“怎么了”，安东尼回答“有点累”。

又是很长一段时间过去，轮到范斯去接替霍森。

安折本能地蜷了蜷身体，他知道，这样一来，霍森将在他隔壁睡下，他感到不安。

但他的隔壁迟迟没有传出人类躺下的声音。

安折睁大眼睛，等着。

下一刻，窸窸窣窣的脚步声响起，一个人径直扑到他身上。

“宝贝儿……”霍森的声音压低了，很沙哑。他的双腿挤进安折腿间，胳膊搂着他的肩膀，安折几乎是反射性地挣动了几下，却被更大的力气按在地面上。“范斯那玩意儿不在……我知道你是做什么的，我跟过的佣兵队比他见过的都多。”

方才挣扎的那几下费了安折不小的力气，他喘了几下：“请您不要这样。”

“不要哪样？”霍森笑了一下，昏暗的环境里，他的笑容看起来很狰狞。

安折没有回答，霍森松开按着安折肩膀的那只手，去解腰带。他仅仅用一只手就能牢牢按住安折，这似乎让他感到极大的愉快，笑容的幅度越发大，语调粗鲁嘲弄：“宝贝儿，你这点力气能干什么？不会开车，用不了重武器，遇见怪物只能等死，你的队友带你出来干什么？干看着吗？”

他说着，掐住安折的脖颈，俯身靠近，长满胡楂的侧颊贴在安折的颈边，一股呛人的烟味传过来：“像你这样的小娼货我见多了……不过，这么漂亮的还是第一次，你原来跟的是哪个佣兵队？”

安折剧烈地喘着粗气，霍森紧紧压着他，湿热的舌头卷过他的皮肤。他偏过头，被烟味呛得咳嗽，右手在昏暗中不断摸索，终于摸到了之前范斯丢给他的那把匕首。

正在此时，隔壁的隔壁，安东尼所在的地方忽然传出巨大的动静，像是有什么东西被打翻在地。

“别急，黑鬼。”霍森大声笑道，“一会儿就到你了。”

但他这话好像没有什么效果，因为有脚步声往这边来了。

霍森低声骂了一句什么，把安折拽起来，抵在车壁上，用力扯他的衬衫领口。

安折不再反抗，他握紧手中的匕首，静静看向昏暗的过道，白色菌丝悄然在他身旁的地板上蔓延，似乎在酝酿着什么。

但下一秒，他的所有动作都静止了。

——一个有着人类躯干、背后却伸展出三对细长足肢的怪物拖着蜷缩的软翅从过道里缓缓走出来，两颗血红色复眼在它头顶幽然发亮。

这东西的皮肤是黑色的——安东尼皮肤的颜色。然而此时此刻，他那张人类的面孔已经扭曲变形，原本是眼睛的地方覆盖着密密麻麻的褐色鳞甲，鼻子向斜下方延伸成巨大的裂沟，嘴向外突起，中间伸出一根卷曲的长长黑管。

他停下脚步，翅膀的边缘在车壁上刮擦，发出尖锐的声音。

“安东尼，你在搞什么？”霍森不满的声音响起，“我可不爱被人看着。”

说罢，他又低头，安折身上一沉，感到有牙齿咬上了自己的肩颈，皮肤被齿尖碾磨，细密的疼痛泛上来。但他顾不得了，浑身绷紧，与那个安东尼异变而成的怪物对视。

一秒，两秒，三秒。

安东尼身后的翅膀微微振动，口器在空中翻卷。

“害怕？”伏在他身上的霍森似乎感到了他身体的僵硬，口中含糊不清地骂了一句，“你装什么？”然后死死掐住他腰身，重重在他皮肤上一咬。

就在这一刻——

翅膀振动发出的嗡鸣声传过来，安东尼六条细长的足肢下伏贴地，身体前倾，下沉蓄力，像一只细长的蜘蛛一样向他们这边奔袭而来！

风声在狭小的空间里响起，安折的瞳孔刹那间涣散，身体瞬间变化，切换为蘑菇本体柔软灵敏的状态，菌丝在车厢内漫卷，几乎充满了整个空间，短时间内挡住了安东尼的视线。

紧接着，安折突然感觉到身上的人体先是僵硬片刻，呛咳几下，而后四肢并用地慌乱起来："妈的，这是——"

他低头看，见霍森一口下去，咬断了无数根柔软的菌丝，呛进了气道和食管里，咳嗽时神情无比惊恐、痛苦。

与此同时，还有无数根菌丝被安东尼的前肢斩断，菌丝柔软易断，没有一点韧性，只能争取到不足五六秒的逃生时间。

安折估计了一下自己和安东尼的距离，迅速用菌丝卷好自己的衣物，穿过方寸大乱的霍森的身体间隙流动出来，恢复了自由。

他雪白的菌丝像雪白的潮水般涌向门口，在车门处变回人类状态，按下车门处的开关。

一声闷响，车门向外弹开，安折瞬间收回所有菌丝，伸出一只手用力拽着霍森的衣领向外一滚，两人一起跌下车，结结实实地掉进沙地里。

——这里至少比车厢那个狭小的空间要安全。

然而，不过片刻，安东尼也从车门处露出脑袋来，刺耳的嗡鸣声响起，他先是振翅飞到四五米高的空中，然后猛地向下俯冲过来——

安折在他往上飞起的瞬间就迅速爬起来，飞快向后方跑。

却见霍森只是目光涣散地仰躺在沙地上，安东尼锋利的前肢刹那间洞穿了他的胸膛。

——安折在深渊见过太多怪物捕猎和逃亡的手段，知道该怎么逃，他以为霍森也知道。然而直到鲜血溅出来的那一刻，霍森才像猛地回神，大叫一声，双手抓住安东尼的前腿，双腿疯狂地踢踹安东尼已经变成黑色长蛹的身体，试图后撤。

地面轰响，安折迅速转回头，看见原本已经开出去挺远的装甲车猛地急转弯，掉头朝这边疾驰——范斯终于发现不对了。

安折喘了几口气，拔腿就往装甲车的方向跑。

透过车窗可以看见范斯焦急的神情，车还没驶到，装甲车的车门就已经弹开，安折和装甲车擦身而过的时候，一双强有力的手臂猛地把他从地面上拽了起来，他配合范斯的动作钻进驾驶室，范斯把他往驾驶室的另一边快速一丢，“砰”的一声紧紧关死车门。

安折道：“他们……”

“救不了了！”范斯再次猛打方向盘，装甲车掉头开回原来的方向，油门踩到底，朝着北方疾驰。

安折靠在副驾驶位置的椅背上，喘了几口气，稍稍平复呼吸后，他看向后视镜——变异的安东尼和身受重伤奄奄一息的霍森正缠成一团滚落在地，安东尼抬起前肢，然后猛地下落，重重贯穿了霍森的腹部，将他的身体死死钉在地上。然后，这东西抬头朝他们的方向看过来。大约五秒过后，它似乎放弃了追逐装甲车，低头，细长的口器刺入霍森的头颅，霍森的身体在一阵抽搐后彻底软了下去。

车开得很快，不一会儿，他们的身影已经消失在黄沙、灌木之间，再也看不见了。

范斯道：“安东尼变异了？”

安折转过头去看范斯，见他的眼眶微红。

他低下头：“对不起。”

他还活着，范斯却失去了两个队友。

“对不起什么？”范斯勉强笑了笑，“我们出来干活经常死人，习惯了。说不定下一个死的就是自己。”

但安折确实觉得愧疚。安东尼被感染了——如果自己当时发现蚂蚁甲片上那几滴疑似人类血液的痕迹后将这件事告诉范斯，他们或许能提前发现安东尼被感染。

他低下头，把这件事说了出来。

范斯沉默了一会儿，声音略微变低："安东尼变成的不是蚂蚁，他可能之前就被感染了。我们碰见你之前遇到了一群变异的野蚊。"

安折问："然后……他又被甲片刺伤了吗？"

范斯望着车窗外，又是长久的沉默后，才道："第二平原污染等级很低，二星，被扎到和受轻伤不一定会被感染。但要是说出来，就一定会被队伍丢下，很多人受伤后都不会说。"

他声音低了一点："……因为想回家。"

安折问："那霍森呢？"

如果提前发现安东尼被感染，霍森或许不会死。

"你别放在心上，霍森死得不冤，"范斯点起一支烟，猛抽一口，"他干的缺德事不少，手底下至少有五条人命。这次要不是人手实在不够，我和安东尼也不会和他合作。他当时在干什么？欺负你了？"

安折没说话，范斯偏过头去看他。

暮色里，这个男孩的轮廓显得安静又平和，像颗晶莹剔透的水珠。这种人出现在险恶的野外，或许有不能言说的苦衷，但他没问。

同样，安折也不知道该和范斯说些什么，他在回想霍森死前那一幕。最开始的时候，霍森好像短暂地失去了神智，直到被刺才清醒过来。

在这之前霍森做了什么？

他咬了菌丝一口。

安折蹙眉，他其实不知道作为蘑菇的自己到底有没有毒。

现在他怀疑自己是个毒蘑菇。

一路再往前，植被更加稀少，一望无际的荒漠上没有其他任何生物，只有他们的装甲车孤独地行驶。

晚上，极光又出现在天空中的时候，范斯打算停车休息。他将烟头在方向盘上按熄，打开连接驾驶室和休息室的闸门，跳了下去，声音在黑洞洞的休息室里响起来："先睡觉，再开一天半就到基地了。"

安折也来到闸门前，为了视野开阔，驾驶室的位置很高，而为了给储藏舱节省空间，休息室的位置靠下，很低，和驾驶室相差一米多高，他得跳下去。

他站在那里稍稍犹疑了一下，仅仅是短暂的三秒后，范斯就好像看出了他的迟疑，道："你先坐在那儿。"

安折依言在边缘坐下，两条腿悬空，紧接着，范斯伸手扣住他上半身，把他扶了下去。

安折稳稳落地，小声道："谢谢您。"

"没事。"范斯笑了笑，声音透出一种缓慢的温柔，"我弟弟怕高，也经常这样。他跟你差不多大。"

安折努力摸索着人类交流的规律，试探问："他也和您一起来野外了吗？"

"嗯。"范斯说，"以前一直在一起。"

"这次没一起来吗？"

"死了。"范斯道，"两个月了，在基地门口被审判官杀了。"

审判官，安折第三次听到这个词了。

第一次是安泽，他在劝阻自己不要去人类基地，说"你逃不过审判官的眼睛"。

第二次是安东尼，他不想让自己加入队伍，说"我们不是审判官，不能确定他百分之百是人类"。

而在他所获取的安泽的记忆里，这似乎也是个出现频率非常高的名词。

于是他重复了一遍："审判官？"

"你不知道？"范斯声音挑高，带着讶异，"你到底是哪里冒来的？"

安折小声道："我以前不和别人打交道。"

"看出来了。"范斯拧开车厢壁一个旋钮，暗淡的白色灯光从墙顶亮起来，勉强照亮了这片狭小的空间。他从墙壁上的格子里取出干粮，安折也从自己背包里拿出食物和水，在范斯对面坐下。

"基地有个制度，叫《审判者法案》，然后就有了一个组织，隶属军方，等级很高，叫审判庭。审判庭的成员是审判官。"范斯道，"他们一般都在基地门口轮值，每个人都有杀人执照，杀人不会犯法。"

听完这句，安折依稀想起来了，他在从安泽处得到的记忆中找到了相关的东西。

他道："……他们判断进入基地的人到底是人还是感染者？"

范斯回答："嗯，除了能被看出来的那种感染者，还有一些看不出来。变异过程还没开始，或者变异等级太高，外表和人没区别，基地喊那种人叫异种。"

安折睁大了眼睛。

这样说的话，他就是一个异种。

范斯解开外套搭在一边，拧开水壶的瓶口，继续说："基地人口太密，异种进入基地后，会疯狂屠杀，接着就是大面积的感染。审判庭的责任就是判断每个进城的人到底是人还是异种，判断过程就叫'审判'。"

"那……"安折道，"发现异种以后呢？"

"还能怎么办？"范斯挑挑眉，"当场击毙。"

安折没说话，低头咬了一口压缩饼干，他刚刚学会用人类的方式进食，人类的食物对他来说有些粗糙，咽下去的时候口腔和喉咙会被划痛。他吃得很慢，但心跳很快。

缓了缓，他又问："真的能把所有异种都认出来吗？"

范斯灌了一大口水，靠在车壁上，闭上了眼，语气中带上一丝颓丧："谁知道呢？死无对证。谁都不知道被杀死的那些人到底是不是真的异种，我弟弟就是那样。”

安折没说话，范斯似乎答非所问，但他还是静静听着。

“他……那次跟我去第一平原，那里的污染等级比第二平原还低，我一直看着他，我能确认他没受过伤。”范斯笑了笑，声音却沙哑，“回到基地门口，那天当值的不是普通的审判官，而是他们老大，大家喊他‘审判者’。别的审判官杀人会给出原因，他不用。他杀任何人都不需要理由，也不接受抗辩，哪怕是基地的高层，杀了就是杀了。那天他就是那样，只看了我弟弟一眼，就开枪了。

“我不信，但没办法。这种事很多，他杀过很多人，基地里恨他的人太多了，不差我一个。说不定哪一天我也会被他打死。”

说罢，范斯望着自己的右手发了一会儿呆，然后将水壶丢在一旁，枕臂躺下，但眼睛还望着车厢顶。他终于回到正题，回答安折最开始提出的问题：“他们宁可错杀也不放过，要是真的有异种混进基地，肯定会被发现。今年一整年才发生一起异种袭击人类的事故。”

安折感到不安，为了掩饰这种不安，他闭上眼，用左手揉了揉眼睛。

范斯道：“去睡觉吧，小孩。”

安折就在他隔壁躺下，无论明天如何，至少今晚很安全，没有怪物，也没有霍森，只有一个对他很好的范斯。

睡下前他握着那枚弹壳，看向过道尽头的车门。

假如——假如现在他悄悄打开车门，下车离开，回到怪物丛生的旷野中，他仍然可以活着，不会面临审判，不会被当场击毙，他不知道自己能活多久，但一定比明天更久。

但是，孢子是比生命更重要的东西吗？

——是。

对于深渊的生物来说，死掉，是最微不足道的一件事。而在深渊外这短短的一天，他目睹了安东尼的变异和霍森的死去，人类的生命也并不珍贵。

安折闭上眼睛，他知道自己必须去北方基地。

第二天清晨，他们继续往基地方向开。因为只有范斯一个人驾驶，精力不足，他们的休息时间开始不规律起来，从这一天的下午开始休整，到第三天的半夜时分继续往北开，当极光开始暗淡，天空泛起白色的时候，范斯道："快到了。"

安折往前方看，早晨灰色的雾气里，一座圆形城市逐渐从地平线上显现出来。

城市，他知道这个词，人类聚居在城市里，就像蘑菇聚居在雨季。

装甲车继续往前开，清晨的雾气渐渐散开后，前方的更多细节显现出来。圆形的城市有灰色的钢铁围墙，像最高的蘑菇那样高，二十个人叠起来，一个人的脚踩着另一个人的肩膀，也未必能够翻过城墙。城墙上又伸出一些钢铁做的獠牙和棘刺，锋利、冰凉，像冬天的岩石和土壤。

城墙的边缘布满监视设备和激光装置，潜入者会立刻被发现，两座城门是唯一的进出通道，一座只能进，另一座只能出。现在他们所在的就是只进不出的那一座。

随后，安折看见不少类似范斯小队的人从四面八方开回来，他们有的轻装，有的穿着厚重的装备，手拿武器，四个人或五个人一队，驾驶类似的装甲车在划定的区域停下，然后下车走进城门，对车和人分开检查。

范斯先下车，安折抓着他的手臂从车里跳下来，他觉得范斯的手臂绷得有点紧，他想，这座城门或许唤起了范斯关于弟弟那些不好的回忆。

他们一起往城门走去，那里排了长队，队首有点骚乱，但看不清那里的情形，人们正在依次进入。

安折缀在范斯身后，往排队处走，边走边打量四周。

城门两旁站着身穿黑色制服的士兵，他们腰间别着两把枪——一把热武器，一把激光枪。他们身后是庞大的重武器，正对城门。可以想象，一旦有怪物试图入侵，就会被这些重武器炸碎。

环视四周后，他被一个黑色的身影吸引了目光——在远处城墙下一个空旷的位置，那人也穿着黑色的制服，似乎是个散漫、不守纪律的离队士兵，并不像他的同僚那样规矩地站岗，而是半靠着城墙，正低头缓缓擦拭一把黑色的枪。

但是，他身穿黑底银穗的制服似乎比起其他人要精致挺拔许多，又或许是身形比较修长匀称的缘故。

范斯往那边看了一眼，脚步不知为何加快了许多，拉着他径直往前走，就在他们即将汇入队尾的时候——

安折看见远处那人缓缓抬起了头。

黑色的制服帽檐下，露出一双冰冷的绿色眼睛。

刹那间，安折脚步猛地一停，感到周围寒意泛起，结了冰一样。

范斯回头道："你怎么——"

语声戛然而止。

一声枪响。

范斯高大的身躯在原地晃了晃，咚的一声倒地，他的眼睛大睁着，喉咙里咔咔作响，鲜血从太阳穴里漫出来，身体抽搐几下后，没有了任何动静。

可安折甚至没有办法伸手抓住他的一片衣角，也没有任何余裕思考方才片刻间到底发生了什么，只能抬起头和那名身穿黑色制服的军官对视，因为此时此刻那名军官正缓缓转动漆黑的枪口——

指向他。

第 4 章

陆沨，你不得好死。

范斯的鲜血在安折的余光里漫开，深红一片。排队的人们听到动静，也纷纷转头朝这里看过来，看到这一幕后，又神色如常地转回去，仿佛什么都没有发生过。

但范斯死了，一个人类就这样在人类基地的城门口被杀死了，没有人提出异议。

于是安折忽然意识到，这个人就是审判者—— 一天前范斯向他提起的那个人。

他是审判庭的主人，审判每一个进入城门的人是人类还是异种，他可以决定任何一个人的生死——无论是谁，不需要理由。

而现在轮到自己接受审判。

安折的心脏起先剧烈跳动了几下，被枪口直直指着的那一刻，他意识到自己真的会死。

但是望着审判者那双冰冷的绿色眼睛，他又渐渐恢复了平静。

来到北方基地是他必然做出的决定，那么接受审判就是他的结局，不论结果如何。

他在心里静静地数秒。

1，2，3。

枪声迟迟没有响起，审判者用枪指着他，缓缓朝这边走来。

排队的人们似乎默契地加快了速度，自发向前紧挨，片刻后，这个地方已经空空荡荡，只剩安折一个人了。

11，12，13。

安折数到第十四秒的时候，审判者来到他身前，无名指扣住枪柄，将枪口压低，然后，他收起了武器。

只听他道："跟我来。"

语调冰冷平淡，和他的眼神一样。

安折就站在原地等他走开，但是三秒之后，这人还没有动。

他疑惑地抬头看，然后听到审判者的声音比之前又冷了一分，说："伸手。"

安折就乖乖地伸手。

咔嗒。

他被冰得哆嗦了一下。

一副银色手铐一端扣在了他手腕上，另一端由那名军官拿着。

——安折就这样被牵走了。

奇怪的是，方才范斯被击毙的时候，排队的人们没有任何反应，现在他被审判者带走，他们反而交头接耳，窃窃私语起来。

安折只来得及回头望横倒在地的范斯的躯体一眼，就被拉进了城门。

一进城门内部，他就发现这并不是一个狭窄的通道，而是一片广阔的区域，被分割成好几个空间，各处都亮着雪白的灯光，灯光照在钢铁墙壁上，像冬天雪光映照着灰白色的页岩。

荷枪实弹的士兵以及重武器装备丝毫不比外面少，在重武器和士兵的严密包围中，有一张雪白的长桌，三个和审判者一样身穿黑色制服的军官端坐在长桌的后方——安折猜，他们就是审判官们—— 一个人类坐在他们对面。审判官正在问他："你和你的妻子关系怎么样？这次出城，她没有和你一起吗？"

从安泽的记忆里，安折得知，被感染的人类除了外貌、神态和行为习惯出现变化，神智和记忆也会受到影响，所以审问也是辨认异种的方法之一。

而带他进来的那人看了那边一眼，道：“快一点。”

坐在中央的审判官道了一声“是”后，望向对面的受审人：“你可以走了。”

那人像是劫后余生，脸上露出笑容，起身快速穿过城门通道。

于是安折知道，带他过来的这个男人确实是审判者无疑，而他说“快一点”也不是在催促审判官加快审问速度，而是表明，他在片刻之间已经判断出受审者完全是一个人类。

下一个受审者从排队处朝长桌走来，排队处和长桌的距离很远，中间有几台门状机器，某段路程设有转弯和上下坡，安折意识到这是为了尽量向审判官们展示受审者的动作特征。

但他来不及看到更多，因为下一秒他就被牵着拐了个弯，走进一条长长的走廊。

那人拿出一台黑色的通信仪器，道：“审判庭，陆沨，申请基因检查。”

安折猜中间那两个字是他的名字。

随即，一扇机械门在他们面前滑开，陆沨径直走进去，安折被拽了一个踉跄，也跟上。

这是个银白色的房间，不知名的机械装置从地面武装到天花板，六个士兵分散在房间各处站岗，房间一端的工作台后坐着一个金色短发、蓝色眼睛、穿白大褂的年轻男性。

“陆上校竟然会来这里，”这人推了推鼻梁上的眼镜，尾音挑衅地扬起，“您不是一向用子弹解决一切问题吗？”

陆沨冷冷道：“请配合，博士。”

博士看了陆沨一眼，似笑非笑。他起身，对安折道：“跟我来。”

跟他过去之后，安折被安排躺在一个银白色的平台上，四肢被机械手环和脚环固定住，博士道："不要动。"

紧接着，安折手臂一痛，他往那边转头，看见博士正从他的身体里缓缓抽出一管鲜红的血液。

博士道："你血液的颜色很健康。"

安折："谢谢夸奖。"

博士被他的回答逗笑了。

"血液送去做基因检测，检测时间一小时。全身增强扫描预计用时四十分钟，不要动。"

他的话音落下，银色平台上蓝光泛起，周围发出一阵低沉的嗡鸣声，没有方向，每一粒空气都是声音的源头。四面八方响起的声音让安折想起深渊里那些遥远的夜晚，远方大海发出沉闷的波涛拍打声，到黑夜最黑的时候，那个方向会传来不知名生物的号叫，无法用人类语言形容的波动席卷整片雨季的陆地。

电流像无数只蚂蚁在他身上爬动和撕咬，四十分钟对一只蘑菇来说并不长。但安折觉得这可能是他生命中的最后四十分钟，他很珍惜，认真看着天花板上的机械纹路。

不知过了多久，他听见外面陆沨道："瑟兰告诉我，你们的检查手段升级了。"

"您的消息很灵通，"博士道，"我们发现，人体产生变异时，DNA 中会有一些特殊片段被激活，我们把它命名为靶点。动物性变异和植物性变异的靶点是两个大类。改进后的基因检测由两个过程同时进行，一个是动物性靶点检测，另一个是植物性靶点检测，共耗时一小时。"

陆沨："恭喜。"

博士笑了一声，他道："上校，如果基因检查的耗时大大缩短，成本也降低，您的审判庭会不会歇业？"

"我很期待。"

“您真无趣。”

他们不再说话。

而安折望着银白的天花板，开始思索自己的物种是什么。

是蘑菇。

博士说变异分为动物性变异和植物性变异。

他觉得，首先，蘑菇不是一种动物。

其次，蘑菇好像也不属于植物，他没有叶子。

安折陷入了迷惑，他努力想把自己归进植物里，但又没有找到足够的论据。

思考这个问题用了他太长的时间，还没想出结果，蓝光就像退潮一样从他身边消失了。

“可以了。”博士的声音响起，机械环自动松开。

就听博士继续道：“上校，我能问一下你为什么带他来做基因检查吗？”

“不能。”

博士明显被噎了一下。

他扶安折起来，让他在一旁的转椅上坐下，并摸了一把安折的脑袋：“乖，在这里休息一会儿，我去看血检结果。”

安折就听话坐着。

而那位审判者上校坐在对面，依然用冰凉的绿色眼睛冷冷注视着他。那是一张年轻的脸，轮廓鲜明，帽檐的边缘，额头上，几绺黑发垂下来，压住斜飞的眉尾，眉梢眼角被这个房间镀了一层淡薄的冷光，刀子一样刮着他。

安折被这样一双眼睛盯得很冷，蘑菇怕冷。于是他把转椅转过一个角度，背对着上校。

他觉得更冷了。

过了很久，博士的脚步声才终于再次响起，解冻了这个房间："基因报告无异常，你们可以走了。"

几秒的沉默后，陆沨道："你们百分之百确定他是人吗？"

博士道："虽然可能会让你失望，但我们确实没有找到任何靶点，别的感染者和异种至少有十个以上。"

说完，他又道："你看，人家小朋友都不愿意理你。"

就听上校道："转回来。"

安折默默转回来。

对着陆沨的眼神，他有点闪躲，因为他真的不是人。

结果，连他这一点闪躲都不知道在哪里惹到了这位上校，冰水一样的声音响起来，道："你怕什么？"

安折一言不发，直觉告诉他在这人面前多说多错，说不定还会被揪住把柄。

终于，陆沨挑挑眉，道："还不走？"

安折就乖乖地跳下椅子，又跟着他离开了——这次他得到了自由，没有被手铐牵着。

在无人的走廊中，他们走了一半，陆沨忽然开口："看到你的第一眼，我直觉你不是人类。"

安折几乎心脏骤停。

足足反应了三秒，他才道："那……第二眼呢？"

"这是我第一次申请基因检查。"上校伸手，将基因检查的报告单递到他眼前，"你最好是。"

安折只能默默接下证明自己一切正常的单子，一时之间，银白的走廊里只有他们单调的脚步声。

临近出口是一个转弯，他们迎面撞上一支队伍，为首的是一位身穿黑色制服的审判官，那位审判官后面，两个重装士兵押着一个男人走过来，旁边还有一个面容狼狈、身材高大的短发女人。

那位审判官看到陆沨，道："上校。"

陆沨看了那个被押住的男人一眼，被他一看，男人喉头痉挛了几下，大声道："我没有被感染！"

审判官在原地立定，对陆沨道："高度怀疑感染体，但无决定性证据，家属强烈要求进行基因检查。"

陆沨淡淡"嗯"了一声，而士兵押着那个男人继续前进，和陆沨擦肩而过，就在此时——

"砰！"

陆沨收枪，头也不回往外走去："没有必要。"

男人的尸体刹那间往前一栽，被士兵拖住。跟随着他的女人尖叫一声，软倒在地。

安折转头看陆沨的神情，他的目光那样冷漠——安折从来没有见过这样的眼神，他知道安泽总是温柔，范斯平和宽厚，霍森充满贪婪，安东尼全是戒备，但陆沨不同，他的眼里什么都没有。

安折想，对于审判者来说，杀人可能是比呼吸还要正常的事情，他不会因此有任何情绪的波动，因为他早已看惯了。

安折很快和陆沨一起来到走廊的出口。

出口处，两个简装士兵带着一具覆盖着白布的尸体正在等待他。

安折知道那是范斯。

他眼前一片朦胧，向前一步，想要揭开那面白布，再看一眼范斯的面容，却被士兵拦住了。

那名士兵伸手将一枚蓝色芯片递向他，语调平稳："AR1147 佣兵队确认无人生还，装备物资由基地回收。战利品折算货币，已与抚恤金合并向家属发放。请认领遗物。"

安折问："你们要把他带去哪里？"

士兵回答："焚化炉。"

他身体轻轻一颤，迟迟没有去接那枚ID卡。

陆沨的声音响起："你不要吗？"

安折没有说话。良久，他抬头望向陆沨："他真的……没有受伤。"

在那双冷绿的眼眸里，他看见了自己的影像——微微睁大的眼睛，一种平静的哀伤。

陆沨仍是面无表情，仿佛这一切都与他无关。然而，当安折以为这人下一刻就要转身离开的时候，却见他上前了一步。

黑色枪托挑开白布的边缘，露出的部位是范斯的右手。

安折半跪下去看，无名指的指尖上有一个微小的红点，像最微不足道的刺伤，然而在红点的边缘却正缓缓渗出一滴不祥的灰黑色浊液。

他怔住了，刹那间，那些场景浮上心头。

蚂蚁的甲片上有人类的血迹——就在那一天，范斯告诉他，有的人之所以会隐瞒受伤的真相，是因为在污染等级低的地方受伤后仍然有可能不被感染，而那个人想要回家。

所以，所以——蚂蚁甲片刺伤的那个人不是安东尼，而是范斯。

安折难以呼吸，手指颤抖，他接过范斯的ID卡，放在贴身的口袋里，转头去看陆沨，身边却是空的。

他站起来，望向外面，只见一个削拔的黑色背影，在城门口灰色的天幕下渐渐远了。

片刻过后，他身后突然传来响动，他回头，见是方才那个同伴被杀的女人，她跌跌撞撞地冲出来，又被士兵拦下。

"陆沨！审判者——"她身体拼命挣扎，撞向前方，在空气中挥舞手臂，声嘶力竭，"你不得好死——"

沙哑尖厉的声音不断从她胸腔里爆发出来，在建筑内部层层回荡，但她连审判者的一个回头都没有得到。

四周渐渐寂静下来，两具尸体被依次运走。空旷的过道里，只有女人断断续续的哭声。

*

直到很长一段时间过后，墙边的女人才停止了啜泣。她双眼通红，头发凌乱，倚墙看着远方天幕，一言不发，像一滴树叶上的水珠，一碰就会碎掉。

安折小心地问道："您不走吗？"

她摇了摇头，声音沙哑："那个死的，和你是什么关系？"

安折用了很久才在记忆里找到合适的词语："我的……朋友。他救了我。"

"我男人也救过我。"她说完这句话，头就深深垂了下去，肩膀和脊背抖动着，偶尔发出一两声哭泣一样的气音，再也不开口了。

安折手中紧紧握着属于范斯的那枚ID卡，他的心脏——那颗属于人类的心脏处传来一种沉闷的感受，当他是一个纯粹的蘑菇的时候，从没有过这种感受。

这种感受终于消解一点的时候，他才找到力气，跟着远处人流的方向，抬腿走向通道外。

城门通道的末端是一排机器闸门，安折选择了最左侧那道。他走过去的时候，一道柔和的机械女声响起："请出示ID卡，注视摄像头。"

安折将属于安泽的那枚ID卡放在闸门右端平台白色的亮光处，然后抬眼望向前方的黑色摄像头。

"ID3261170514，姓名：安泽。籍贯：外城6区。离城时长：27天。"

摄像头发出一声轻微的响动，白色亮光变为绿色。

"人脸识别通过，欢迎回家。"

叮的一声响，闸门升起，安折走了出去。

上午刺眼的阳光让他眯了眯眼睛，三十秒后才缓过来，模糊的世界恢复清晰后，一座庞大的灰色城市出现在他眼前。

他身边是大片空旷的地带，地面上用刺眼的绿色油漆写着“缓冲区”三个字，视线往前，人类的造物拔地而起，高大的水泥建筑铺天盖地，比安折所见过的最高的植物都要庞大，仿佛随时都会倾倒。它们矗立在那里，拥挤着，层层叠叠，挡住了他的视线。他往上看，橘红色的太阳一半隐没在最高的那座建筑后，另一半露出来，像一滴稀释了的血，下一刻就会沿着墙壁淌下来。

安折转回头，和他一同从城门口出来的人被机械闸门分散开，出门后又自发聚拢在一起，往同一个方向走去。安折跟着他们往前行进，几百步后转过一个弯，指示牌上写着四个字“轨道交通”，一辆列车停在轨道上，车身写着“入口—1 区—3 号供给站—5 区—8 区—城务所—出口”。

他跟随人流上车，在略显空荡的车厢里找了一个角落位置坐下，前座是两个健壮的男人，正在小声交谈。

“从 3 号盆地回来？你们这次豁出命去了。”

“死了六个人。”

“还行，回本了吗？”

“军方还在核定，我觉得我下辈子都不用再去野外拼命了。”

“嚯。”

“我们进了 411 号废城的一所学校，全是变异植物，没人敢进。”那人笑了笑，“我们进去了，在图书馆资料室里撬了三块硬盘，无价之宝。就看里面存的东西有多少价值了。”

安折安静地听着，他听不太懂，但知道前面那个男人很高兴，于是他也高兴了一点。

他知道高兴的人往往不介意帮助别人，于是他喊了一句：“先生。”

那人头也没回，道："怎么了？"

"6 区怎么去？"

"供给站转 2 号列车。"

"谢谢您。"

五分钟后，列车开动，机械声音报着站台名字。安折对一切都很陌生，几经波折和问路后，他终于在供给站上了 2 号列车，然后在正确站点下车，到了 6 区。

安泽的 ID 号是 3261170514，这串数字不仅是人类身份的证明，也代表着他的住址，在外城 6 区 117 号建筑，门牌号 0514。

但是，刚下车没多久，他正试图找人问路时，忽然被一个年轻男孩拉住了："你好，朋友。欢迎下车，你介意了解一下我们吗？"

安折还没来得及说话，手里就被塞了一页白色的纸张，上面写了几个血红色大字："反对审判者暴政。"

他不明所以，但也没有追问，只是道："请问你知道怎么去 117 号建筑吗？"

男孩道："你不介意和我们一起走一趟吧？"

"……不介意。"

"那我们就是战友了。"男孩扬起自己手里的白纸，上面也写着几个红色大字："废除《审判者法案》。"

他们并不是唯二拿着纸的人，很快，安折就被拉进一群人中间，他们有四十几个人，面孔都很年轻，每人都举着一张类似的白纸，或者两人合举一条长长的横幅，纸上和横幅上的句子大致相同。

我们自愿承担基因检查成本。

人类罪人审判官。

解散审判庭，为无辜者申冤。

同时，人群正在缓缓向前移动，于是安折也只能随之移动。

城市的道路很狭窄，阳光照着建筑物，建筑物在地面上投下连绵起伏的阴影。路面上除了他们，也有不少低头走路的成年人，他们偶尔抬头看这边一眼，但很快就移开了目光。

安折："我们在做什么？"

"静走示威，"男孩道，"我们会游行到审判庭解散那天为止。"

安折："……哦。"

走了大约半小时后，他再次问身旁的男孩："117号建筑在哪里？"

"前面，快到了。"

又过了一个半小时，安折再次问："117号建筑在哪里？"

"对不起！"男孩挠头道，"我把你给忘了，我们走过去了，在后面。"

说着，他转身指向一个地方："那个方向，不远，侧面写着楼号，你能看见的。"

安折："谢谢。"

"不客气。"

安折把纸张递给男孩："这个还给你。"

"不用了！"男孩把纸塞回他怀里，道，"下周记得再来哦！我们在1号建筑集合！"

于是安折只能将这张血淋淋的"反对审判者暴政"和审判者本人塞给自己的那张基因报告单叠放在一起，抱在怀里，离开这群奇怪的年轻人类，朝被指的方向走过去。

他一边走，一边觉得周边环境渐渐熟悉起来，脑海中那些原本属于安泽的记忆被唤醒，他跟随直觉拐了几个弯，顺利来到标号"117"的建筑脚下。这是一栋长方体的大楼，10层高，但很宽。他进入0单元，攀爬幽深陡峭的楼梯到达第五层后，进入一条昏暗的走廊，找到了14号房间。

房门上贴着一张白色封条，安折轻轻将它撕开，下面露出感应区域。将

ID 卡贴在上面，门锁弹开，他走了进去。

这是一个很小的房间。比他曾经居住的山洞还要小，但比起装甲车内的休息室又宽敞明亮了许多。靠墙处是一张木书桌，桌面上摞着十几本旧书，纸张和笔记本叠放在另一侧。书桌正对着一张单人床，床头有柜子，放有水杯、镜子和一些杂物，一个一人多高的衣柜抵着床尾。

窗户在床的另一侧，灰色窗帘半开着，阳光透进来，照在同色的被子上，一种干燥的香气，让他想起安泽身上的味道。

他走到床边，伸手取下那面巴掌大的镜子，镜子里映出他的脸。

他长得像安泽，柔软的黑色头发、同色的眼睛，很多地方都像，但又有一些细节不尽相同。而且，他也没有安泽那样温柔平静的神情。

那时候，安泽对他说："我好像多了一个弟弟一样。我给你取个名字吧，小蘑菇。"

"你有印象很深的事情吗，小蘑菇？"

在他有限的记忆里只有两件事情是深刻的，一件事是丢掉的孢子，另一件事发生在他很小的时候——大概是在他只有人类的一根小指那么长的时候。

在蘑菇生长的那个雨季，斜溅的雨珠打在他细长的菌柄上，他被拦腰折断了。

然后，就像任何一个受伤的生物一样，他努力想要长回来，想要活着。

再后来，他渐渐有了一些模糊的意识，他愈合了。

从那以后，他好像和自己的同类不一样了，可以控制自己的菌丝，可以在丛林和旷野间流动，也能感知到外面的声音和动静，他是一只自由的蘑菇了。

"小可怜。"那时候，安泽摸着他的头发，"折断的时候很疼吗？"

"忘记了。"

安泽说："那就叫你安折吧。"

他说："好。"

想到这里，安折对着镜子笑了笑。

镜子里的那个人笑起来的时候，他好像又看见了安泽的影子。

"谢谢你。"他对镜子道。

放下镜子后，安折坐在书桌前。

接下来要做什么？

想了想，安折伸出左手，在光下凝视着自己的手指尖。

雪白菌丝悄然从指尖开始向外蔓延，而后凝结成实体，他拿起匕首，切下薄薄的一小片。

接着，他用右手拿起它，放在嘴边，轻轻推进去，用牙齿咬住——他决定探究一下自己是否有毒这件事。

软的，甜的，很好吃的一种味道——这是第一印象。

下一秒，他眼前的世界整个晃了晃。

第 5 章

“你不是安泽。”

随即，他变轻了，在空气里沉沉浮浮，从窗外照进来的阳光变成了浩浩荡荡的海水，桌面上纸张和笔记本也被泡成白茫茫的一团。

安折眨了眨眼睛，他并不觉得难受，只是觉得一切动作都变得非常缓慢和飘忽，他无法控制自己的身体，好像飞了起来，又好像即将掉下去。

再然后——他眼前的世界逐渐变黑，他彻底失去了意识。

他是被冷醒的——抬眼醒来后，发现窗外连绵不绝的灰色建筑群都浸泡在夕阳金红的余晖中，离他睡过去或者说昏过去至少过了七八个小时，原来他菌丝的毒性就是让人昏睡。

傍晚不比白天，房间里的温度下降了很多，安折往后躺到床上，把自己裹在被子里，这才恢复了体温。但是寒冷带来的麻木感消散后，他又饿了。

安折更宁愿用蘑菇的方式汲取营养，可是一路走来，整座基地里他根本没有发现哪怕一片湿润的土壤，他只能像人类一样进食。人类是一种很麻烦的生物，他蹙起了眉头。

好在安泽残留的记忆告诉了他该去哪里吃饭。整个基地划分为八个区，6 区、7 区是主要的居住区域，在这里，每栋楼都是一个社区，一楼是大厅，每天定时供水、供食，十六岁以下的孩子拥有免费配额，十六岁以上的成年人则需要刷卡支付基地货币，货币用点数表示。

大厅里没有太多人，大略看过去，有五十几个。贩卖食物的窗口只有两个，一个售卖某种植物的块茎制造而成的泥状食物，另一个售卖……同样的植物块茎煮成的汤，他在记忆里搜寻，依稀想起这种植物叫作土豆。

安折刷卡支付。

土豆泥，价格 0.5，余额 9.5。

土豆汤，价格 0.3，余额 9.2。

安折凝视着代表卡内余额的数字，意识到自己几天后就要到饿死的边缘，这种感觉就好像蘑菇扎根于一片干燥的土壤，随时面临着死亡。

——这种感觉在他吃完东西回到 5 楼，在公用水房里花 0.1 接水的时候变得更明显了。

于是他要做的事又加上了一条：找到经济来源。

将制式不锈钢瓶盖拧好后，安折把它捧在手里，正打算转身，身后忽然突兀地响起一个声音。

“安泽？”

声音很大，带着颤音，在狭小的空间里回荡。

安折转身。

走廊上站着的是个年轻的男人，体形高大，面容英俊，此时此刻，这人的眼睛瞪大了，正定定地看着他，嘴唇抖动，难以判断他的表情究竟是喜悦还是震惊。

“安泽？”他又喊了一声，“你……回来了？你不是——”

说到这里，他戛然失语，脸色涨青，像是不知道该怎么继续。

但安折知道他想说什么，因为他知道这个人，他叫乔西。

乔西是安泽的邻居和朋友，他们从小一起长大，有时候，乔西会照顾安泽，更多时候，安泽也会照顾他——那些斑斑点点的残存记忆出现在安折眼前。

但他对乔西的认识不全来源于安泽的回忆，作为蘑菇的时候他就见过这个人，他的所见和安泽的记忆合在一起，刚好补全安泽真正的死因。

安泽是个靠文字为生的人，他的工作是写一些供人们消遣的小说、散文或诗歌，向《基地月刊》投稿，基地会定时向人们刊发这样的小册子。不过，就在三个月前，为了节省日渐紧张的人手和资源，基地撤掉了这个部门。

那时候——

“安泽，你在看什么书？”乔西问。

“我在准备基地供给站的选拔考试，”安泽拿笔在书上圈圈画画，“我觉得我会喜欢那里的工作内容，工资也不错。”

乔西却皱了皱眉头。

“你想脱离平民身份？”他问，“考试很难的。”

安泽道：“没关系的。”

“安泽，”他的语气却变得严厉，“你明明一直知道我想能和你一起去野外。”

安泽笑了笑，语气很轻，像是在哄这位任性的朋友，又像一声无奈的叹息：“我不适合去外面。”

“我保护你。”乔西揽住他的肩膀，又放软了声音，“我离不开你的。你跟着我去野外，我们不去危险的地方。”

记忆中的那些片段大致都是如此，最终，在乔西的软磨硬泡下，安泽答应他一起去野外冒险。乔西是一支大型佣兵队的成员，他立过一些功，很顺利就介绍安泽进去了，负责物资的分配和统计。

但在野外，什么事情都有可能发生。那一天，车队迷失方向，开进了深渊的边缘。等他们发现这里的蘑菇多得异乎寻常的时候，已经晚了。深渊的怪物不会放过任何到口的食物。

对于人类来说，即使是深渊的最边缘也可怕得要命。五辆装甲车损毁了三辆，那三辆上的人们惊慌地向完好的装甲车转移，逃生的时候安泽推了乔西一把，让他勉强躲过了空中有翼怪物的攻击，但安泽因此被地上的藤蔓绊倒了。

乔西在原地愣了一秒，这一秒后，求生的本能压过一切，在拉起安泽和自己逃命之间，他选择了后者，咬牙向前飞奔，被队长拉上装甲车——而此时此刻，安泽看着他们的身影，猛地被怪物的骨刺贯穿了胸膛。

随即，佣兵队用最重的火力和怪物们展开了一场激斗，边打边撤。他们的动静太大，中途吵醒了安折——他是出来找孢子的，但每次都是空手而归，这次例外，他趁着那边打得激烈，把安泽悄悄捡回了深处的山洞。

于是此时此刻，面对着乔西，安折没有什么可说的。面临死亡的时候，任何生物的第一反应都是逃生，乔西没有做错什么，但他不喜欢他。

“你……有点不像你了。”乔西的喉结艰难滚动了一下，“你的伤好了？从深渊里逃出来了？”

安折只是平静地看着他。

“不，你不是安泽，你不是人。”乔西猛地后退一步，脸色煞白，“你是异种。”

“抱歉。”安折走出去，和他擦身而过，“我不小心吃了毒蘑菇，记不清你是谁了。”

——在某种意义上，他并没有说假话。

说完，安折便不管他，径直往前走去。

身后迟迟没有传来脚步声，直到他用ID卡刷开房门，乔西才匆匆往这边赶过来，抓住他的肩膀：“你真的是安泽？可是你——”

安折顺手在桌面上拿起那张基因检测报告单，递到乔西面前。

乔西道：“这是……”

安折低头，发现最外面的那张纸是那句“反对审判者暴行”。

他慢吞吞地把这张纸抽走。乔西看向报告单。

“你……”他匆匆扫了几眼，抬头看向安折，“你真的从深渊里逃出来了？”

“我被人救了。”安折道，“其他的，忘记了。”

乔西握住基因报告单的手颤了颤，然后扯了一下嘴角，看着他，露出笑意：“我……我太激动了，我没想到你能回来。”

他把基因报告单放在桌面上，倾身向安折，连眉梢的肌肉都在细微地跳动，略带激动的神情：“你……忘了多少？”

安折向后退了一步。

“全都忘了。”他说，“请您不要打扰我的生活。”

“你也不记得我是谁了吗？”乔西声音变低了一点，“我们一起长大的。”

“谢谢。”安折道，“您现在可以出去了吗？”

“我——”对面的乔西显然没有料到他会用这样的态度来对待自己，愣了一愣，道，“你以前不是这样的。”

但片刻之后，他的态度又软下来：“我不打扰你，你好好休息，我明天来看你。我太高兴了。安泽，我们是世界上最亲近的人。”

安折沉默着没有说话，直到乔西转身离去，并为他轻轻掩上房门。

乔西能够这么容易放过他，离开房间，他觉得不现实，但也可能是因为乔西过于心虚，落荒而逃。

房间恢复了寂静，安折缓缓靠在床上，抱住枕头，他感到一种轻烟一样的难受。这种难受并不为了他自己，而是为了安泽。

人类与人类之间的约定大概就是这样脆弱，乔西不再是安泽最亲近的人了。等他找回孢子，就会返回深渊，找到那个安静的山洞，扎根在安泽雪白的骸骨旁边，度过他作为一只蘑菇的余生。

……孢子。

窗外，夜已深沉，极光一如既往地在漆黑的天幕上漫卷着，安折坐在桌前，打开台灯。

首先，他要找到一份工作，以使自己不要饿死。同时，他要寻找关于孢子的消息，唯一的线索是那枚黄铜色的弹壳。

想到这里，安折焦虑地摸向他的口袋，他总是害怕这个东西丢失——还好，还在。蘑菇能把它藏在体内，人类却不能，它太小了，仿佛随时都有可能从口袋里滑落出来。

最终，安折在房间的抽屉里找到一根黑色的皮质小绳，将弹壳挂在了自己脖子上。

抽屉里还有一台小巧的黑色机器，他努力观察它外表的细节，终于从记忆中找到了一些信息——这是通信器，每个人的ID号就是通信号码，人类使用通信器可以远距离交流，但仅限于基地内部——因为外面没有信号。

他给通信器充上电——虽然用不着，但“有电”这件事情好像能够使人类感到很大的愉悦。

做完这些后，他终于安下心来，开始打量这张书桌。

桌面上的笔记本里有安泽写过的东西，字迹很漂亮。而靠近墙壁的那一侧竖放着二十几本书，大概都是安泽以前爱读的。安折将书脊上的名字浏览一遍，伸手拿起一本装帧简陋的灰皮书，书名是《基地手册》。

他翻开，扉页只有一句话。

人类利益高于一切。

安折下意识抿了抿唇，继续往后翻，第二页是目录，整个手册分为基地法律、基地生活规律、功能区域简介和地图四部分。

安折将法律部分略过，他知道自己是一个安分守己的蘑菇，一个安分守己的蘑菇是不会违背任何物种的法律的。生活规律这一部分详细阐释了居住区域的作息时间。每天早上六点开始供电、水、食物一小时，中午十二点钟开始供电、水、食物一小时，晚饭则从傍晚六点钟开始，供电时间稍微长一些，到晚上九点才会断电。每一个居住区域都设有高大的警报塔，警报分为三种，分别是“集合”“疏散”“紧急避难”，集合警报是短促的高频鸣响，疏散警报是波浪渐变型声音信号，避难警报则是尖锐长鸣。基地居民必须遵守生活规律和警报塔指示，其余生活方式则可以自行支配。

看到这里时，安折微微疑惑了一下，他觉得，在这样的规则下，每个人只要躺在房里，定时去吃饭喝水就好了——但很快他就意识到了基地的用意。

虽然每个人都可以自由生活，但在基地里生活必须付出成本，是要付费的。为了获取在基地里流通的货币，人们必须出去寻找工作，或者成为佣兵，从外面采集有价值的物资上交基地，换到报酬。

但是……这样的话，每个人去危险等级最低的地方，随便拿点什么东西，维持吃饭喝水的需求也就好了。

安折继续往后翻，下一个部分是功能区域简介。

出现在这一部分的第一个区域叫作“供给站”，供给站总共分为1、2、3号，其中1、2号属于军方，分别建在基地的入口和出口，负责货币与战备物资的核定和兑换。每一个佣兵队从野外回来的时候，供给站的工作人员都会将他们收获的物资核算为货币发放，其余杀伤性武器和装甲车则被扣下，不被允许带入城中，直到佣兵队下次出发才能重新申请使用。而佣兵队则使用货币兑换野外探险所需的枪支、子弹、装甲、燃油等，甚至可以购买不同型号的装甲车辆。

与前两个供给站不同，3号供给站位于城中，负责民用物资的兑换，使用基地货币，可以在供给站里兑换生活用品、食物与食材、烈酒、电子产品等等很多物品，也可以进行住房的交易。

3号供给站的对面是“自由市场”，有时候，佣兵队在人类遗址中获得的东西并不是军方需要的物资，这时他们就可以将确认安全的物品带入城中，自由交易。

这时，安折看到下方有一行小字注解。

注：自由市场非基地官方设施，一切行为后果自负。

注：经由自由市场所建立之雇佣、契约关系，不受基地法律保护，后果自负。

其他的也没什么，安折独独瞅见了“雇佣”这个词。

也就是说，自由市场也是一个可以提供职业的地方。

继续往下，就是各个居住区域的简介，密集的居住区域是6、7区，其余区域人类数量很少，建筑空置，而8区是集中避难所，有完善的安全设施。

再往后，就是审判庭的简介了。

安折想起那位有着冷绿色双眼的审判者上校，阅读速度放慢很多，一字一句读起来。

审判庭的职责并非只有在城门口辨别异种这一个，他们还会在城区的人流密集处日常巡防，进行二次筛查，消除隐患。主要的巡防点是供给站周围，但也会不定时排查居民楼——尤其是那些行为异常、被举报的人类。

莫名其妙地，安折又想起那句“你最好是”。

如果可以的话，安折希望陆沨永远留在城门口，审判者不必纡尊降贵来到居民楼。

再往后翻，其他区域就和他没有太大的关系了——像城务所、城防所、主城之类的。上面说，基地由外城或称卫城与主城组成，主城是基地重要科研、军备设施所在地与能源、政治中心，除非持有特别通行证或居留证，否则禁止进入。

最后浏览完基地地图，安折合上了这本书。他再次体会到人类是一种和蘑菇不同的生物。

他打开的第二本书叫《供给站考核手册》，刚刚看到书皮，与之相关的记忆就涌上心头，比别的记忆清晰多了。安折想，或许这意味着，对安泽来说，去供给站是很重要的一件事。

既然这样，为什么又答应乔西和他一起去野外呢？

他思索了很久，最后想，安泽就是这样的人类。

安泽错过了考试，供给站今年的招收考核在十五天前举行，那时他已经是一具白骨了。

但没有关系，安折想。一年后，供给站再次招人的时候，如果他还活着在人类基地的话，他会去试一试。这样，回到山洞以后，他就可以告诉安泽那里是什么样的。

长时间的阅读消耗了他很多的精力，试着读了两页《考核手册》后，安折已经昏昏欲睡，最终他上床睡觉。第二天早上，为了避免遇到乔西，他凌晨四点就离开了房间，下楼，来到交通站点，乘坐列车去了供给站——

他要去对面的自由市场找份工作。

下车时是早上七点钟，空气里还弥漫着薄薄的白雾。自由市场是一座大型圆形建筑，有四个进出口，他从最近的一个进去。

烈酒的气息钻进了他的鼻腔。

进门处摆放着四条长桌，佣兵打扮的人们在长桌前划拳、大声说话，他们面前摆着酒，不时有人要求添酒，这时侍应生会将烈酒满上，并拿出一个小机器贴在客人递出的 ID 卡上进行收费。

一个黑皮肤的健壮佣兵正单独喝酒，看见他，挑了挑眉毛，咧嘴笑，晃了晃手里的杯子："小孩，看什么？过来学喝酒？"

他身边一个短发女人立刻用手肘撞了撞他的胸口，声音粗哑，但洋溢着快活："第三十二条，未成年人不能喝酒。"

男人道："喝就喝了，难道还会被审判者抓走吗？"

女人就放声大笑起来："未成年的小孩还不知道审判者的厉害呢。"

"他就快知道了。"

安折站在旁边，想辩解一句“我不是未成年人”，但就在他思索措辞的空当，这两个人已经搂在一起，嘴唇对着嘴唇，缠成一团。他意识到没有人真正在意他。

于是他将目光从这里移开，朝其他地方望去。

门口右侧飘来土豆汤的气息——但比居住楼一楼大厅供应的土豆汤味道浓郁许多，并夹杂着一股能使人类感到愉快的肉类的气息。有一个佣兵正埋头在白色的塑料汤碗里，食用他的早餐。

这种味道让安折感到一点点饥饿，他没有吃早饭。

再往里，都是类似的场景，热闹的气息充满大厅，除去售卖食物和酒类的长桌，还有许多出售服装、背包、手套的小摊。再往里走，出售固定物品的摊子越来越少，一个摊位上会有许多奇奇怪怪种类不一的杂物，安折认不出来。

“511 号废城新出土的智能手机，有电就可以开机哦。”正走着，一个背包的黑衣服青年像猴子一样蹿到他身前，他长得很瘦小，眼睛窄，眼睛滴溜溜转，在拦住安折的下一刻就迅速从挎包里掏出一个黑色长方体，在安折面前晃了晃：“要看一下吗？给你打九折，送充电线。可以打游戏哦。”

安折：“谢谢，不用了。”

青年又迅速从包里拿出另一个白色的：“换个型号，这个颜色适合你，新款哦，大灾难时代来临前最后一款水果机，那时候售价一万的，现在一百就可以了。”

安折：“谢谢，我不需要。”

那人却又掏出来一个物体：“不需要？你有手机了啊，需要充电宝吗？基地断电的时候可以用这个充电哦，容量大的卖光了，这个只能充两次，给你打折，只要 30。”

安折注视着他，诚实道：“我没有钱。”

黑衣服青年的表情凝固了，他瞬间将东西收回背包，转身，抬腿，准备离开，并小声嘀咕：“没钱来什么黑市？”

“等等。”安折叫住了他。

他回头，但态度极其消极：“怎么了？”

“我……想找份工作。”安折道，“请问您知道要去哪里吗？”

小青年皱了皱眉头，转回来，将他从头到脚地仔细打量一遍：“……原来是找工作的。”

安折如实回答：“是的。”

“那你资质还挺好的。”小青年道，“有钱了记得找我买手机哦，我这个月都待在黑市。”

安折：“……”

他问：“那我要去哪里？”

“喏，那边，”小青年指向角落里一个方向，“下去，地下3层，找老板娘。”

安折很感谢，对他笑了笑：“谢谢您。”

小青年道：“你长得好看，找个靠谱的，发达了记得找我买手机哦！”

安折：“……好。”

地下3层。

潮湿——这是安折对这里的第一印象，蘑菇应该是喜欢这种水汽充足的空气的，但与潮湿一同袭来的刺鼻香味让他皱了皱眉头。

放眼望去，昏暗的灯光下，这是一个蜂巢一样的空间，走廊曲折蜿蜒，墙壁边用简易的塑料板搭成无数个狭小的隔间，没有流通的空气，水汽在塑料板上凝成密密麻麻的细小水珠。整个空间发出一种潮水一样细微的嗡嗡声，仔细听过去，是许多人小声说话的声音聚合回荡而成的效果，间或夹杂着高声的尖笑。

安折迟疑了一下，往前走了几步。

他看向两旁的小隔间，左手边是空的，右手边隔间里则是一个低着头的长发女人，听到他的脚步声后，她抬起头看了一眼，又低下去。

安折继续往前走，他听到了说话声，首先是一个女人的。

“2 号盆地气候怎么样？”

“还好，”这次是一个低软的男声，有点黏，尾音拖得很长，安折怀疑他的鼻子堵住了，“天气很舒服，但是地震太多了。我们一个月遇见了三次地震，最厉害那次，他们都在外面，我一个人在车里，差点以为他们回不来了。”

女人笑了笑，说：“他们回不来，你把车开走呀。”

“上上次跟的那个队，队长说要教我开车来着，结果呢，还不是哄我？他说下次还带我来着，也是哄我。我陪他们一个月，总共才 300，这还贵？”

“佣兵的话听听就算了。”女人道，“你还没被骗习惯呢？”

安折的脚步顿住了。

——他回想起霍森的脸和贪婪垂涎的眼神，突然知道地下 3 层的工作是怎么回事了。

以及《基地手册》上那句话——“经由自由市场所建立之雇佣、契约关系，不受基地法律保护，后果自负。”

这个后果他不想自负。

安折默然，打算离开，不料刚转身，就猝不及防，撞到了一个柔软的身体。

“哟，”一道挑高了的女声响起来，“小宝贝，第一次来？”

“小宝贝”这个词给他带来的阴影太深，安折反射性地后退两步。

眼前是个身材高挑的女人，有蜜色的皮肤和碧色的眼睛，褐色长发末端卷曲，眼角细长上翘，她正挑着嘴唇朝他笑。

“你是买人呢还是卖自己？”女人在他耳边吹了一口气，笑道。

“都不是。”安折又往后退一步，背抵住了塑料板，“我走错了。”

“走错了？”女人道，“2 层是赌场销金窟，你想去那里？”

她右手指间夹着一支香烟，放在嫣红的嘴唇里吸了一口，又笑眯眯道：

“当心把自己输掉哦。”

安折环视四周，但他被女人逼到了角落里，没有办法脱身，这个外表艳丽的人类比深渊的怪物还要难缠。

“别怕，”她吐出一口雪白的烟雾，又道，“我又不会吃掉你。”

安折问：“那您可以让我走吗？”

女人又笑了。

“走？”她挑挑眉，“走投无路的人才会来3层，你走了，又能去哪里？”

说着，她揽住他的肩膀，将他往前带：“被这里吓到了？你不用在这儿，我送你一个大房间。”

“谢谢。”安折低下头道，“但是我真的走错了。”

“嗯？”

“我只是想找一份普通的工作，”他道，“然后有人告诉我来地下3层。”

“黑市只有地上一层能够见人，”女人听了他的话，眨了眨眼睛，露出一种飘飞的烟雾一样的眼神，“你连这个都不知道吗？”

安折道：“我现在知道了。”

他还知道了《基地手册》上的“自由市场”在人们口中叫黑市。

“基地法律不保护黑市。”女人斜倚在墙壁上抽烟，她不再把安折紧紧抵进角落里，而是让出了一道缝隙。

安折本以为这是她要放他出去的信号，他刚刚往外踏出一步，就看见她身后步出两个身材高大的黑衣男人，一左一右，封死了他所有可能去的方向。

“来到3层，没有人能出去。”女人的声音不再甜蜜妩媚，而是泛起阵阵寒意，“不过，算你走运。”

安折抬头看她。

“给你一次机会，”她道，“肖老板的作坊缺人手，他要你，你就跟他，他不要你——”

她的话戛然而止，转身朝一个方向走去：“过来。”

安折原地思索三秒，跟她往深处走去。

隔间密密麻麻，他像走在蜂巢构筑的迷宫里，灯光越来越暗。

最终，在这个空间的尽头，灰色的墙壁上出现了一扇门。

女人抬手敲门：“肖老板，跟你谈个生意。”

吱呀一声，门打开了。

是个老人，有一头雪白的头发，穿着一身黑色衣服，领口打了一个领结。他眯着眼睛打量着女人：“杜赛，稀客啊。”

女人笑了笑，她将一支烟抽完，在墙上按熄：“有事找你。”

“多大的生意？”被称作“肖老板”的人看了看他，又转头看安折。

那个女人——杜赛——将手肘搭在安折肩膀上：“也不大，就是难做，我怕您不答应，特意给您找了个见面礼——听说您徒弟喝酒死了，正在找下一个。女人吧，您嫌丑；男人吧，又容易笨。您看看我家这个小孩怎么样。”

肖老板灰蓝色的眼珠转了转，停在安折身上：“看起来听话。”

“实际上也听话。”杜赛撩了撩头发，“我看见他第一眼，就觉得肖老板会喜欢。”

肖老板笑了笑。

紧接着，他对安折道：“伸手，让我看看。”

安折伸出手，他手指细白，带一点微微的粉。

“杜赛，你哪儿弄来的人？”肖老板道，“这种小孩怎么舍得往3层来？”

杜赛道：“骗来的。”

安折：“……”

就听肖老板对他道：“握拳，慢一点。”

安折便缓缓收拢五指。

肖老板：“再来一次，再慢一点。”

安折将速度放慢。

“再慢一点。”

到最后，安折已经将速度放慢到肉眼难以察觉到的地步，虽然不知道肖老板为什么要这样做，但这对他来说并不算难。他使用蘑菇的形态时，要同时控制成千上万根细微的菌丝，而现在只需要控制五根人类的手指而已。

他做到最后，连杜赛都凑了过来。

“肖老板，你捡到宝了。”她又点了一支烟，说，“他的手比你上一个徒弟还稳。”

肖老板看着他的手，“嘿”的一声笑了笑，说：“借给我用几天，好用，我就收下了。”

杜赛道：“您得给孩子开工钱。”

肖老板说：“成。”

安折蹙眉，工钱诚然是他需要的，但听着那句“好用”，他总觉得自己有点危险。

“别怕——虽然肖老板确实不是什么好人，”杜赛似乎看穿了他的担忧，拍拍他的肩膀，“但他的手艺很贵。”

“我不是好人？”肖老板哼笑一声，“我是这座基地里最大的好人。”

说罢，他转头看向安折：“你先在店里逛逛，我和这个疯娘们儿有话要说。”

安折最会听话。他转头往最近的货架看去——一些奇形怪状的装满液体或固体的小瓶，瓶身印着一些赤裸的人体。再往里，是一些封面类似的书籍——这种东西他倒是知道的，安泽此前供稿的那个基地部门倒闭，很大一部分原因就是基地刊发的读物无人问津，而由黑市流传出的色情读物大行其道。

货架下方，透明的玻璃抽屉里装满香烟，紧挨着的另一个抽屉里则是许多机械 U 盘。

这时，肖老板那边谈话声响了起来。

“小孩不错，杜夫人一向一毛不拔，竟然送我一份大礼，想跟我谈的生意一定不一般。”肖老板处传来打火机的声音，房间里的烟雾浓重了一倍。

“小孩嘛，顺手捡的，”杜赛咯咯笑了几声，“想拜托肖老板做的东西，也的确不简单。”

“都可以，”肖老板语调散漫，“钱够就行。”

“您不一定敢做。”杜赛慢条斯理道。

肖老板：“你只要多加钱，我就敢。”

杜赛嗤笑一声，说出三个字。

“审判者，”她道，“肖老板敢做吗？”

安折一愣，他不知道“审判者”这三个字怎么能和黑市里的这两个人产生联系。

而肖老板那里也是一阵沉默。

最终，他道：“我只做死人，不做活人，就是怕惹麻烦，你想给我惹来最大的麻烦。”

“不瞒您说，我有个朋友，爱那位上校爱得发了狂，非要搞到他。”杜赛道，“您也知道，审判者身边三米以内，活人不敢靠近。没办法，只能向您买个假的，放在家里玩，绝不惹事。价钱嘛，随肖老板开。”

肖老板只是笑，不说话。

与此同时，安折缓慢地往店铺内部移动。

脚步一顿，他踢到了什么东西。

他低头，看见水泥地板上孤零零地躺着一只惨白的人类手臂。看状态，刚断，但断口处平滑干净，看不见血肉。

安折蹲下去，戳了戳那只手臂的皮肤，很软，像人类的手臂，但不是。

这是一只假手。

他便不再探究，站起身来。

——他这一站，又和玻璃橱窗里站着的一个人对上了目光。昏暗的灯光下，一双黑沉沉的眼直直望着他，半个身体隐没在黑暗里，有那么一点吓人。

安折和他对视许久，三分钟后，他仍然没见到这个人有任何呼吸的起伏。

或许，和那只假手臂一样，这是个假人，他想。

“吓着了？”肖老板的声音忽然在他身后响起来。

安折：“还好。”

肖老板：“像吗？”

安折：“像。”

就听肖老板沙哑的嗓音笑了笑，他按下一旁的开关，这里的灯光亮了许多。

安折终于看清玻璃橱窗里那个男人的全貌。是个穿黑衣服、身材高挑修长、五官利落好看的男人，灯光打在他脸上，反射出一层薄薄的白色微光，无端添了几分冷峻的意味。

“AR137 佣兵队的头儿哈伯德，你听过没？”肖老板道。

安折没说话，房间里，只有肖老板的声音继续响起：“佣兵里最厉害的几个人之一，危险等级五星的地方，他带队去，像玩一样。他有钱吧？”

安折：“嗯。”

他知道从外面带回来的物资可以在军方供给站兑换基地的货币，那些厉害的佣兵是不缺钱的。

肖老板指了指橱窗里站着的那个人：“这人是他副队，小时候他们一起长大，成年以后一起当佣兵，二十几年过命的交情，上次出野外，人死了，一块尸体都没留下，惨哪。”

说到这里，肖老板“嘿”地笑了一声，继续道：“这人死了三个月以后，哈伯德来找我。他魂都丢了，花一大半的身家，向我买这个人，要我一根头发丝都不能出错。”

“我呢，肯定也不敢出错，除了不是活的，其他什么都一样。”肖老板叹了一口气，“毕竟人家下半辈子就要看着这么一个假人过活了。”

“我以前做这东西，是给人找乐子用，充气那种。后来，大家都觉得我做得像活人——外面越容易死人，人就越容易发疯，我这手艺吧，就值钱了。”肖老板拍了拍他的肩膀，“你好好跟我学，过上十年，比所有佣兵都有钱。”

安折看着他，想起他之前和杜赛的对话，问：“那您要做审判者吗？”

“做，怎么不做？”肖老板笑起来，“审判者大人忙着杀人，他才懒得管这种破事。”

第 6 章
“怕您。”

“哈伯德先生，是我，肖·斯科特。”

肖老板给哈伯德发消息的时候，安折正抱着一颗人头，在上面练习种眉毛。

热熔针在硅橡胶制成的皮肤上刺出一个微小的孔洞，再将模拟人类毛发的纤维种进去，等被熔软的硅橡胶再次冷却，这根眉毛就牢牢扎根在人偶的皮肤内。肖老板的眼睛花了，很难再高强度地进行这种工作，安折猜测，这就是他急于找徒弟的原因之一。

放下通信器，肖·斯科特将人偶从玻璃橱窗里拿出来，将它安放在房间中央的座椅上。人偶的所有关节都可以轻易转动，他将它的双腿交叠，双手扣肘，最后拧动头颅，让它微微垂首，灯光穿过睫毛投下阴影，一个居高临下又略带忧郁的坐姿。

安折抬头看向那里，昏暗的灯光在人偶的脸上投下深浅不一的阴影，硅橡胶和人类皮肤唯一的那一点微妙差别都被抵消了，它完全像个静默的活人。

过分的安静——周围的橱窗和货柜——那些在人类的认知里或许被认为是秽亵的东西，也在这样的氛围下光怪陆离起来。

光怪陆离的氛围被一声推门响打破，外边白色的灯光照进来，映亮了人偶的半边身体。安折眯了眯眼睛，望向门口出现的男人。

他背着光，身材高大，半长的黑色鬈发，棕色眼睛，五官冷戾。安折能想象出他拿枪走在野外的样子。

安折等着他进来，但那人只是站在门口，他的目光停在房间中央的人偶身上，久久没有任何动作，他好像也变成了一具人偶。

直到肖老板咳了一声，道："请进。"那个男人才仿佛大梦初醒，动了动。他大步迈进房中，走到人偶近前时，速度却猛地慢了。安折看着他抬起手想触碰人偶的面庞，手指悬在半空，却迟迟没有下落，寂静的房间里，只有这个男人微微带颤的呼吸声，很轻。或许人偶的眼睫上栖息着一只蝴蝶，他怕惊扰它。

最终，他将右手收回身侧，定定地看着人偶，道："谢谢。"

"不谢。"肖老板走过来，灰蓝色的眼睛望着他，"还得谢谢哈伯德先生给我的数据足够。"

哈伯德笑了一下，眼眸却仍低垂着。

肖老板指了指旁边一人大小的封装箱："我来？"

"我自己来。"

他的手指终于搭在人偶的肩膀上，缓缓向下，将人偶抱起，放入箱中。

肖老板站在一旁，道："我以前不知道哈伯德队长是个重感情的人。"

"有些话没来得及说。"哈伯德半跪在地上，缓缓合上箱盖，按住箱盖的手指指节泛白，很久之后，他才又起身。

肖老板抱臂，道："人偶每两个月维护一次，到时候送来就可以了。有什么新手艺，我就再给它用上。"

哈伯德道："肖·斯科特从来不做赔本生意。"

肖老板愉悦地笑了几声。

"哈伯德队长神通广大，我就不行了。"他说。

哈伯德问："你要什么？"

"前几天接了个大单，那人的数据不好找，想拜托你。"

哈伯德："肖老板还有拿不到的数据吗？"

肖老板咧嘴一笑，抬起手臂，对哈伯德做了个开枪的手势。

哈伯德勾唇笑了笑，转身拉起箱子的把手，走到门口。

“请等一下。”安折忽然道。

哈伯德回头。

安折快步走到他身边，解开衬衫的第一粒纽扣，将挂在脖子上那枚弹壳拿出来。

“先生，”他道，“您知道这是哪里的东西吗？”

哈伯德没说话，伸手拿起了那枚黄铜色的弹壳，转过一个角度，在光下看。

安折的心脏怦怦直跳。

“供给站和黑市没有这种型号。”一分钟过后，哈伯德松手，弹壳坠回安折胸前，他转身离开，只留下一句话。

“军方的东西。”

他的背影逐渐走远。安折伸手到胸前，握着那枚弹壳，微微出神。

寂静的房间里，肖老板笑了一声。

“哈伯德说是军用的，就肯定是了，”他关上门，眯眼笑道，“怎么，你跟军方的人上过床？杜赛的生意做得还真大。”

安折缓缓摇了摇头。

如果是军方的东西，他该怎么办？

“啧，”肖老板道，“你也丢魂了？”

安折说：“我想找它的主人。”

肖老板问：“怎么，这人没给你钱？”

安折觉得肖老板的思路很不对劲。

他辩解道：“不是的。”

“军方的东西，军方的人肯定能认出来型号，我教你一个办法。”肖老板语重心长道。

安折问：“什么办法？”

肖老板道："主城和野外，你够不着。外城里边，城防所，审判庭，都是军方的地盘，你半夜去那里逛逛，勾搭一个。军方虽然管得很严，但难免有道德败坏的人员。"

安折："……"

他想了想，又问："军方的什么人会去野外？"

肖老板猛地弹了一下他的脑门："你以为野外的地图是谁画的？"

被打疼了，安折咬了咬嘴唇。

"还委屈上了。"肖老板道，"连审判者每年都有小半年不在基地，你说呢？军方全员都去外面。"

安折没话说了，低头继续种眉毛，他意识到自己可能得在基地待很久了。

一天的种眉毛工作结束，肖老板很满意，放安折下班。

安折想喝黑市一层门口的土豆汤，今天是他给肖老板打工的第三天。肖老板预付了一个月的工资，他的 ID 卡里现在有 60 了。

但当他上到地上一层的时候，忽然感到气氛明显不对——往日的热闹没有了，人们都神色匆匆，出口处人影稀少。

他有点疑惑，但土豆汤带来的诱惑更大——他还是走了过去。

就在即将接近土豆汤的时候，安折的身体忽然顿住了。

他静止了一秒，转身，原地折回。

"回来。"冷冷的声音传来，像山巅冰凉的积雪。

安折自认倒霉，再次转身，往前走几步，来到门口的审判者面前。

审判者不是一个人来的，身边还有三个着装简单、五官年轻的审判官。

——他撞上了审判庭的日常城内巡防。

就听陆沨淡淡道："肢体动作僵硬，动作回避，记一分。"

他身后的年轻审判官拿着纸笔，随着他的话音，仔细看了安折一眼，然后低头唰唰地在纸上记着什么。

安折看向他们，却直直对上陆沨的目光，他立刻把目光移向别处。

“眼神闪躲，记一分。”陆沨的语气没有任何变化，他身后的年轻审判官继续记录。

安折觉得这个场景有点眼熟，他想了想，确认审判者大人并不是单纯地执行巡防任务，他在带新人，就像肖老板带徒弟那样。但陆沨显然并不像肖老板那样循循善诱，教导得很生硬，不算个合格的导师。

他等待下一个扣分项。

陆沨的教导虽然很生硬，但态度也不能算敷衍，他开始提问了：“结果？”

“回上校。”年轻审判官道，“综合各项指标，受审者属于人类。”

“异常指征原因？”

“怕您。”

陆沨勾了勾唇。

安折第一次看见陆沨笑，虽然他们只见过一面——虽然笑意微乎其微。

但就在这微乎其微的一点笑意里，安折还是看出来，审判者今天有事想找他。

就见那点笑意消失后，陆沨恢复平日的面无表情，只有修长的冷白手指把玩着漆黑的枪，十足危险的动作。

安折试探道：“我可以走了吗？”

陆沨面无表情，道：“你在这里干什么？”

安折如实回答：“我在这里上班。”

陆沨：“1层还是2层？”

安折：“……3层。”

陆沨：“哦。”

接着，又是良久的沉默，直到年轻审判官记录的唰唰声停止。随后，他道：“语言审问无异常，佐证判断：受审者属于人类。”

安折看见陆沨淡淡往那位年轻审判官的方向看了一眼——不过怎么看都不像赞许的眼神。

他再次问：“我——”

陆沨：“你可以走了。”

“谢谢。”安折迅速转身，从门口返回里面，在贩卖土豆汤的店铺坐下，他今天是真的很想喝这个。

居住区由基地供应的土豆汤售价 0.3，而这里的售价是 1，两者的差别非常明显，在这里，汤至少浓稠了三倍。除了几乎完全被煮软融化的土豆，汤里还加了细碎的肉末，或许还有一点牛奶，鲜甜的蛋白质香气在空气中浮动。

勺子是白色的，安折拿起来，舀一口，吹开白雾，然后放在嘴边，咽下去。

扑面而来的绵密水汽里，他眯了眯眼睛，觉得很满足——如果余光里没有审判者的身影就更好了。

安折吃得很慢，但很认真，也很安静，没发出任何声音。大约二十分钟后，他完成了进食，开始调整心态，准备从审判者大人身边路过，离开这里。

就在他离开座位转向门口的一瞬间，刺耳的嘀嘀声响起——陆沨按下了通信器。

安折路过他身边的时候，只听见他对通信器那边冷冷说了两个字。

“废物。”

安折悚然一惊，加快脚步离开了黑市大门。

此时此刻正是傍晚，太阳已经沉下去，西方天际一片灰蓝的汪洋，风开始变冷。再过两小时，基地就会断电。黑市对面的供给站也到了关门的时候，正源源不断地向外吐人。

供给站、黑市、列车站三个建筑点形成一个三角，中间是一个宽阔的广场。此时此刻，来自四面八方的人像迁徙的蚂蚁一样在广场上涌动，流向列车站台。

列车的运行时间是早上六点到晚上八点，每小时一列，从来准时到达。

时刻表上的时间将近的时候，细微的轰隆声从远处传来，并逐渐放大，短暂的剧烈晃动后，列车像一条银白的蛇停在轨道上，单侧门打开，十几个车厢门滑开，车里一部分人拥出来，他们中有的是从城市的其他地方回到自己的居住区域，有的则刚刚从野外归来。

就在此时，进站处突然响起柔美的机械女声广播：

“各位乘客，因为设备故障，请全部下车等候。候车的乘客，请暂时不要上车，分散等待。”

“各位乘客，因为设备故障，请立即下车，分散等待。”

机械指令循环播放，听到的人们先是不解，继而不快不慢地动作起来，然而一部分人立即神情大变，拉扯同行人迅速从座位上起身，挤下车去，向外围飞奔，这种动作感染了其他人，不过三分钟，恐慌的氛围就在整个车站蔓延开来，每个人都拔腿往广场跑去。

安折本来正在等待上车，突然就置身混乱的人潮中，虽然不知道发生了什么，但他知道人类群居生活的规矩，便原地转过身，打算跟着人群向外散开。

但人群互相推挤，他被挤得一个踉跄，一个人撞到了他后背。高跟鞋叩地的声音响起，安折回头，闻见熟悉的香气，发现是杜赛——地下3层的主人杜夫人。她看样子刚从车上下来。四目相对，杜赛也认出了他，像个下意识的动作，她二话不说猛地拽住了他的手腕，拉着他向外快步跑去。

广场上，人摔倒的声音、被踩踏发出的惨叫声响成一片。而杜赛竟然如同经历过千万次一样带着他在人海中快速穿梭，直到跟着最前面跑得最快的那些人来到广场的边缘——他们顿住了。

一排黑色的轻型装甲车整齐地停在广场边缘，每隔十几米就有一辆，车身有银色的盾牌标志。安折读过《基地手册》，知道这代表城防所，全称基地驻外城防御所。此时荷枪实弹的士兵正在依次下车，封堵了所有出口。

安折仍然不知道发生了什么，刚才跑得太快，他有点喘不上来气，一旁的杜赛更是弯下腰，剧烈地吸气呼气，咳嗽了几声。

安折伸手拍了拍她的肩膀，大约半分钟后，杜赛才好像勉强缓过来。此时此刻，广场上仍是一片混乱，人们逃命一般跑向广场边缘，又被城防所的士兵组成的人墙拦住。

安折扶着杜赛到了人稍微少一点的角落。

他问："他们怎么了？"

"以前这种事情不少。"杜赛直起腰来，看向广场上的人群，道，"有异种混进来了。"

喘了口气，她继续道："车里肯定有异种，进车排查花的时间太长，异种发作起来，来不及及时打死，一死就是几个车厢。分散出来好排查。"

"很久没发生过这种事了。"她道，"审判者没认出来吗？"

"他今天巡防。"安折道。

不仅如此，他还听见陆沨接了一则通信，冷冰冰骂了一句"废物"。现在想来，应该就是接到了异种混进基地的消息。

这时，安折感觉到她抓着他的那只手微微颤了一下。

"他在这里？"

安折"嗯"了一声。

仿佛是印证他的话，下一刻，沉闷的"砰"声响起，半空中亮起一道雪白的流光。这流光从高处向下疾射，如同一道刺眼的闪电转瞬间割破傍晚的天幕，直直落到安折和杜赛身前不远处一个人的肩膀上。

安折猝然转头，朝流光出现的地方看去，只见黑市灰白色的建筑高大的主体上，居高临下的顶端，站着一个修长的人影，正是身穿黑色制服的陆沨。此时他正缓缓放下右手里的黑色武器，左手拿着一副双筒望远镜，向身边一递，那个跟着他的年轻审判官接了过去。

“镁光弹已标定位置！”下一刻，城防所的军队处传来一声短促的命令：“准备！”

话音刚落，极近处一辆装甲车上爆发一声尖锐的鸣响，刺耳的尖叫声在广场上响起来，一枚带着浓浓烟雾的燃烧弹打向方才那道镁光弹的流光所指的位置。

——这一切，都在瞬间发生。

刺鼻的灼烧气味传来，人群中，一个人重重倒地，烟雾在他身上“嗤”的一声冒出来，惨叫声刹那间响彻整个广场。

安折被杜赛挽着的手忽然紧了紧。

“那个人就坐在我后面。”她说。

“但他没攻击人，我没事。”她似乎松了一口气，“是白磷弹……他应该死透了。”

她抬头望向黑市建筑的顶端。

陆沨的背影已经消失在楼顶，但她仍然定定望着那边。安折看向她，暮色里，杜夫人风情万种的成熟面庞在此时此刻忽然显出一种异常的宁静。

过了一分钟，他们身边的惨叫声渐渐弱了下去，人们自发后退留出的那片空旷的地面上，那个焦黑扭曲的肢体停止了抽搐和挣扎，一动不动了。广场上的其他人似乎齐齐松了一口气，但城防所的封锁并没有一丝松动。

“五年前上校就救过我一次，”安折忽然听见杜赛说，“在城门口，也和现在差不多。”

他没说话，感受着逐渐安定下来的气氛，那天在城门口，他理解了为什么有人对陆沨恨之入骨，今天，他也理解了为什么有些人不是这样。

三分钟后，城防所士兵在人群中强行分开一条道路，陆沨带人快步走到那具尸体前。因为位置的原因，安折和杜赛离这里很近。

他戴着雪白的手套，单膝跪地，拨开那具人类尸体，简短道了一句："刀。"

——他身侧的审判官递过来一把雪亮的尖刀。

紧接着，就见陆沨面无表情地划开了尸体的肚腹。被烤得焦黑的尸体散发出刺鼻的气味，然而腹腔被打开后露出的内部并没有人类该有的器官，而是一些密集的、小而多的、焦黄半透明的什么东西，成千上万。

安折努力去看，觉得那像昆虫的幼体——蜘蛛一类的东西，甚至在微微蠕动着。

他看见陆沨蹙了一下眉，手中的刀干脆利落地往上划开了尸体的整个食道和喉管。

——相似的东西源源不断掉了出来。

"寄生类，高度扩散可能。"陆沨起身，摘下手套丢在尸体上，审判官立刻递来新的。

只听他道："全员排查。"

杜赛的身体忽然整个软了，向前倒去。

安折猛地想起她几分钟之前说过的那句话。

她说，那个人就坐在她后面。

他努力撑住杜赛的身体，但她动作的幅度太大，陆沨的目光已经往这边看来。

陆沨的目光停在她的脸颊上，安折循着他的目光看过去。

方才的一片混乱中，他没仔细看过她的脸，而此时此刻定睛一看——在她的额头上，有一个小的水疱一样的东西，发着晶莹的光，里面有东西微微蠕动着。

“我……”像是感觉到了什么，杜赛缓缓伸手，摸向那个地方，她颤抖着，死死看着陆沨，两行眼泪掉出来，朝他走了几步。

这是安折第一次在人类身上看到这种眼神，他分不清杜赛的神情是爱还是恨，或许绝望占据绝大部分。

一声枪响。

她向前倒去，安折没能拉住她，沉闷的响声过后，那具人类的躯体摔在地上。

此时此刻，安折离陆沨只有咫尺之遥，他和他对视。

那双冷绿的眼睛，像是什么都没有的眼睛——

陆沨忽然将手伸向他。

安折瑟缩了一下。

审判者却并不是去扣动扳机，那不是拿枪的那只手。他的手指落在安折的脸上，短暂停留。安折想起杜赛倒下的那一刻，她的血有一部分溅在了自己的脸上，最开始是热的，很快就变凉了。

冰凉的液体被拭去，鲜红色在雪白的手套上晕开，温热的触感在他脸颊上短暂停留。

安折微颤一下，闭上了眼睛。

或许是三秒，或许是四秒，陆沨的手指离开了他的侧脸，那一点温度在晚风中转瞬即逝，很快就消散了。

安折再度睁开眼睛，看见他离开的背影和那天在基地城门口见到的一模一样。

就在这一刻，雪白灯光在广场唰地亮起。

安折眯了眯眼睛，陆沨的身影在他视线里模糊，等视野再度清晰的时候，那个黑色的身影已经消失在茫茫人海里了。有城防所的士兵上前来，抬走了杜赛的身体。她褐色的长发在灯光下流淌着蜂蜜的色泽，闭着眼睛，神情很宁静。她最后一刻在想什么，安折不知道，或许永远都不会知道了。

很多人都看向这边，等城防所士兵远去，他们开始窃窃私语，安折的听力不错，捕捉到了只言片语。很多人都知道黑市地下3层的这位女主人，他们有的在惋惜一个漂亮女人的离去，更多的则是恐惧自己也会被怪物寄生。

很快，机械女声的引导声响了起来。

“请大家原地分散等待。30分钟后，审判庭将开始逐个排查。”

这道声音很柔美，但没人有心思去欣赏。人们先是短暂地面面相觑，随后，他们立即意识到这个时候谁都不知道自己身边的人是不是真的人类。人群像蚁群那样蠕动起来，每个人都尽量和身边的人分开，无论认不认识，最终，混乱的人群变成了一张稀疏的网格。安折站在最边缘，杜赛留下的血迹旁边。他的目光扫过周围的人类脸上恐惧震颤的神情，人类基地和深渊并没有本质上的不同。

一道刺耳的声音忽然在远处响了起来：“他脸上有东西！”

随后是动作声，似乎有人大打出手，再然后是大声的争执，三十秒后，一声枪响结束了这一切。

死寂。死寂的氛围笼罩着这座广场，连呼吸声都静了。如果这时候有人告诉安折他现在所处之地实际上是一片坟场，而周围的人类其实是林立的墓碑，他不会怀疑这句话的真实性。

他望向周围，想知道陆沨在哪里，但是人太多了，层层叠叠，他找不到。最后，安折收回目光，看向广场那被灯光映得惨白的大理石地面。

忽然，他的目光顿住了。

在自己的前方五米处，一个男人的脚下，有一点黄铜的闪光。

他的第一反应是自己挂在脖子上的那枚弹壳掉了，于是迅速往领口摸去，隔着一层衬衫，那个圆筒形的小东西硌到了他的手——没丢。

他死死地看着地面，向前走了几步——旁边那个男人骂了一声，和他拉开距离。

“对不起。”安折解释道，“我有东西掉了。”

越过几个人，走了几步，他来到那里，蹲下去，从地面上捡起了一枚黄铜色的圆筒形弹壳。

在拿到它的一瞬间，他的手就轻微颤抖了一下。

——是他非常熟悉的重量、花纹和大小，他拿着这枚弹壳，分不清它和自己衣服里那枚有什么区别。

他的心脏剧烈跳动了几下，他将它握紧，站起身来。

他想到五分钟前，杜赛触摸到了自己额头上那个被虫子寄生的水疱，意识到她自己不可能活着了，她必定会被审判者处死。但是她在害怕的同时仿佛想要靠近审判者，于是往那个方向走了几步。但是，还没等她如愿走到陆沨的面前，子弹就穿透了她的身体。

那时候陆沨站在哪里？

安折望着不远处地面上深色的血迹——那时候，陆沨就站在自己所站的地方，或者不远处，他开了枪。

弹壳是什么？是子弹的外衣，他知道，安泽的记忆中也有类似的知识。当子弹离开枪膛向外面弹射出去的时候，弹壳就会被弹药往后弹开，落在地上。

毫无疑问，现在他捡起的这枚弹壳属于陆沨，陆沨是审判庭的主人。那他在野外，在丢弃孢子的地方捡到的那枚一模一样的弹壳呢？也和审判庭有关系吗？

一种难言的感觉涌上安折心头，他感到一种能够准确形容的害怕，如果孢子和审判庭有关系，那么找回孢子的难度可以想象，他不可能直接发问，询问孢子的事无异于承认自己是蘑菇。

就在这样的胡思乱想间，三十分钟结束了。机械女声再次响起：“缓冲时间结束，请有序排队接受感染排查，排查通过后请自行离开。”

指令循环播放几遍后，广场对面一个地方有盏大灯亮了亮，人们开始往那个方向微微靠拢，接受排查。

站在安折身边的似乎是一对父子——好像是父子，因为其中一个年龄稍长，蓄着络腮胡须，而另一个是个十三四岁的未成年男孩。

他听见那个男孩问：“为什么等三十分钟？”

“审判者又不是机器，你刚被虫子叮了一口，就能看出来你被感染了？”他父亲低声说，“审判庭说，被感染三十分钟后，他们就能判断出来了。你没去过城门口，城门口也有三十分钟的排队时间。”

男孩道：“哦。”

但随即他又道：“那到底是怎么看出来的？”

“别问我。”他父亲说，“我哪知道他们是怎么看出来的。”

“我听说他们想杀谁就——”

“闭嘴。”父亲的声音短促中带着一丝惧怕，“你想现在就被枪毙吗？”

仿佛是为了验证这位父亲的话，广场那头传来一声枪响。

他们立马不说话了。

审判者排查人群的速度很快，而枪声响起的间隔让人牙关打战。有一段时间枪声很均匀，每隔十分钟，就至少有一声枪响，有时候连续好几声，这好几声过去后，很长一段时间审判者都不再开枪。安折身边那位父亲说：“差不多杀完了吧？”

话音落下的那一刻，枪声又响了，他带着的那个男孩打了个寒噤。

被判定为感染者的人类当场被击毙，被判定安全的人从开口离开，广场上的人越来越少，人们自发聚成一个松散的队伍缓缓向前。安折站在队伍的最末端，每响一声，他就数一下。等他自己也接近出口的时候，数字已经数到 73——他看见出口处有一根石柱，陆沨背靠着它，灯光下，一个修长的轮廓。两名审判官在他身侧，再往两旁，是重装的城防所士兵，血迹涂满了他们身前的地面。

不，不只有血迹，地面上有东西无规律散落着，全是黄铜色的弹壳。

前面的父子两个安全通过，下一个轮到安折，他往前走了几步，停在陆沨面前。

陆沨要比他高一些，他得稍微抬头才能对上陆沨的目光——然后他就感到陆沨的目光将他从上到下打量了一遍。

“手里是什么？”

安折没想到就连手里握着那么小的一枚东西都能被发现。对上审判者居高临下的冷淡眼神，他只能将手抬起来，张开五指，露出掌心躺着的那枚弹壳，就像地面上那些散落的弹壳一样，它代表一个被审判者处死的人类。

沉默在他们间蔓延。

良久，安折听见陆沨道：“走吧。”

深夜的风太大，把声音也吹散了，陆沨的声音传进他耳朵里，比平时低一些。

安折沉默转身，走入深浓的夜色里。

*

“5 月 17 日下午 7 时，外城供给站广场出现寄生类怪物入侵事件，系新型寄生方式。审判庭已针对该新型寄生方式补充审判细则。目前基地内危险已被排除，请居民放心出行。”

“为提高审判准确度，保证审判者全程在庭，今日起城门开放时间缩短为上午 8 到 12 时、下午 2 到 6 时，请注意回城时间。”

“据灯塔观测，节肢类怪物、寄生类怪物繁殖季提前开始。为防止空中入侵，基地超声驱散仪工作强度提至 III 级，第二平原、第六盆地、西南峡谷危险等级更新为四星。请注意野外安全，做好全身防护。相同消息已投放至野外各队伍。”

“5月17日下午7时，外城供给站广场……”

三条广播循环播放，肖老板抬手，啪地一下关掉，低头继续打磨模具。

安折仍然在那个角落种眉毛，但这次不是普通的种眉毛，肖老板在人偶空白的脸上用灰色笔画了具体的形状和走向，他是在练习给审判者的人偶种眉毛。

杜赛死了，但经由杜赛介绍的那笔订单还要继续执行，因为肖老板已经得到了一半的定金——他们之前商议好的交货时间是一个月后，店铺送货上门，地点是6区13号建筑的一个房间，到那时候，雇主会把另一半货款也付齐。

陆沨的眉色和发色一样，是纯粹的黑，很鲜明的一种颜色。长眉微微斜起，成一个轮廓鲜明的眉峰，而后渐渐变窄，末端收拢成薄而锋利的眉尾。光是这一对眉毛，就花了肖老板一个小时的时间去描画。拿到人偶脑袋后，安折不仅要严格按照模板种眉毛，还要时不时抬起头来去看面前支着的平板电脑上一张陆沨的特写，核对有没有出现误差。

这台平板电脑是今天上午7点钟那个卖手机的黑衣服小青年送来的，说这是哈伯德先生送给肖老板的礼物。

送完礼物，他还瞧了安折一眼：“嚯，你找了个好活，现在有钱找我买手机了吗？”

安折感到很抱歉，他的工资只够喝土豆汤，只能回答他一句“没有”，小青年失望地叹了一口气，离开了。

他送来的平板电脑里存了几张陆沨的特写，大多都是昨天这人在黑市巡防时的样子，角度很合理，其中一张还有安折出镜，不过照片的焦点在陆沨身上，其他地方都很模糊，他只是照片角落里一个白色的影子，前面摆着一碗土豆汤。

肖老板“嘿”了一声，道：“哈伯德在黑市手眼通天，搞到几张审判者的照片还不是小事？虽然没有具体数据，但照片拍得好，也能做个差不多。”

说罢，他又把照片来来回回划动几遍，道：“这张脸真能让女人发疯。你喜欢他吗？”

按照人类身体的生理性别，安折不是女人，所以他没有发疯，只是觉得很难受。他对这位审判者有点生理上的畏惧，这座人类基地里，只有陆沨怀疑过他不是人。安折想，假如有一天自己死在人类基地，那一定是被审判者开枪处死的。

他说：“我不喜欢他。”

“那你是反对党咯。”肖老板说，“我最讨厌反对党，我上一个徒弟就是。”

安折：“为什么？”

肖老板：“他拿着我的工资，竟然有脸每周都请半天假去游行示威。”

安折：“……”

“我也不是反对党。”他道。

“我不管你是反对党还是拥护党，”肖老板语重心长，“不请假就可以。”

“我……不请假。”安折说了一声。

面对肖老板听完这句话后脸上露出的慈祥笑容，安折试探问：“我可以住在这里吗？”

经过他这些天来的观察，肖老板的店面其实不算小，角落里有几个闲置的货柜，货柜与货柜间可以住下一个人。

肖老板问：“怎么了？”

安折知道基地内的人一般不会轻易搬家，他们从很小的时候就被统一分配住所——当然，住不住又是另外一件事了，绝大多数佣兵的一生都在野外度过，地下三层的男人和女人们也很少回自己的家。

但他实在是不想回 117 号建筑了，乔西的纠缠让他很疲惫。

“我的邻居。”他给肖老板解释道，“他总是——”

还没等他找到合适的措辞，就见肖老板了然地挑了挑眉：“他想和你上床？”

肖·斯科特的脑子里只有一件事情，安折确认。

“并不是。”他否认，“他只是一直想接近我。”

肖老板问：“这和他想和你上床有什么区别？”

“有的。”安折认真回想乔西的所作所为，“我们以前是很好的朋友。”

有些事情，没有办法和肖老板说，只能用“我”去代替“安泽”这个名字。

“我和他一起长大，是邻居。我给城务所的报纸投稿，赚一点稿费，他在外面当佣兵，有时候我没有钱了，或者他没有了，就会互相照顾。”安折道。

“但是后来，我想考供应站，他不要我考，说……太难了，要我和他一起去野外，做一点轻松的工作。”

听到这里，肖·斯科特嗤笑了一声。

安折看向肖老板，想得到他的一些评价，他想不明白乔西为什么要那样对安泽：“为什么他要这样？”

肖老板拿着一根人偶的手臂，一边拿一枚小矬子打磨它，一边道：“你考上供应站以后，脱离平民，出人头地，他怎么办？他这辈子就是个普通佣兵，你还会跟他一起过吗？”

说到这里，肖老板又抬起头看安折一眼：“说不定，你一进去，就能勾搭上供应站的高官，他可占不住你了。”

但安泽不会这样。

安折道：“我不会。”

“你不这么做，他也会这么想，”肖老板完成了一枚指甲的抛光，喷好清漆，转向下一枚指甲，“谁能说得准呢，人就是这么难看。”

“所以，你呢，千万别跟这种没出息的人搅在一起——”

安折垂下眼，他觉得肖老板确实是一个好人，一个好的长辈会给年轻的人类提供未来人生的指导，有时候深渊里一些群居的怪物也会有这样的行为。

但紧接着，就听肖老板下一句道：“你呢，好好在3层留意着，找个大佣兵队的头儿，哈伯德那种级别的，保管他见你就绕道走。他要是还敢找你，就喊你男人揍他一顿。不是男人也行，AR1104的女队长，见了你肯定喜欢，但是她长得像个猩猩。”

安折：“审判者的手指比这个要长一些。”

肖老板大惊，骂骂咧咧地开始返工，无暇再给安折提供人生指导了。

看着埋头修补的肖老板，安折笑了一下。

——他就这样在地下3层住了下来。

没有了乔西，世界清静了很多。安折预支工资买了一张折叠床，住在店铺角落里两个空货架之间。晚上，关了灯，人偶的四肢、眼球、头颅都能陪他睡觉。偶尔出去的时候，他也会被佣兵拦住询问价钱，不过肖老板教了他一句很有用的话——“我有人了”。这四个字能应付几乎所有佣兵。据肖老板所言，这句话之所以能对付他们，并不是因为这些人具有谦让的美德。

肖老板那时候叼着一支烟，说：“你的模样很好，看起来就像有个很厉害的男人，啧，我得快点给你找一个。”

安折没有说话，实际上，他所有的只有一具还没成型的人偶，这人偶还在日复一日地打造下，长得越来越像陆沨了。

第 7 章
“AD4117，我的通信号。”

“你怎么又把上校搬到一边去了？”肖老板一进店门就大声道。

这时候安折刚刚从床上坐起来，他揉了揉眼睛，小声道：“他在旁边我睡不好。”

“你事情还挺多。”肖老板走过来使劲敲了敲他的脑壳，“前几天不是还能抱着人头睡觉吗？”

安折不说话，把脑袋重新埋进被子里不出来了。

人头是人头，陆沨是陆沨，他身为一个三番五次被审判者找碴儿的异种，害怕这人并不需要理由。

肖老板：“扣工资了啊。”

安折没有办法，只能再次从被子里钻出来，慢吞吞披上外套。

肖老板的语调又轻佻起来：“我看你也别出去勾搭佣兵了，就跟我好好干吧。”

安折：“为什么？”

肖老板昨天不是这样说的。

“你这小模样，啧，不行。”肖老板道，“那些佣兵痞子，会欺负你。”

安折：“为什么要欺负我？”

肖老板：“好玩呗。”

说完，他又敲了一下安折的脑袋。

安折蹙眉，他觉得肖老板刚刚的动作已经是在欺负他了。

但是，没有办法，他现在就像一个寄生虫，要指望肖老板的工资——于是他只能乖乖起床洗漱，投入一天的工作。

今天是开始制作人偶的第三十天，也就是说，最晚截止到今天晚上，他们就要把人偶彻底做好，然后送货上门。

肖老板早在十天前就做好了躯干和四肢部分——主要是安折在做，他指导。做好这些后，他又从店铺售卖的仿真道具中选择了一个，和人偶组合在一起。最后通过黑市，搞到了一套惟妙惟肖的黑色制服，给人偶穿在身上。现在，审判者的人偶有了一具完美的身体，只差头颅了。

安折此时正抱着人偶的脑袋，检查自己亲手种下的那些头发走向是否美观。而肖老板在一旁启动了热熔炉，一只手在白色小瓷锅里搅拌着透明的胶体，另一只手将绿色染料一滴滴注进去。染料在锅中起先是墨绿的一团，片刻后就伸出无数细微的触手向外扩散，随着搅拌平均分布到每一处，胶体变为淡绿，而后逐渐加深。安折检查完头发后无事可做，便盯着它的颜色看，一边看，一边回想陆沨眼睛的颜色。

在光下的时候，那是一种冷冷的绿，像冬天里透明泛白的冰块冻住绿色的树叶那样的颜色，往往安折被那双眼睛一看，就觉得自己开始冷了。

而在晚上昏暗的光线里，陆沨的眼睛又会呈现出一种深浓的墨绿，像夜色里的湖泊，很深，藏了许多未知的东西。

他边想，边留意着那东西的颜色，当它和记忆中那双眼睛重合的时候，他道：“这样就好了。”

肖老板一笑，按熄热熔炉，道：“你眼力不错。”

安折没说话，给肖老板递上模具，半透明的胶体灌进球形模具里冷却成形，再嵌入眼白中，两只眼睛就做好了。

随即，这两颗眼球就被安装到了人偶的眼眶内。人偶的睫毛也是安折一

根一根种上去的，此时黑色的睫毛轻掩着绿色的瞳孔，冷淡神情纤毫毕现，和真人实在太像，安折感到焦虑，从一边拿起黑色军帽给他扣上。

接下来的工作是调试关节和打磨脸部轮廓的细节，彻底完成的时候是晚上 7 点。安折静静地看着人偶，人偶也静静地看着他，他觉得它已经完全是上校本人了。

完全像上校本人的人偶被折叠关节，放入拉杆箱，肖老板拍了拍手，道："可以送货了。我找靳森送，他便宜。"

——靳森就是那个卖手机并给肖老板传递了审判者数据的黑衣服小青年。

然而，肖老板的通信器拨了一次又一次，一直无人接听。

肖老板的眉头皱了起来："怎么回事？"

"被发现了？"他转而拨通哈伯德的通信器，但听筒里下一刻就传来声音："您拨打的对象已经离开基地，请留言。"

肖老板转头看向工作台上的平板电脑，点进去，唰唰唰几下将照片全部删除，对安折道："情况不大对，赶紧把货脱手。今晚没别的事，你跟我一块儿去送。"

于是，安折就这样来到了已经一个月没有踏足的 6 区。

6 区的 13 号建筑 4 单元 312，是他们雇主的所在地。箱子很沉，安折和肖老板轮流将它提上楼梯，爬到 3 楼。和安折之前居住的 117 号建筑不同，13 号建筑里生活的全都是女人，一路上，安折碰见了好几个。她们大多留着短发，身材高大，五官的轮廓也鲜明硬朗。看着她们，安折不可避免地又想到了杜赛。

杜赛是一个很特别的女人。她身材高挑，但比安折见过的其他所有女性都要纤细，与此同时，胸脯又比其他人的都要丰满——她的身体因为这种纤细与丰满而显得异样的柔软，这种柔软即使在地下 3 层也很少见。

与此同时，他看见肖老板的目光也在路过的女人身上放肆打量，最后，肖老板道："没有第二个杜赛了。"

安折没说话，轻轻叩响了 12 号门：“您好，我们来送货。”

没有人开门。

安折敲门的声音大了一点：“您好，我们是来送货的。”

仍然没有人开门。

肖老板上前一步，拳头砸了几下门：“有人吗？地下 3 层送货。”

一片寂静。

寂静中，他们身后有脚步声传来。安折转头，见是一个穿灰衣服的中年女人。他道：“您好，您是 12 号的住户吗？”

女人摇了摇头，看向房门：“你们找她？”

“嗯，”安折道，“她订了东西，我们来交货。”

女人脸上没有什么表情，目光转向肖老板拉着的箱子：“什么货？”

“高级货，别的我们不能说。”肖老板道，“她不在吗？什么时候回来？”

女人看着他，嘴角紧绷，一时之间没有说话。

肖老板耐不住了，道：“她——”

话刚出口，就听女人道：“她死了，你们不知道吗？”

气氛刹那间沉默。

“死了？”短暂的安静后，肖老板声音拔高，“那我的尾款谁付？”

女人扯了扯嘴角，似笑非笑的一个神情，回他道：“审判者杀的人，你去找他付。”

肖老板像个被攥住脖子的鸭子，一时之间没说话。

安折却忽然愣住了。

他看着那个女人，问：“她叫什么？”

女人像没听到他的话，转身，抬手，用 ID 卡刷开对面的房门，走了进去。房门被从里面关上的前一刻，两个简单的字从里面传出来。

“杜赛。”

安折眼前再一次闪回杜赛临死前看向陆沨的神情，一时之间，他不知道该说什么。肖老板亦是一阵沉默，良久，他“嗐”了一声，笑道：“你知道这一单多少钱吗？”

安折：“不知道。”

“比哈伯德那一单价钱还要高。”肖老板看着地面上的拉杆箱，眼睛半阖，慢悠悠道，“她玩了那么多男人，没想到也有真心。”

安折道：“杜赛说，审判者救过她。”

“傻。”肖老板叹了口气，摇头道，“审判者那种人，他就算救她，也是因为要杀异种。她从小就在男人身上混饭吃，不是小女孩了，怎么想不明白这个？不值。”

安折没说话。

杜赛为什么会喜欢陆沨，他也不明白。但是——陆沨和其他人比起来，确实有不同之处，到底哪里不同，他说不出来。

良久，肖老板道：“人没了，货怎么办？不能丢，万一被发现，审判庭肯定找我的事情。”

安折道：“那带回店里？”

“绝对不行。”肖老板摇头，“靳森突然联系不上了，我怕有事。”

说着，他看向安折，像是猛地想起了什么：“我记得你家也在 6 区？”

他掂了掂箱子：“你也不在那边住，不怕被人看见。这样，今晚你先带货回去，放你家。先过几天，没人查的话再找人接盘。”

安折问：“您呢？”

肖老板低头看了看表，皱眉：“我得先回去，最后一班车了。”

安折想了想，觉得可行。他不在家里住，人偶暂时锁在那里就好。

肖老板拍拍他的肩膀：“你可以的。”

然后，这人就快步离开去赶车了。

但事实证明安折不可以。

6 区是一个环形区域，13 号和 117 号离得并不远，这也是肖老板放心让他带东西回家的原因。但人偶是实心的，实在不算轻，他几乎是用龟速拖着这个巨大的箱子在路上缓慢移动，到达 117 号建筑楼下时，天已经彻底黑下来了。

到处都是影影绰绰的黑影，只有借着极光才能看见建筑的轮廓。站在单元门口，想着还要拎箱子爬上 5 楼，安折感到绝望，这东西真的很沉。

绝望的安折原地转身，不再面对黑漆漆的楼梯口，他打算先停下休息一会儿。

灼热的呼吸声忽然在他背后响起，他被一个人猛地抱住了。

“安泽！”

是乔西的声音。

“我从窗户里看见你，立刻就下来了。”乔西紧紧抱着他，“你去哪儿了？怎么现在才回来？为什么不告诉我？我一直在找你。”

他喘了口气，继续道：“你不许再走了。你去哪儿了？”

肖老板说得没错。乔西把安泽当作他的私人物品了。

于是安折平静道：“请你放开。”

乔西不仅没有放开他，反而将手臂收得更紧。

“生我气了？”乔西道。

安折还没说话，他又低声道：“我错了，我给你道歉，我怎么道歉都可以，安泽，我爱你。”

安折：“……”

肖老板好像又说对了，他还真的是想和安泽上床。

“谢谢。”安折道，“我有人了。”

“真生气了？”乔西笑了笑，“你生气的时候就喜欢故意气我。”

安折对这个人类真的很烦，他挣了挣，却被乔西强行转过来：“你看着我，安泽。”

“砰！”

一声枪响。

乔西一个激灵，反射性放开安折，往四周望。

安折也循着声音望去，见黑憧憧的建筑阴影下，不知何时站了一个人，这人刚刚对天开了一枪，正收枪向这边走过来。修长挺拔，一个他极其熟悉的身影。

只有军方的人能在城内合法持枪。

而在军方的各个机构里，只有一种人能够随意开枪。

安折想，他好像又撞着审判者的城内巡防了——也太巧了。

他还没来得及仔细思考，就听见陆沨那道熟悉的冷淡声音传来："是你什么人？"

安折："邻居。"

陆沨走到他面前。

这么近的距离，是个人都能认出这就是那位审判者。

安折感到身边的乔西猛地僵硬了一下。

"AD4117，我的通信号。"陆沨语调似乎漫不经心，"下次再发生这种事情，如果你愿意联系我，他将以猥亵罪被逮捕。"

安折抬头望向陆沨，一时间还有些没有反应过来。但这人既然是军方的上校，好像确实也有维持城内治安的义务。

他道："好的。"

——他感到身后的乔西更僵硬了。

但安折已经没有任何心思去管乔西了。

因为，陆沨的手，正轻轻搭在拉杆箱的把手上。

他淡淡道："帮你拿上去？"

安折和陆沨对视。

陆沨的神情是一贯的淡淡冷漠，目光平静，他是认真的。

安折连话都说不流畅了："不……不用的。"

如果箱子里是别的东西，审判者大人突发奇想要帮忙，他虽然不愿意和这人过多接触，但也不至于拒绝。

可是，现在的这个箱子里面装的不是什么好东西。

安折将手也搭在拉杆上，试图将它从陆沨手里拿回来："我自己可以的。"

"可以？"陆沨看着他，长眉微蹙，"你住在一楼？"

"……我住 5 楼。但我也可以的。"

陆沨："哦。"

他的手按住了安折的手指，也不知道他怎么使力，安折的手一下子就被从拉杆上拨开。

咔嗒一声，拉杆被利落地推回箱内，陆沨一手握住侧面的把手，轻而易举将整个箱子提了起来。

安折："……"

他说："真的不用。"

陆沨："5 楼？"

行。

安折意识到自己刚才已经把楼层给出卖了。

然而，不等他做出别的反应，陆沨已经抬腿朝单元门口走过去，他只能跟上——临进楼前还回头看了乔西一眼，见这人惊疑不定地望着他们，迟迟未动一步。肖老板说，假如他勾搭上厉害的佣兵，乔西一定见他就绕道走，现在看来，这个说法可能真的是正确的，即使他身边的是审判者而不是佣兵，而他实际上和陆沨没有任何关系。

但是，只是这片刻的分神，安折就被陆沨落下了好几步，上校的腿比他的长，他只能加快脚步跟上，和陆沨一起走进了楼道。

为了节约电力，楼道里只有应急小灯微微发亮，这地方很黑，也很狭窄，一片寂静里，上校军靴踏地的声音格外清晰，一声声像叩在安折的心上，根据他对陆沨的了解，这人下一刻就会问："箱子里装了什么？"

但离奇又幸运的是，直到上到5楼，陆沨都没有说话。

安折站在14号门门口，拿出自己的ID卡，刷开房门。房间的窗帘没有拉，一开门，极光透过窗户扑面而来。明亮的光铺满了大半漆黑的天空，主体是绿色，边缘折射出大片的橘紫色。安折进门，打开房间内的小灯，出于人类群体该有的礼貌，他看向门边的上校："请进。"

陆沨欣然走进，将拉杆箱放在墙边。安折瞧着他的表情，觉得这人现在心情居然不错，而且好像没有想走的样子。

他试探问道："您要继续巡防吗？"

陆沨抱臂靠在墙边，淡淡道："不用。"

那双冷绿的眼睛注视着他，安折总觉得时至今日审判者大人也没有完全相信他是人，仍然在挑剔地寻找着一切可能的破绽。

安折小声问："那您一会儿去做什么？"

"回城防所休息。"他听见陆沨道。

安折努力按照人类的风格和他对话："您不回审判庭吗？"

陆沨："太远。"

安折："……哦。"

他觉得现在的情形下应该请上校在家里坐坐，但他太想让他走了，因为这个房间里看起来只有一个上校，其实有两个。

他道："那您什么时候去？"

陆沨看了他一眼。

安折垂下眼，抿了抿嘴唇。

陆沨："去给我倒杯水。"

——完全不是商量或者提议的语气，这个人不论说什么都像在下命令。

安折："好的。"

他拿起桌上的水杯，开门，这里离楼层走廊尽头的公共水房很远，他走过去，对着一红一蓝两个按钮，揣测陆沨喜欢喝热水还是凉水。

很快，他就按下了代表凉水的蓝色按钮，这里没有冰水，不然他肯定要给陆沨接冰水的。

接好以后，他抱着水杯，想着还要继续面对陆沨，怀着沉重的心情一步步走回房间。

审判者深夜帮他拎东西上楼，竟然是为了过来喝一杯水，难道他在外巡防一晚上口渴了吗？

这种经历，等他明天告诉肖老板，以肖老板那个只装着一件事情的脑子，一定又会说："他想和你上床。"

不对。

安折猛地顿住了脚步。

他忽然明白肖老板为什么把箱子留给他了。

——因为明明靳森一直在黑市老老实实卖手机，却突然联系不到了，肖老板觉得事情有蹊跷，不能再把审判者的人偶带回店里。

他蹙了蹙眉，开始回想陆沨的一举一动。

审判庭的巡防都是成群出行的，像那次在黑市门口，陆沨就带了三个人，为什么现在却只有他一个？还偏偏出现在自家楼下？

而且，陆沨这个人，好像会读心术一样，他以前有什么异常都会被发现，这次陆沨怎么根本没有问箱子里是什么？

安折刚刚按在门把手的手顿住了。

他觉得，审判者，可能，是来抓他的。

他迅速收回手，拿出通信器——AE77243，肖老板的号码。

通信器的黑白电子屏幕上出现四个字："无法接听。"

安折心中警铃大作。

然而，就在这时，虚掩着的门内传来一道催命一样冷冷的声音："进来。"

安折心脏重重跳了好几下，他深呼吸一口气，打开房门。

只见陆沨还站在原来的位置，微微垂头，不知道在想什么，他旁边就是竖放的拉杆箱。

安折走了两步，把杯子递过去："上校，您的水。"

陆沨一动不动。

安折忽然意识到了什么。

他缓缓、缓缓地转头看向房间另一侧。

然后，和真正的陆沨对上了眼神。

陆沨坐在他的书桌前，双腿交叠，一个高高在上的坐姿，手中拿着一张纸，正抬头看向他。

安折知道了真正的绝望。

但此时此刻，他只能缓慢向前挪了两步，将杯子放在书桌上："您的水。"

陆沨拿起水杯，放在唇边轻轻啜了一口，然后微微蹙眉："凉的？"

安折不想说话，他好像又做错了一件事。

就见陆沨将水杯重新放回桌上，纸张也放回桌上，看向他。

安折迅速认错："我错了。"

陆沨没说话，足足十秒钟之后，他才道："犯了什么罪？"

安折："没有给您接热水。"

陆沨淡淡道："冷水也可以。"

安折望着陆沨手里那张血淋淋的写着"反对审判者暴行"的传单，心中又凉了一分，道："参加非法游行。"

陆沨："不至于。"

那完了。他可能犯的罪，就只剩下一个。

制作审判者的人偶应该是什么罪名？

安折一边痛恨当时没有仔细看基地法律的自己，一边努力搜寻名词。人偶，用于那种不太好的用途的人偶——

在楼下时，陆沨对乔西所说的那句话出现在他脑海里，安折绝望道：“……猥亵罪？”

就见陆沨眼里浮现出一点似笑非笑的意思：“看过基地法律吗？”

“没有。”

陆沨道：“过来。”

安折往前走一步。

“伸手。”

安折乖乖伸出手。

陆沨的用词依然简短，命令的语气：“放上来。”

安折问：“放哪里？”

“我身上。”

安折迟疑了一下，然后缓慢地把手贴在陆沨左边胸口上，制服的银扣和别在胸前的徽章都是凉的，表面有一些纹路，他不知道陆沨为什么要让他这样做。

咔嗒。

冰凉的银色手铐再次铐在了安折手腕上。

陆沨面无表情：“猥亵罪。”

安折：“……”

紧接着，就见陆沨拿起了通信器。

“抓捕完成，缴获违禁物一件，”他道，“过来接应。”

*

城防所的楼道，比居民楼还要黑，还要冷。

安折被带到了地下 1 层，昏暗的光源下，四周都是铁门，他意识到这可能就是人类的监狱。

他被关进了其中一间。

“明天审讯。”陆沨锁上铁门，道，“你有十小时准备辩词。”

安折：“……我没有辩词。”

陆沨：“我想也是。”

说罢，他就转身，头也不回地离开了这里，只留下一句话：“好好休息。”

安折扒着铁门，看着陆沨的身影消失在走道里。

窃窃私语从他对面传来。

“我就说吧，一个都少不了。”

“哈伯德怎么出野外了，不然也少不了他的牢饭。他要我偷拍的，你们俩坑死我了，出去之后赔我钱。”

“你找杜赛去，她下的单，尾款还没付呢。”

“那你带我去找。”

是肖老板和靳森的声音。

安折循声望去，在昏暗的光线下努力辨认对面被关的两个人：“你们也在？”

“可不是嘛。”靳森道，“我正好好卖着手机，就被审判庭的人带走了。”

肖老板叹了口气：“我跟你分开之后，还没进车站就被抓了。”

靳森道：“你呢？你是怎么被抓的？”

安折没有回答。

“师父。”他道。

肖老板：“怎么了？”

安折：“我真的让人很想欺负吗？”

“你才知道？”肖老板懒洋洋道，“问这个干什么？”

安折也没有回答，他问：“你们犯了什么罪？”

“还用说吗，”肖老板道，“非法窃取审判者信息罪。”

安折：“这样的吗？”

“怎么，”肖老板道，“难道你不是吗？”

安折：“是。”

肖老板“嘿”地长笑了一声：“说话都变调了，有人欺负你了？”

安折冷漠道：“没有。”

寂静的空间里，靳森打了个哈欠：“监狱的床还挺软的。”

安折往自己周身的空间望去，狭小的囚牢单间里，角落处摆着一块两米长、一米宽的塑料软板，软板尾端叠放着白色薄毯——这大概就是所谓的床了。

他走到那边，盘腿坐下，用薄毯子裹住自己，背靠在墙壁上。

脚步声从走廊尽头传来，刺眼的灯光照在过道里，三个城防所的士兵拿着手电筒查房，经过他们的时候，左侧一个士兵道：“多了三个，谁送进来的？”

“审判庭呗，陆上校厉害。城防所现在就是审判庭的后勤队。”

“审判庭想彻底接管城防所了，不过所长还在撑着。”

他们用手电往他们脸上晃了晃，也不再多话，往前走去，挨个检查一遍后，从另一个通道口上去了。

他们的声音消失后，整个地下空间寂静无声，只有囚犯们的呼吸声，人很少，安折能感觉到。远处传来水滴一滴滴落在塑料板上的声音，肖老板嘟囔了一句：“城防所就这么浪费水资源。”

但水滴落下的声音仍然不断响着，没有间断，均匀无比，靳森道：“是表。”

安折努力听，辨认出这声音是从他的隔壁传来的，每隔一段极短的时间响一下，并不是水滴声，而是老旧的机械钟表走动的声响。

小蘑菇
孢…孢子呢？
孢子…
呜
打滚
z
菇言菇语
猥亵罪
QAQ
?!

黑暗里，秒针匀速转动，时间似被无限拉长。

终于，靳森道："肖老板，你经验多，咱们会被关多久？"

"关不了多久吧。"肖老板道，"非法窃取审判者信息，要看用途，不对审判者造成伤害就行。"

"我觉得不对，你用于盈利了，"靳森道，"就算关不了多久，也得罚款吧？"

肖老板："那我宁愿被多关几年。"

靳森叹道："审判者就是审判者，给他拍个照都要被拘留。我以后还是老老实实卖手机吧。我就拍了个照，就被审判庭的人拉走了，当时我还以为在自己不知道的时候成了异种，我吓死了。"

肖老板没说话，安折隔壁的囚室里却传来一道清亮的年轻男声："非法窃取审判者信息罪，我见过。"

肖老板问："关多少天？"

"最短三天，最长三年，处死过一个，他想暗杀审判者。"

肖老板试探问道："……遂了吗？"

"未遂。"

"那也处死啊？"

"《审判者法案》的规定就是这样。"那道声音语调平静，"没有审判者的绝对安全，就没有审判者的绝对威权。"

肖老板道："那……我们没有要害他的意思，要被关多久？"

那道声音说："看审判者心情。"

安折手指抓了一下毯子，他觉得审判者心情不错。

就听靳森好奇地问："兄弟，你犯的什么事？"

那声音道："煽动罪和散播恐慌罪。"

靳森似乎迷惑："啊？"

"我给文化所写稿子，城防所抓了我。"隔壁的人道，"后来文化所倒闭了，我也没被放出来。”

安折想，原来他是安泽的同行。

就听靳森道：“你要被关多久？”

“终身监禁。”

靳森那边明显沉默了一下：“你骗我玩呢。”

那人笑了一下，没回答。

安折想了想，根据安泽的记忆，他从事的是一项很安全的工作。

他问隔壁：“你写什么？”

那人道：“写基地历史科普。我笔名叫诗人，你看过吗？”

安折：“没有。”

诗人道：“那你想听吗？你的声音很好听。”

“你的声音也很好听。”安折觉得他好像很想讲的样子，于是道，“我想听。”

“停。”肖老板出声，“你犯的是煽动罪，别想也煽动我们家小孩。”

“你们只听听就好，不用害怕被抓。”诗人的声音带笑，“毕竟你们已经被抓了。”

他说得竟然很有道理。

“我花了很久才整理出来的东西，自从被关在这里，就很少有机会讲了。”诗人道，“不过，那些事情你们大致也知道。”

安折道：“我不知道。”

“哦？”诗人道，“那我讲细一点。”

“我想想从什么地方开始讲……”他的语速逐渐放慢，“从沙漠年代讲吧。

“沙漠年代前，是大繁华时期，地球上一共有七十亿人，在平原地区，开车一小时，就一定能遇到一座村庄或者城市。城市里住满了人。城市外围是农田、畜牧场和工厂，为城市提供生产物资。那时候也有战争，但都是国家和国家之间的战争，动物和植物不是人类武器的对手。”

讲到这里，他顿了顿，似乎在梳理思路，过了一会儿，才道：“那时候是2020年，一百多年前的事情了。”

“我当佣兵的时候，去过一个国家首都的研究所废墟，在那里挖出过一份资料，是一份从2020年开始的地磁研究报告。”

周围没人说话，他继续道：“从那一年开始，他们检测到地球磁场正快速衰弱——你们知道磁场吗？”

靳森道：“不用问我，兄弟。我没文化。”

肖老板不说话。

“基地不教这些东西。”诗人继续道，“总之，2030年，地磁消失了。”

靳森诚实问道：“所以地磁到底是干什么的？”

“地球是一个巨大的磁铁，南极和北极是它的正负极。地磁就是一切。”诗人道，“地磁消失之后，指南针失效，全球生物圈紊乱，人类工业全部停摆，无法发电用电。不过，这是地磁消失后最轻的后果。

“地磁……它最重要的作用是保护地球。地球在宇宙中悬浮，四面八方都是宇宙射线，还有太阳风，但是这些东西遇到地磁场后，会被偏转向其他方向，不会伤害到地表生物。于是在2030年，地磁消失后，整个地球直接面对太阳风暴和宇宙射线的袭击。外面的辐射太强，大多数土地都被风暴直接掀开了，水分消失，大气层变薄。干旱、皮肤病、癌症……地球上的人死了一半，这就是‘沙漠年代’。”

靳森：“妈呀。”

“不过，沙漠年代结束得很快。”诗人笑了一声，继续道，“从2020年发现地磁变化开始，人类就已经提出对策，分为A计划和B计划，我在废城翻了好多资料才查到。”

靳森的声音已经变得恭敬：“您说。”

“A计划，在亚洲大陆和北美的两个特殊地点，建造巨大的磁场发生器，一个叫‘东部磁极’，另一个叫‘西部磁极’。由东、西两个磁场发生器代替地球的南、北两极，与太阳风中的带电粒子产生共振，形成新磁场，覆盖全球。”

靳森啪啪啪鼓了几下掌：“厉害。”

“B 计划，建设大型地下城，将人类生活重心从地表转移到地下，免受射线和太阳风的侵袭。”

靳森继续鼓掌：“好。”

“2040 年，B 计划成功，地下城开放入住。

“2043 年，A 计划成功，弱磁磁场覆盖全球，气候不再恶化，生物不再因为宇宙辐射而死亡。人类科技开始恢复，2040 到 2043 年这段时间，被称为‘曙光年代’。”

讲到这里，诗人轻轻叹了口气：“但是，人类最难的时候，才刚刚开始。”

安折睁大了眼睛。

“我知道，”这时，对面的靳森道，“大灾难时代来了。”

“嗯，”诗人道，“宇宙辐射带来未知的基因变异，变异出了很可怕的东西。

“一开始是超级细菌和真菌、病毒，它们就在人类城市里繁殖，无差别感染所有人，城市里全是尸体，去过野外废墟的人都知道这件事。”

安折问：“怎么活下来呢？”

“活下来是命运。”诗人道，“你的基因里，对这些细菌有免疫力就可以活下来，没有就死掉。最后剩下的，全是能够免疫的人。到最后，地球上经历过沙漠时代的三十亿人，也只剩下一亿左右。不过，这也不是人类最难的时候。”

安折：“然后呢？”

“然后的事情，你们都知道了。说是宇宙辐射带来的未知进化也好，某种我们检测不出来的病毒也好，生物的全面变异出现了，全球都被这些东西占领。它们身上一定有什么特殊的东西，人类接触到就会被感染，逐渐丧失人类特征，被同化。它们喜欢攻击人类，人类的基因对它们来说很好吃——战争就开始了。这是人类历史上最宏大的一场战争。”

轻轻喘了一口气，诗人继续道：“分散生活的人类无法抵挡怪物的攻击，人类开始整合剩余资源，建立人类基地。我们的 ID 号开头是 3，代表这里是人类第三基地。地下城基地、弗吉尼亚基地、北方基地、东南基地，这四个基地的联盟就是人类的命运共同体。基地成型后，就能喘口气啦，于是有了你们现在的生活。”

随着这句话，监狱里的气氛似乎缓和下来，但又随着接下来的一句话重新降至冰点。

“可惜，基地并不是安全的地方。”诗人咳了几声，声音逐渐变低。

“2061 年，变异啮齿动物潮爆发，东南基地沦陷。

“2073 年，海洋异种潜入，弗吉尼亚基地沦陷。”

“我 ×，”靳森突然打断他，“我知道你为什么会犯煽动罪和恶意散播恐慌罪了，城防所就应该把你的嘴封起来。”

“但我没有做错任何一件事。”诗人笑了笑，道，“我只是混在我男朋友的佣兵队里，在人类遗址到处搜集资料，然后把它们整理出来发表，就被判了终身监禁。”

靳森道：“你的舌头应该被割掉。你竟然还有男朋友。”

诗人笑了起来：“基地里那么无聊，我为什么不能有男朋友？”

他不再搭理靳森，道：“所以，到现在还能运转的，就只有北方基地和地下城基地了。这两个基地保护着磁场发生器，所以基地的极光比其他地方都要亮一些，极光就是太阳风里的粒子流。”

说到这里，诗人叹了一口气：“我不知道两个基地间还有没有联系，毕竟隔了一整个太平洋。我之前说人类最难的时候不是沙漠时代，也不是大灾难时代，是因为最难的时候就是现在。下一刻会发生什么，谁知道呢？”

话音刚落，他们脚下的土地猛地晃了晃。

灰尘从监狱的天花板上掉下来，落在安折头上身上，他被呛得咳嗽了一声，但随即更加剧烈的震动开始了。

靳森猛地起身，大声道："地震了？"

"不是地震。"安折听到隔壁诗人从地上爬起的声音，这个知识渊博的人念叨着一些他听不懂的东西，"地震波是横波、纵波，现在是无规则震动，震源很浅——"

"——地下有东西！"

这句话安折听懂了。

"咚！"

忽然间，一声巨响从过道深处传来，伴随着铁门倒地的哐当声。

"咚！"又是一声。

比之前剧烈一百倍的震动传来，安折死死抓住铁门栏杆站稳。

他听出来了。

有什么东西——一个巨大的活物，正从地下猛烈撞击着地板。

第8章

安折气得菌丝都想伸出来了。

“我 ×！”靳森大叫一声，“就在我下面！”

他说的没错，下一刻，安折就感到自己脚下的地面沉闷地晃动起来，那种感觉很近，很真实，像重锤在地板下面敲打。

就在此时，走廊尽头又传来巨大的撞击声，铁门哗啦啦响成一片，伴随着那边囚犯慌乱的大叫。

“那边也有。”诗人的语速陡然加快，“地下生物，是啮齿类吗？它们群居，东南基地就是——”

话音未落，他又迅速改口：“不对，啮齿类没有那么大的力量，地下……”

杂沓的脚步声匆匆响起来，一队身穿黑衣的士兵从通道楼梯里快速下来，手电亮光晃来晃去，扩音喇叭的声音在通道里回荡，震耳欲聋：“不要慌张，城防所地基很牢，加注了水泥和特制钢板，我们正在查明原因，不要慌张。”

——如果他们没有一边喊话一边快速打开牢门让囚犯出来的话，这话还会可信一些。

与此同时，刺耳的鸣叫声在外面响起来，警报声像波浪一样高低起伏。

“疏散信号都响了！”靳森大力拍打着牢门，“哥！快给我打开！”

士兵匆匆打开远处的三个牢门，然后快步过来。肖老板在外侧的牢房，士兵找到牢门对应的钥匙后，迅速捅进锁芯，咔嗒一声，铁门被拧开，肖老板几乎是扑了出来，士兵快速道：“右转上楼找出口！”

肖老板趔趄了几下，拔腿就往右边跑去，天花板落灰簌簌，士兵抹了一把脸，站到了诗人的门前。

这时候靳森大声喊：“他是终身监禁！是危险分子！你先开我的！我是良民！”

那士兵似乎迟疑了一下，地面晃动得越发厉害，他转身去开靳森的牢门。

靳森双手扒着铁门，声音剧烈发颤：“哥，快点，哥。”

安折看到士兵的手也在抖，对了好几下，钥匙才捅进锁芯。

靳森：“你就是我的亲哥——”

声音戛然而止。

地板吱嘎声响，他整个人猛地被抬起，一个巨大的黑色物体顶着碎裂的地板和土灰猛地向上一弹！

一声沉闷的“噗”声，靳森的身体被怪物和天花板挤在中间，眼珠向外暴出，他的腹部被什么尖锐的东西顶开了，血混着内脏淅淅沥沥地往下掉。一声凄厉至极的惨叫响起，安折瞳孔放大，缓缓转头，开门的士兵被挤压得扭曲变形的铁门穿透了大腿和右边胸膛，抱着腿在地上抽搐着打滚，剧烈咳嗽，嘴里不断涌出大团的血沫，可能是他的肺被穿破了。

“砰”的一声响，那黑色的东西又重重落下，在地面上破开了一个洞，下面是空的，靳森的尸体掉了进去，再也看不见了。

走廊深处传来其他士兵的吼声：“撤出去——”

但就在下一秒，地面崩裂的巨大声响也在那边响起，铁门哐当当落了一地，天花板碎裂，掉了下来。两声饱含恐惧的大叫声响起，然后戛然而止。

——安折听见了咀嚼声。

前奏是水声，然后是沉闷的摩擦声、肢体相互挤压的声音，最后是骨骼嘎吱作响再碎裂的声音。

声音从走廊的尽头传来，也从安折对面那个地下空洞里传来。

士兵抽搐滚动间，他的手电筒掉在地上，滚了几下，苍白的光束照向那个漆黑的裂口。

与此同时，一根菌丝穿过铁门的缝隙伸了出去，更多的菌丝随之漫过去，它们聚在一起，钩起了地上散成一团的钥匙，将它缓缓拖回铁门内，钥匙和地板摩擦，发出嘶啦声，安折看到士兵惊惧的余光看向了自己这边——但他管不了那么多，并且知道士兵也管不了那么多了，因为他已经咽气了。

安折问隔壁："我是几号门？"

诗人的声音带颤："17 号，你还好吗？"

"还好。"安折道。他估计了一下，他的铁门和诗人的铁门平齐，诗人的视野有限，看不到他钩走钥匙的一幕。

收回菌丝，他迅速抓住那些钥匙，找到 17 号，将它卸了下来。

咀嚼声加快了。

菌丝托着 17 号钥匙，再次从铁门缝隙中伸出去，一部分菌丝贴着铁门，探知锁孔的位置，另一部分菌丝将钥匙插了进去。菌丝很脆弱，力量也有限，越来越多菌丝聚在一起，钥匙终于被拧动，咔嗒一声，锁芯弹开了。

安折紧紧抓着剩余的钥匙，推开门来到隔壁门前，他的手有点抖，翻出 18 号钥匙，借着手电筒的余光对着锁孔捅进去，向左用力拧动。咀嚼声在这一刻完全停止了。

"我的天……"一个年轻男人破开门跌跌撞撞地出来，安折甚至没来得及看清他的脸，就死死拽着他越过士兵的身体，两人一起往唯一安全的右边走廊跑去，地面还在颤动着，地面下的东西不止两个。

就在这时，前方的应急灯闪了几下，彻底熄灭了，前方陷入完全的黑暗。

安折听见身边的诗人急促地喘了几口气："别往后看。"

但安折还是难以自抑地往后转了头。

一只虫子。

黑色的，有大半条走廊那么宽的蠕虫。

它的身体像蛇，但又分成了明显的节段，此时正从地面那个巨大的裂口里爬出来，昂起头颅朝着自己和诗人的方向——或者不能说是头颅，它没有眼睛，没有任何头部应有的构造，它身体的前端只有一个圆形的口器，口器里是密密麻麻的牙齿。

而在它的后面，另一条一模一样的蠕虫正爬过来。两个牙齿密密麻麻相互交错的口器，一致望向他们这边，窸窸窣窣的声音响起来，它们朝这边过来了，速度一点都不慢，和他们之间只有十几米距离，安折闻见了它们身上的腥气。

诗人咬牙道："走！"

然而地面又是猛地一晃，安折被巨力掼到了墙壁上，他左臂一阵剧痛，好像碰到了变形的铁门。他用手臂把自己撑起来，诗人也拉了他一把，一片漆黑里，他们再次往记忆中的通道口狂奔。黑暗里，什么都有可能发生，或许下一秒他们面前就有第三条蠕虫破地而出，或许他们会因为看不到东西而径直撞到墙上。

——他真撞到墙上了。

脑袋猛地磕到一块金属质地的东西，安折又是一痛，他整个人都碰到了什么东西。下一刻，又有什么东西绕过了他的腰，试图把他整个人捞起来重新站直。

这墙还长了手。

"后面还有活人吗？"极近处，陆沨的声音响起来，比平时的语速要快。

安折心脏几乎停跳，道："没有了。"

——里面的人都死了。

"铀弹准备，最大当量。"陆沨道，话音刚落，炫目的白光就从这里亮起，往走廊深处疾速袭去。

没等安折反应过来，他又被陆沨硬生生按了下去，在地上一滚，被这人压在下面。

下一刻，沉闷的爆炸声响起，闪电一般的白光转瞬即逝，陆沨的身影在安折视网膜上落下一道刺眼的影子。他闭上眼，右手紧紧抓着陆沨的袖口，急促地喘了几口气——刚才跑得太急了。

地面还在剧烈地晃动，仅仅三秒后他又被陆沨从地面上拉起来，旁边还有别的人，灯光亮起，照亮了这里，陆沨道："走。"

安折跟着他们转身登上楼梯间，他没剩多少力气了，但神奇的是陆沨扶他的那只手似乎有什么特殊的感应，每当他跟不上的时候，总能被拉一把。

也不知盲目跟随了多久，外面冰凉的空气终于灌进了他的呼吸道，他几乎靠在陆沨身上了，一直在喘。

陆沨淡淡道："没事了。"

"徒弟！徒弟！"旁边一个人影凑上来，拽住他的胳膊，把他从陆沨手里接了过来，是肖老板。

安折终于好了一点，视野也清晰了，他道："诗人……"

"我在这里。"一道声音从他身后响起，安折回头，见一个年轻好看的人抱臂倚在墙边，也因为剧烈的运动而艰难喘气，等终于喘匀了，那人幽幽道，"你很会撞人。"

安折："……"

不过，还没等他说什么，陆沨的声音响起。

"霍华德所长，"陆沨淡淡道，"您来晚了。"

安折往前望去，见前面站了一排士兵，为首的是一个身穿城防所制服的高大男人，头发是铁灰色的，他有一只威严的鹰钩鼻，肩上的徽记和陆沨的一样，也是上校衔，看起来是城防所的所长。

霍华德的声音和他本人一样沉稳冷硬："本来已经准备无差别轰炸，陆上校却越权入内，让我很为难。”

“毕竟我的犯人还在里面，”陆沨语调冰冷，“超声驱散仪在的地方，你也敢无差别轰炸？”

“城防所的设备不劳审判庭操心。”霍华德道，“您还是看看地下出来的人有没有被感染吧？”

陆沨道：“审判庭的工作也不劳您操心。”

霍华德的目光却沉沉看向安折，安折和他短暂地对上了目光，意识到他看的是自己的左臂——在地下通道里受伤流血了。

陆沨的右手扣住了他的肩膀：“缓冲期内我会带走监视。”

霍华德道：“有劳。”

随即，他转向城防所士兵：“准备轰炸。”

——然后，安折就被陆沨带走了，在肖老板挽留的目光里。

陆沨在城防所的办公室在主体建筑的辅楼，一个没有任何装饰的房间，安折刚进去，他就锁了门。

安折想，这可能是一种防范措施，万一自己真的被感染变成了怪物，也不至于跑出这个房间。

只见陆沨走到灰色办公桌前，拉开抽屉，拿出一团白色的东西抛给了他。安折下意识接住。是一卷绷带，审判者的意思大概是让他包扎伤口。他在附近靠窗的另一套桌椅前坐下，开始捣鼓绷带，心想，审判者虽然随意给人定罪，但他或许也不失为一个好人。

他伤在左边胳膊，小伤，只是被铁板划了一道口子，不是很疼，但渗出了血。安折撕开大约半米长的绷带，开始用右手往左胳膊上缠——缠不上。

好不容易单手松松缠上了，却打不了结，人类的手指本来就不如菌丝灵活，何况只有一只能用，再何况，他对人类的肢体也并不是特别熟悉。但安折觉得，身为一个表面上的人类，连绷带都缠不上的话，有些丢脸，于是他蹙了蹙眉，继续努力打结。

他感到一道目光落在他身上，陆沨在看他。

——他继续打结。然而一想到审判者正在看着自己的一举一动，打结的技术就更差了，他努力了三分钟后，不仅结没有打好，手一抖，原本已经在胳膊上缠好的绷带也散开了。散开的那一刻，安折气得菌丝都想伸出来了。

一声轻笑从他对面传来。

其实也算不上笑，只是一声气音，很短促，但是安折听出来了——这声音是嗤笑，是嘲笑。

安折：“……”

审判者，在嘲笑他。

就在此时，一只手出现在他眼前，手指很长，皮肤冷白，安折太熟悉这个形状了，肖老板做完后，这只手就被放在他床头的货柜里，他每天睡前都能看到，是陆沨的手。

那只手拿起了绷带的一头，另一只手拿起另一头，在他胳膊上缠了几圈，微微有些紧绷。

然后，安折就看着那十根手指利落交错，给绷带打了一个平整的结。

——陆沨帮他缠了绷带，虽然这人在上一秒嘲笑了他。

他拉下衬衫的袖口，闷闷道：“谢谢。”

陆沨没说话。

楼下忽然传来巨大的爆破声，很沉闷，像是从地底深处传来。安折往下望去。城防所的建筑格局是四面楼厦合围一个宽敞的中庭，他今晚被关押的那栋楼是最矮的一栋。此时此刻，那栋楼内一片兵荒马乱——里面的人员疏散出来，重装的士兵一队一队带着武器穿梭进出，爆破声不断响起，建筑吱嘎作响，玻璃被震碎，有的房间已经垮塌了，半小时前还牢固宏伟的建筑逐渐变为一片废墟，灰尘和铀弹爆炸的烟尘笼罩着那里，像白色的雾气。城防所的士兵全副武装，在周围拉起隔离带，并竖起辐射标志。

军方使用的铀弹是贫铀弹，穿透力强，辐射偏弱，但长期接触仍会对人体产生伤害，需要进行特殊处理。

建筑物内撤出的人员大部分都被疏散到了城防所外面，而肖老板、诗人以及其他犯人被安置在中庭的临时帐篷里，由五个持枪士兵监视，安折能看见他们。

这时，他看见陆沨起身，走到窗前。

窗外天空铺着大片浓绿的极光，很炫目，陆沨的身影站在窗前，被虚化成一个黑色的轮廓，他转头看向中庭的另一边。

安折顺着他的目光往那边看，只见中庭的另一端是一个巨大的黑色装置，像一个黑色的圆形碟盘，被一层又一层巨大的八边形线圈包围着。圆盘从边缘开始向中央平滑凹陷，中央竖起一个粗壮的黑色锥形物体，有放射状的极细的东西——线路或电杆之类的东西将黑锥与线圈相连。整个装置比两栋楼都要庞大，如果站在圆盘底下，往上看，四面八方都看不到天空。

安折托腮注视着那里，人类的造物总是让他感到庞大和陌生。

余光里，陆沨拿出通信器，拨通了一个号码，冷冷清清的声音响起来，他的嗓音像深冬里的某一场雪。

“审判庭，陆沨。请求转接灯塔中心。”

他们两个离得近，通信器听筒另一端的声音散落了一些出来，也落进了安折耳朵里。

那边道：“正在转接，请稍候。”

大约二十秒后，一个男声从那边响起：“城防所是怎么回事？”

陆沨道：“地下入侵，大型蠕虫类，怀疑群居。目前城防所安全。”

“明白。”对面道，“蠕虫类群居可能性极高，我们立刻派研究组去城防所。你们注意保护驱散仪。”

陆沨：“好。”

刚挂断那边，他的通信器又主动响了起来，这次是别人拨过来的。

陆沨：“霍华德？”

“3 号楼地下不能再炸了，我们的人找到了爬行轨迹，在地下和怪物肉搏。”霍华德道，“有人受伤，重伤员已经被击毙，轻伤员正在往外送。你得看着。”

陆沨望着楼下：“我能看见。”

说完，他又道：“蠕虫类危险等级高，一旦接触黏液也得立刻被送出来。”

霍华德那边骂了一句什么，陆沨语气不变，道：“注意驱散仪。”

“目前没发现往驱散仪去的轨迹。”霍华德语气有点冲，“驱散仪下的地基比建筑结实，陆上校专心做自己本职工作就好。”

陆沨淡淡道：“有劳。”

通话便断了，从语气上看，这可能不是一次愉快的通话，但陆沨好像并不在意，他斜倚窗前，略带懒散的姿态，但眼睛一直看着中庭来来去去的士兵，安折知道他正在监控士兵们是否安全。

无事可做，安折就继续打量中庭那一端的巨大仪器。

从方才陆沨和其他人的对话里，他猜那个就是“超声驱散仪”。

对这个名词他是熟悉的，《基地手册》中提到过。基地的外城区一共有十台超声驱散仪，由位于基地 1 区的驱散中心统一管理。之前在肖老板店里，他也听到基地广播里说，现在是节肢类怪物、寄生类怪物的繁殖季。为防止空中入侵，基地已将超声驱散仪工作强度提至 III 级。

所以说，这种仪器的作用，是保护整个基地免受空中怪物——譬如昆虫和鸟类的入侵，安折不知道它的工作原理，只觉得很神奇。

把驱散仪的每个细节都打量一遍后，他又把目光转向了室内。这间办公室并不大，没有别的东西，只有两套桌椅、枪架和几个文件柜。文件柜里整整齐齐摞着很多东西，有看不出内容的资料堆和文件夹、几本《基地手册》、一些仪器操作指南，以及一本有四根手指那么厚的《基地宪法》——原来《基地手册》里的法律部分还是删减版。

安折的目光继续移动，文件格的下一层放了几只玻璃罐，大多是空的，边上有一个，里面装的好像是十几粒植物种子，再往旁边看，还有一袋类似土壤样本的东西，贴着白色的“安全”标签。

安折就又想起自己的孢子来。

种子和孢子大概是相似的，他被人类军方挖走的孢子，会不会也被放在一只玻璃罐或者其他什么容器里—— 一想到这个场景，本能的难受就又涌了上来，他好像也置身在一只密不透风的罐中。孢子是他最重要的一部分，他却仍然不知道它在哪里。并且，所有的线索都中断于他身边的这位审判者。

要想找到孢子，他得向陆沨打探消息。

可他只是一个蘑菇，他知道自己不像人类。他也知道陆沨的观察能力很可怕，很大可能自己一开口，就被怀疑了。

或者，他努力也观察陆沨一段时间。

想到这里，他忽然一个激灵，转过头去，正对上陆沨的双眼——灯光下，窄长墨绿的一双眼，神情淡淡，不知道已经看了他多久。

安折怀疑自己又被怀疑了，但他得蒙混过关。

对着上校的目光，他眨了眨眼睛。

上校的表情没有一点变化，语气平淡："你可以走了。"

缓冲期过去了。

安折问："我回下面吗？"

囚犯们都住在中庭的临时帐篷里。

陆沨淡淡道："嗯。"

安折咬着下唇，半晌，对孢子的渴望战胜了对上校的恐惧，他说："那里冷。"

陆沨看着他，道："你是囚犯。"

安折："但是我没有犯猥亵罪。"

陆沨看着他，过了两秒，这人笑了。

"好，"陆沨道，"非法窃取审判者信息罪，量刑加倍。"

"我没有窃取。"安折努力辩解，"我只是对着你的信息做东西。"

"哦。"陆沨道，"利用审判者信息非法盈利罪，量刑二次加倍。"

安折声音低了下去：“我也没有盈利。”

陆沨抱臂睨着他：“不盈利，你是拿去自己用吗？”

安折：“……”

他说不过他。

就见陆沨看着他，微微扬眉：“盈利多少？”

“不知道。”安折道。

“工资多少？”

“60。”

陆沨又笑了一声。

“真可怜。”他道，“老板骗了你，出狱后记得找他涨工资。”

安折觉得自己又被嘲笑了。这是他今晚第三次被这个人气到，他认定陆沨是这个基地里最会欺负人的人类。

还没想好该说什么，就见陆沨低头看了一眼腕表。

“凌晨了。”他声音中又带上那种安折熟悉的命令语气，“下去睡觉。”

恰在这时，夜晚的冷风从窗户里吹进来，直直吹到安折脸上，基地白天和晚上的温差非常大。

他打了个很小的喷嚏，然后就看见对面的陆沨蹙了蹙眉，似乎嫌弃。

蹙眉的陆沨冷冷道：“娇气。”

安折确认自己被嫌弃了。但风太冷，他没忍住，又打了一个。

安折：“……”

他真的很怕冷，也真的想在陆沨身边找找线索。但看着上校的表情，他意识到自己再不走，可能就要被从窗户里扔出去了。

他只能低下头默默拢了拢衣服领口，站起来，转身走开。

临到门口，却听见背后传来陆沨的声音：“站住。”

安折站住了，回头。

陆沨仍抱臂倚在窗边，他目光往房间右侧动了一下，淡淡道："你可以去那边。"

安折循着他的目光看去，见右边墙壁上竟然还有一道门。他走过去，打开。

这是一间休息室，有简易的床和桌，门口是一个立式衣架，挂着一件黑色制服大衣。

安折意识到了这是谁的房间。

他道："您……"

"我今晚不能睡。"陆沨道，"你可以选择睡这里，或者外面。"

两相权衡，安折果断道："谢谢您。"

陆沨没说话，转身朝向窗户继续看楼下了。外面的声响一直没有断，仍然一片混乱。

安折走进了这个房间，他掩上门，打量这个地方。房间里充斥着冷清的气息，并没有多少人类居住的痕迹，只床尾叠好的被子上有一些折痕。

木质桌面上摆着几个弹匣，弹匣旁边是一把钝银色短军刀，但这不是吸引了安折目光的东西，桌面正中摊开一个册子。上面有黑色的笔迹。

6.16，正常。

6.15，正常。

6.14，正常。

安折意识到了这是什么，这是审判者的工作记录手册——当时那次反对审判庭的游行里就有一条标语写着"公开审判者工作记录"。

但现在看来，以陆沨这个手册的敷衍程度，即使公开，也没有什么看头。

他往前翻，翻到5月。

一连串"正常"中，夹了一条：

5.17，寄生入侵，已解决，报告待递交。

5.18，正常，5.17 报告已递交。

再往上。

5.11，异常，怀疑对象 ID3261170514（危险等级极低），基因检查通过，允许入城。

安折：“……”

看来，那天在城门口，陆沨不仅发现了他的异常，还发现了他的弱小。

但他没有就此打住，一种直觉驱使他往前翻去。

肖老板说，军方所有人，即使是审判庭，也会出野外执行任务。

而他丢掉孢子的地方有审判庭的弹壳。

安折的心脏怦怦跳着，他潦草地翻过十几页，一条与众不同的记录突兀出现在他眼前。

2.20，回城，样本移交灯塔。

目光在这一条上顿了顿，安折往前翻，这一页的记录忽然密集了许多。

2.12，野外，深渊，补充地图记录 4 条，采集植物样本 7、动物样本 4、分泌物样本 7、混合多态怪物行为信息录像 3。

2.13，野外，深渊，采集植物样本 13、动物样本 3、分泌物样本 14、混合多态怪物行为信息录像 6。

——他去了深渊。

安折眼睛陡然睁大，他的目光停在这一页的最后一条记录上。

2.14，野外，回程，采集异常真菌样本 1（孢子）。

安折脑海空白了一刹，握着纸页的手颤了颤。

在作为蘑菇的那段时间里，他没有太多时间的概念，日升和日落只是一种自然现象的变幻，他不知道自己把孢子丢了多久。

2 月 14 日，按照人类的季节，是冬天还没有过去的时候。确实是这样没错，他的记忆中和梦境里还回荡着丢掉孢子那天晚上呜呜的风声。

世界上不会再有第二个蘑菇在相同的冬季同样丢掉孢子，他和陆沨的相遇远远早于那次城门口的见面。又或者就是一墙之隔的审判者本人亲手将孢子从他身上取了下来。

安折顿了顿，将这本工作手册往后翻，在下一页，2 月 20 日，陆沨回到了基地，并写下“样本移交灯塔”。

他的目光在这一行字上停留三秒后，将日志重新翻回 6 月 17 日，把黑色的圆珠笔也搁回纸页上，仿佛它从来没有被翻阅过。

安折将目光从手册上移开，望向书桌后面那堵墙。审判者在基地里拥有至高无上的权力，他可以对任何人开枪，也可以命令城中所有机构配合工作，紧急情况下能够调动城防所的兵员，就像那天在供给站广场的时候。但是，虽然位高权重，但他在城防所的住处比安折自己的房间还要冷清简陋，就连墙壁也只是薄薄粉刷一层，隐隐露出后面灰色水泥的质地。

而在这面灰白的墙壁上，比人高一点的地方，用红漆印了八个字和一个句点。

人类利益高于一切。

安折轻轻打了个寒噤，地牢里太冷，他仍然没有缓过来。他将目光移向一旁的床铺，犹豫几秒后，还是上去了。

他的脑袋陷进了枕头里，不敢像平时那样用被子把自己裹起来，只将它松松搭在身上，自己蜷起来。被子、枕头和床单都是基地制式的物资，和地

人类利益高于一切

牢里囚犯们的被子并没有任何区别，连那种人造纤维的气息也别无二致。但安折的感觉很不一样——睡在审判者的床上，一墙之隔的办公室里还传来陆沨和不知什么人简短的对话声，一种难以描述的感觉，很危险，但又很安全。

这种情况下任何人都会失眠的，更何况他是个蘑菇。

——但他竟然没有失眠太久，胡思乱想中，身体因为得到了被子而逐渐暖和起来，眼前的世界渐渐模糊，就那样跌进梦境里去了。

安折是被人弄醒的，他确信离自己睡过去只过了很短的一段时间。

他上一刻还在旷野里第无数次体验被挖走孢子的感觉，下一刻就感到有一只手拍了拍他旁边的枕头。

安折一个激灵，睁开眼睛，对上一双冷绿的眼睛，俨然就是那个挖走他孢子的凶手。

陆沨将他的被子掀开，语速极快，道："撤离。"

不用他明说，醒来的那一刻，安折也体会到了身下建筑微微颤动，和地牢里如出一辙——这栋楼下面也出现蠕虫了？

短暂地思忖过后，波浪形警报长鸣，又是疏散信号。

他来不及多想，迅速下床，穿好鞋子，陆沨右手抓住他的肩膀，将他往房外带，冷风从打开的房门外灌进来，突然从温暖的被子里来到这里，安折本能地打了个寒战，紧接着，他就感觉到陆沨抓住他的那只手顿了顿。

黑色的影子兜头罩了下来，他身上一沉，是陆沨从一旁的挂衣架上取下大衣丢在了他身上，安折来不及说谢谢，只伸手将大衣拢了一下。陆沨动作没停，迅速从桌面上抄起工作手册和圆珠笔，塞进安折身上大衣的口袋里，然后抓住他的手腕向外疾步走去。两个审判官已经在门口等着了，一见陆沨，立刻喊了一声："上校！"

——然后，这两人不约而同看了安折一眼。

陆沨没说什么，一行人从最近的紧急通道口下楼。紧急通道内一片漆黑，怪物的袭击影响了电力系统，只有绿色的荧光指示灯兀自发亮，楼梯既窄又陡，只能勉强容下两个人并排通过。偏偏另外三个人动作都太快了，安折被陆沨拽着下了一层楼后已经跌跌撞撞了好几下，他意识到除非变成菌丝，不然不仅跟不上这几个人的步伐，还会拖慢陆沨的速度。

他刚想说陆沨不用拉，他自己走，肩上忽然传来一股力道，陆沨握着他的肩膀将他往侧后方一拧——下楼的惯性还在，安折一下子撞在陆沨的后背上，他的额头之前就被陆沨胸口的徽章磕了一下，现在又被肩章磕了一下，楼梯是斜向下的，他比陆沨位置高，这一撞，他本能地往前抓住了陆沨。

然后，他就被这人背起来了。

抱着审判者的脖子，回想刚才混乱的但又好像顺理成章的一系列动作，安折感到很神奇。

关键是，这人背着他好像毫不费力，轻轻松松跃下几级台阶，稳稳当当落地，接着助跑几下，翻出 2 层的窗户，在 1 楼窗外平台借力，安折耳边只有呼呼的风声，不知怎的，陆沨就落在楼下的草坪上了。

陆沨身上明明没有范斯或霍华德那样明显的块状强壮肌肉，但隔着几层衣服，安折还是感受到了这人身体紧绷蓄力的那一瞬间恐怖的爆发力，人类的身体和软绵绵的菌丝并不相同。

陆沨落地后，后面又传来间隔很短的两下落地声，是另外两名审判官。

而安折光是抱紧陆沨，就觉得自己很用力了，明明这也是一具人类的身体。

人和人的差距比人和蘑菇的差距还要大，他意识到了这一点。

但是三秒后，他意识到整个中庭里的人都在看他，天亮得早，淡淡的雾气根本阻挡不了别人的视线。肖老板从最近的帐篷里露出头来，先瞟了一眼陆沨，又瞟了一眼他，旋即开始对他挤眉弄眼。

陆沨放下了他，安折也松开抱住他脖子的手，落地。

“谢谢您。”他道。

“不客气。”陆沨淡淡道，“去帐篷。”

帐篷就在离这里几步远的地方，安折应了一声，转身，却正撞上霍华德迎面而来。

陆沨问：“怎么回事？”

“情况有变，突然又来了很多。灯塔的人到了，开了雷达，显示四栋楼下都有虫子，”霍华德道，“不是一两只，群居，城防所下面是个虫子窝。它们破开地面，想攻击楼内人员。”

陆沨：“全员撤离？”

“全员撤离，你也走。”霍华德斩钉截铁道。

陆沨道：“给我看雷达成像。”

“不用看，没救了。”

陆沨：“驱散仪在这里。”

霍华德也冷下声来，和他针锋相对：“驱散仪保不住了，你还要我说多少遍？撤离后我会立即联系驱散中心提高其他九台驱散仪的工作强度。”

安折回头看，见陆沨神情冰冷，右手扣上了腰间别着的枪，一字一句重复道：“给我看雷达成像。”

“你！”霍华德似乎动怒了，但又忌惮审判者随时随地杀人的特权，朝一个方向摆了摆手。

一个身穿衬衫简装的男人从另一边走过来，手里拿着一台黑色仪器，陆沨从他手里拿起仪器，目光在屏幕上扫过。

安折就眼睁睁看着这个人脸上的温度骤降，声音冷得能冻出冰碴子。

“怪物目标不是楼内人员，是驱散仪。”他抬眼看向霍华德，语速极快，“中庭有驱散仪，地基经过加固，无法打破，它们只能从四面建筑下出来。”

霍华德道：“灯塔给出的报告不支持你的结论，陆上校。”

“我一年有一半时间在深渊。”陆沨的手指按在枪托上，眼睛微微眯起来，冰冷的威慑冻住了在场所有人，“霍华德，我见过的怪物比你们见过的人多。”

霍华德沉默了三秒，没有说话，随即，像是忽然想到了什么，他瞳孔扩大，神情剧烈变化：“那其他驱散仪——”

“联系驱散中心。”陆沨道，“立刻。”

他身后的审判官拿出了通信器，拨了一串号码，并按下扩音键。

“嘀——”

单调的等待音响起来。

“嘀——”

“嘀——”

中庭里，一片静默。

九声等待音响后，通信器传来急促的忙音，三秒后，忙音停止，无人接听，通信自动挂断。

霍华德迅速拿出了他的通信器，快速拨下几个按钮，对那边道：“城防所霍华德，转接驱散中心，任何线路都可以，立刻。”

“请稍等。”接线员的声音传来。

这句话说完后，便是长久的沉默，足足三分钟后，接线员的声音响起，他尾音带了一点颤。

“驱散中心失联。”

第 9 章
那十天真是血流成河。

接线员话音落下的下一秒，陆沨就变了脸色。

他转身就走，灯塔研究员快步跟上，城防所的门外停着审判庭的汽车，年轻审判官跑过来："上校！"

陆沨："你们留下协助城防所。"

"上校，需要召集审判庭吗？"

陆沨目光扫过道路上稀稀落落的人："关城门，5 区集合。"

"是。"审判官道，"上校，注意安全。"

陆沨没说话，砰的一声关闭车门，发动引擎，他猛打方向盘，黑色汽车迅速掉头，离弦之箭一般朝着 1 区驱散中心方向驰去，随之紧紧跟上的是霍华德的车与城防所的重型装甲车。

后座上，研究员手持通信器，也在与人通话，他正在被质询。

"正在前往驱散中心。"研究员说，"我们得做好最坏的准备。"

"目前怀疑超声驱散仪用于驱赶节肢动物及鸟类的特殊频段在发挥作用的同时吸引了地下蠕虫类生物。但也不得不怀疑这是一次有预谋的进攻。"

"是，正在联系其余驱散仪所在地。"

与此同时，城区中央，警报塔的声音蓦然响起，持续不变的尖锐长鸣震耳欲聋，清晨街上稀稀落落的人听到后脸色剧变，彼此对视一眼后，拔腿就跑向最近的建筑物——持续长鸣的含义是"紧急避难"。

与此同时，街道广播开始，柔美的机械女声道："警报，由于超声驱散仪故障，城中近期可能出现昆虫、飞鸟及蠕虫类怪物。确认排除故障前，请居民立即紧闭门窗，停止出行，一旦发现可疑情况，请立即拨打紧急通信，联系城防所。基地军方将全力保证您的安全。”

“警报，由于超声驱散仪故障，城中近期可能出现昆虫、飞鸟及蠕虫类怪物……”

四面八方的居住楼上连续不断传来“砰”的关窗声，城防所的工作人员和犯人们则被迅速转移至最近的居住区。源源不断的装甲车从城防所在基地的各个驻点驶出来，分散至道路各处。

安折、肖老板和诗人在同一间房里，城防所现在自顾不暇，而他们三个，一个犯的是煽动罪，一个犯的是非法窃取审判者信息罪，一个被审判者安了一些奇奇怪怪的罪名——总之，没有什么杀伤性，没有士兵监管他们，只是锁死了房门。

“驱散中心远程管理外城所有驱散仪，”诗人向窗外远眺，“在野外的空气里，哪怕一只小飞虫都有可能感染人类，基地用特殊频段的超声波驱散它们，才能保证居民绝对安全，基地连一只苍蝇都飞不进。如果驱散中心真的出事，那么我们就全城暴露在感染的可能下了。对繁殖季的昆虫来说，人类的血肉是虫卵的最佳温床。”

安折抱膝坐在光秃秃的床板上，他问：“会怎么样？”

诗人伸手捏了捏他的后脖颈：“假设昨晚有一只小虫子把卵产在了你的皮肤里，虫的基因和人的基因就会发生融合。最迟三天后，你就是一具里面裹着上亿只虫卵的皮囊。小虫子从你的眼睛里、呼吸道里飞出来，飞到其他人身上，很快——”

肖老板不满道：“你别吓唬小孩。”

诗人慢悠悠收手：“我说的是真的。”

安折眼前蓦然浮现那天在供给站广场上被陆沨剖开肚子的异种，他的腹腔和呼吸道里全是半透明的小虫。

他道：“那怎么办？”

诗人摇摇头。

“我们只能祈祷驱散中心没有出大事，又或者刚刚出事不久，驱散仪很快就能修复，否则……”他轻轻叹了口气，“否则，要么全基地爆发感染，要么……审判日就要重现了。”

安折蹙眉望着窗外空荡荡的街道。

却听肖老板问：“你知道审判日？”

“听过一点。”诗人说。

肖老板叹了口气：“我以为只要老实待在基地里就能活到老死。”

“基地安全太久了。”诗人仍眺望着远方，“我总是忘记安全才是暂时的，危险是永远的。活着并不是我们应得的，活着是恩赐。”

安折不大能听懂，也不知道如何发问。

他只有一个问题：“审判日是什么？”

肖老板的目光却向他瞟来：“我忘了问你。你的衣服怎么回事？”

安折：“……”

他还披着陆沨的大衣，并且大衣口袋里还装着陆沨的工作手册和圆珠笔。

肖老板的眼睛眯了起来。

“昨晚我和诗人在帐篷里的时候，你在哪里？”他问，“你是不是和他睡觉了？”

“没有。”安折总觉得肖老板在质问他，他小声回答，“他没睡觉。”

肖老板“嘿”地笑了一声：“你怎么知道他没睡觉？你就是和他睡觉了，他怎么样？说说。”

安折心知自己谁都说不过，他装聋作哑：“审判日是什么？”

“那你知道《审判者法案》是怎么提出的吗？”诗人问他。

安折答：“不知道。”

诗人看向肖老板：“老先生一定知道。”

肖老板挑挑眉，道：“我知道。”

诗人道：“您的年龄？”

肖老板却没回答，他道：“我年轻的时候大家都很拥护这个法案。”

诗人在床板角落和安折并肩坐下，他身上灰色的囚服有一些地方磨破了，黑色的半长头发在脑后简单扎起来，脸上神色很平静，说话时有种端腔拿调的顿挫，或许这就是诗人这一职业常用的语气：“《审判者法案》已经延续将近百年了。我想，北方基地很感谢它。我对那件事了解并不很多，基地的老人太少。”

肖老板的兴致似乎终于从安折怎么睡觉的问题上转移了，他一手把玩着从口袋里拿出的人偶小零件，一边道：“我也是小时候听人说的。”

诗人：“您讲。”

“东南基地完蛋以后，大家都很害怕。那时候异种的变异程度还没有现在这么严重，外面的人回基地只要经过全身检查，没有伤口和其他异常地方就好。基地里每个地方都有士兵，一旦发现变异，立刻杀死。”肖老板道，“当时超声驱散仪也没发明出来，基地里虫子乱飞，明显变异的大东西都被士兵打死了，小的抓不住，基地里到处挂满捕虫灯，未成年人不允许出基地，就编成捕虫队，到处扑杀昆虫。”

诗人道：“兵荒马乱的时代。”

“差不多吧。”肖老板道，“我小时候还当过捕虫队队长。十几年以后才有了超声驱散仪，整个基地一只虫子都飞不进来。”

诗人：“那时候《审判者法案》已经出台了。”

“对，”肖老板说，“但是法案出台不是因为虫子，而是因为一段监控录像。一个监控员例行检查水塔过往录像的时候，看见角落里发生了一件事，那地方太暗了，拍得不清楚，所以当时并没有人发现。看到那段录像的一瞬间，监控员就吓疯了，你们想象不到那个画面。”

安折被肖老板的讲述勾起了兴趣，他看见诗人也全神贯注听着。

就听肖老板继续道：“他看见一个姿势很奇怪的人走到循环净化水池旁

边。然后，那个人坐下了，像没有骨头一样。我听录像的人说，那个人像个人形的水蛭。坐下后，他把腿伸进了水池。”

诗人：“他是异种，在用分泌物污染水源？”

肖老板笑了笑：“嗐，那也不至于吓成那样。”

诗人挑了挑眉。

“然后，那个人的腿变成了半透明的花白的东西，炸开了一样，一大片扩散在水里，没法形容。”肖老板晃了晃脑袋，接着道，“再然后，那个人整个身体都流到了水池里，水位立刻升了十几个点，我听人说，就像塞满了白花花的肉末，那些水是基地水循环系统的一部分。”

“再然后，它就跟着水流从出水口流走了，那是基地的饮用水。”肖老板道，“更坏的消息是，这是二十多个小时前的录像。”

诗人微微蹙着眉头，他好像有些反胃，喉结滚动几下后，他才道：“全城暴露。”

“对。”肖老板道，“灯塔给出了调研结果，这是一种软体水生异种，扩散到水中可能是一种繁殖方式。总之，全基地都有感染的风险，谁都不安全。紧接着，那个法案就应急出台了。”

诗人道：“有一种说法是，初代审判者和审判庭并不属于军方，而是灯塔的下属机构。”

“也没错，水生异种入侵后，灯塔那些科学家里有研究类人异种形态的，对这些东西的特征了解比较多，他们组成了审判庭，用十天时间，组织全基地所有人挨个接受检查。没人有伤口，但是谁都可能被感染，也没有什么检查手段，全靠肉眼观察和直觉判断。虽然你什么都没干，只是喝了口水，但审判庭要你死，你就得死。”肖老板叹了口气，道，“那十天真是血流成河，说是整个基地的人死了一半。”

“和我以前收集的消息差不多。”诗人道，“这十天就是传说中的审判日。”

“就你们这些玩笔杆子的人神神道道的，说那十天是‘审判日’，说什么上帝什么什么——”肖老板边说边皱眉。

诗人笑了笑：“在末日那一天，全部世人都会在上帝面前接受审判，上天堂或者下地狱，这就是审判日。”

“谁知道呢？”肖老板掸了掸袖口的灰，“弗吉尼亚基地听说后，对咱们基地的这个决策破口大骂，派科研团送来能有科学依据鉴别异种的机器，还用无人机到处投放反对传单，斥责北方基地丧失人性、违背人权。结果呢？”

诗人低声道：“三年后，类人海洋异种入侵，弗吉尼亚基地全面感染，宣告沦陷。”

“有了弗吉尼亚那群傻瓜衬托，《审判者法案》就正式延续下去了。任何一个审判官都能开枪杀人，审判官判断不出来的，交给审判者全权决断，误杀不负任何责任。审判者就是上帝。”肖老板咧嘴笑了笑，“可惜上帝容易发疯。杀的同胞太多，就刹不住啦。灯塔那群负责审判的科学家换了一茬又一茬，十年疯了三个，自杀了两个，没人愿意再顶上，军方就接手了。

“军方的人长年驻扎野外，见的怪物多了，分辨异种的能力不差，心理素质也强，审判者换代的速度终于从三年疯一个变成五年疯一个。陆沨刚当上审判者的时候二十岁都还不到，我看他太年轻，还和人打赌他撑不过三年。”肖老板耸肩，“输了不少钱，他今年就是第七年了。哈伯德说他杀的人是上一任审判者的好几倍，而且这三年每年都在成倍增加，大家都知道他也离疯掉不远了。”

“审判者的心理压力和被审判者比起来，很难说谁的更大一些。”诗人靠在墙上，“但陆上校既然还有心情和小朋友睡觉，看来他离失控还很远。”

“不，不对。”刚说完，他又蹙起眉，改口道，“对于陆上校这种冷漠无情的人来说，这反而是发疯的前兆之一。”

他凑近安折，眼中竟然流露出和肖老板相似的神态：“他状态怎么样？

弄疼你了没？”

安折裹紧衣服缩在角落里，不太想和他们说话。

咚。

一声弹响。

房间里的气氛一个激灵，三个人全都看向声音的源头。

一只色彩斑斓的甲虫撞在了窗户上。

第10章

“等着。”

楼下，不知道什么地方传来了一声女人的尖叫，或许她也看见了虫子。

甲虫缓慢在窗玻璃上爬行着，它有巴掌大，八条细长的足肢上附着一些密集细小的凸起，这些凸起光滑地紧贴在玻璃上，中央有一个针尖大的白色小点，是它的吸盘。它水滴状的尾巴后拖曳着一条长而软的褐色触角，爬动间在玻璃上留下深棕色的水迹——它好像想进来。

诗人伸出手，手指在两扇窗户的缝隙间滑动试探：“没事，封死了，它进不来。”

“一代不如一代。”肖老板说，“越长越丑，以前还有个虫样。”

“基因的融合，”诗人望着玻璃，“融合得越多，外表越离奇，感染能力也越强。我认识一位科学家。他说，这一百年来，人类的所有研究仍然不能解释感染的原理。”

肖老板：“嗐。”

——他嘴上发出一个无谓的语气词，身体却往房间的角落缩了缩，最大限度远离那面窗户，道：“你就不能拉上窗帘吗？”

“我想再看看这座城市。”诗人说着，放下一半的窗帘，房间被昏暗笼罩，他的轮廓在昏暗中显出一种奇异的忧伤，“这座……不知道还能存在多久的城市。”

安折往外望去。清晨，暗淡的天穹下，灰色的城市向外绵延，一半隐没在淡淡的白雾里。太阳升起来了，雾气正在被烤化，视线尽头露出一些机械结构的庞然大物，很高，直刺向天空。人类总是有很多奇怪的装置，这些装置保证着基地的安全，但有些时候并不能，譬如现在。

这时，诗人转头看向他："你好像一点都不害怕。"

安折抿了抿唇，他不知道如何作答。

诗人放下余下那一半窗帘，对他笑了笑："你真的很奇怪。"

安折问："真的吗？"

"你太安静了，好像下一刻发生什么都没关系。"诗人道，"我们这个年代很少会有你这种性格的人。"

安折笑了笑："也许吧。"

蘑菇和人，不可能一点区别都没有。他尝试让自己更像人一点，问诗人："那我们现在做什么？"

诗人思考了三分钟，道："祈祷。"

"祈祷超声驱散仪没有被彻底损坏，或者祈祷虫子只是一群没有脑子、全凭本能生存的虫子。

"然后，再祈祷我们的玻璃窗足够牢固，不会轻易被撞碎。"

就在他话音落下的那一刻，乒乒乓乓的声音从窗户外密集响起来，是无数只虫子往玻璃上飞撞的声音。

肖老板阴沉沉看着诗人："我祈祷你是一个哑巴。"

诗人也慌了，揭开窗帘一角，然后迅速合上："你们别看了。"

"我看见了。"肖老板道，"虫潮来了。"

下一刻，他猛地变了脸色："快！检查通风口！"

诗人猝然朝房间一角望去："通风口在那儿！"

他们看着的方向就在安折头顶上方，是个通向外面的孔洞，被金属丝网保护着，但因为年久失修，已经朽坏，露出一个豁口。诗人见状，刺啦一声撕掉自己的半截袖子，递给安折："先堵上！"

安折接过去，通风口不小，他用右手手指将衣袖布料团起来，塞进去："不够。"

诗人又撕一块，安折一只手摁住原来那团，另一只手接过来。

他右手食指指尖忽然微微一痛。

安折动作顿了顿，面色如常地将那团布料也塞进去，将通风口堵结实，重新在床板上坐下。肖老板和诗人在到处排查房间里还有没有别的漏洞，他抬起食指，放在眼前。

一个针尖大小的红点。

皮肤的质地隐隐变化，变成雪白的菌丝，他趁着另外两个人都背对着自己，猛地一拽，将那些菌丝扯断。

新的菌丝从断口处伸出来，重新组合成人类的手指——没有伤口的新手指。

安折不知道这样做有没有用，被扯下来的那些菌丝好像也看不出什么问题，但他没有什么别的办法。

“没有别的洞了。”诗人转回身来，道。

安折道：“……嗯。”

然而，昆虫撞击玻璃的声音越来越密集，越来越大，玻璃哐啷作响，仿佛下一刻就要碎掉。楼道里广播持续不断地播放指示，但也只不过是一些“请关闭门窗，不要慌张”的废话。

诗人坐下，脸色微微苍白：“听天由命吧。”

“你赶紧闭嘴。”肖老板目光严肃，吼完诗人后，看向安折。

安折不明所以：“怎么了？”

“快，”肖老板道：“给你男人打电话。”

安折：“……”

*

1 区，驱散中心。

巨大的黑色超声驱散仪影影绰绰，矗立在灰色的天幕下，圆盘状的主体使它看起来像一朵盛开在城市里的庞大花朵。

车子在道路上疾驰，建筑物不断后退，前方驱散仪的影子也在飞速放大。

“驱散中心如果被破坏。”陆沨的声音打断了他，“其他驱散仪还会正常工作吗？”

“有可能停止工作。”研究员沉默片刻，才道，“驱散仪的操作过于复杂，为了保证外城全部被超声波完美覆盖，所有驱散仪的强度、波段都由驱散中心统一远程调度。如果中枢被破坏时，应急程序没有及时启动，恐怕会有很严重的后果。”

“不过，这只是最坏的结果，概率很小。”他继续道，“驱散中心拥有的 1 号驱散仪是整个外城最大的一台超声驱散仪，功率太强，会对人体造成不良影响，1 区因此没有常住居民，驱散中心的人员和驻兵也不多，人手不足的情况下，暂时性的失联可能有其他原因，未必——”

他的声音戛然而止，目光穿透车窗，直直看向前方的超声驱散仪。

在一百多年前，和平年代的春天，花叶生发的时候，园丁会为植物喷洒驱虫药剂，使得它们免受虫子的啮咬。

而此时此刻，超声驱散仪——这个黑色的花朵，表面上遍布灰白黑黄的条状凸起，巨大的蠕虫——它们爬满了它的表面。

不，不只是蠕虫。

他的呼吸忽然剧烈颤抖了起来。

“不……”他道，“上校，你看见了吗？”

陆沨猛打方向盘！

汽车在狭窄的道路上完成了一个惊险至极的急转弯，掉头向原来的方向驶回去！

后方装甲车辆先是愤怒打灯，然而就在下一刻，他们也全部掉头急转——

道路尽头，黑色虫群如同烟花炸开，铺天盖地飞起，下落，像一场突然而至的骤雨。节肢动物覆盖外骨骼的身体乒乒乓乓地撞在玻璃上，整个汽车像顶着流弹前进。

车里，通信器声音开到最大，响着接线员剧烈颤抖的声音。

“上校，2 区紧急通信，虫潮全面爆发，请求支援。”

“3 区紧急通信，避难过程中发现大量昆虫类怪物，请求支援。”

“城防所紧急通信。”

“城务所紧急通信。”

“8 区紧急通信——”

“接 8 区，”陆沨语速极快，“地下避难所能否安全接收全城人员紧急避难？”

“陆上校！”对面人声语速更快，“小型飞蚊群通过通风系统进入，我们这边出现十个以上感染者，请求审判庭支援！”

三秒钟的沉默。

陆沨道：“感染者击毙，其余人员避难，等支援。”

通信挂断。

“上校。”接着，一道年轻声音响起，“审判庭已集合，目前无伤亡。”

“分散支援各区域。8 区优先。”

“是。”

通信挂断。

“上校。”车里，研究员强作镇定的声音响起，“我们回主城。”

陆沨声音淡淡：“主城？”

“主城有独立防御和驱散系统，能保证绝对安全。”

车速徐徐放缓，前方是道路的分叉口。

陆沨道：“外城呢？”

“基地外城全城暴露，昆虫类怪物具有体型优势，无孔不入，虫潮危险等级高过东南基地沦陷那次的啮齿动物潮。”研究员的语气逐渐恢复冷静，道，“您是审判者，但这种情况下，您谁都救不了。”

充足的论据使研究员找回理智与镇静，他甚至笑了笑，道：“现在去哪里都没有意义，无法减少任何伤亡。您知道我说的没错，您保护不了别的，但能保全我们自己。”

通信器声音再度响起，先前情况紧急，陆沨设置了紧急模式，于是三秒钟后，通信自动接听。

传来的却不是接线员的声音。

“上校。”一道清凌凌的声音响起来，比陆沨所习惯的语速要慢一些，咬字间带着一种软绵绵的轻，“您的东西还在我这里。”

陆沨问：“你在哪儿？”

“城防所旁边，”安折道，“……好多虫子在撞玻璃。”

他尾音带颤，像是害怕了。

陆沨将方向盘打过半圈，驶上分岔路中的一条，研究员看着被放弃的那一条，眼睛瞪大，身体几乎要从座位上弹起来，又被安全带拴住，他猝然道：“你——”

陆沨好像完全没有听见他的话，只对通信器那头道：“等着。”

第 11 章

上帝审判世人，尚且有善恶作为依据。

安折是被陆沨踹开门，用制服外套裹住脑袋带出去的。

当然，诗人和肖老板也被带出去了——不过他们是自行裹住了脑袋。

建筑门口被陆沨调来了一台小型的超声干扰仪，暂时清出了方圆十米的空间，安折被安全塞进了车里，诗人和肖老板也蹿了进来，三人挤在后座上。

陆沨回到驾驶座，道：“超载了。”

安折莫名觉得审判者又在针对他。

肖老板主动道：“报告上校，我不是人，没超载。”

“哦。”陆沨道。

他拨了一个通信：“超声干扰仪救援方案可行，建议组织居民大规模转移。”

通信器那头传来的是霍华德的声音：“转移去地下避难所？”

陆沨道：“我先去 8 区避难所确认安全。”

“有劳。”

陆沨便发动引擎，他们的车子转过一道弯，朝 8 区的方向驶去。

一路上，陆沨的通信器疯狂连响。城务所刚刚发来求援信号，5 区就请求增援，而 5 区刚刚得到增援后，审判庭又打过来说人手已经不够。

到后面，陆沨的回答已经变得非常机械。

“请转城防所。”

“请转城防所。”

“请转城防所。”

“辛苦，请转城防所。”

“陆沨，你他妈的——”

——这次对面是霍华德。

陆沨直接把通信挂了。

挂断后，他却微微蹙眉，对旁边的研究员道：“我接到过6区的通信吗？”

研究员：“好像没有。”

陆沨拨号：“6区？”

“您好，这里是6区城务处，请问您——”

接线人语气平稳，连安折都惊讶了。

陆沨更是眉头深蹙：“审判庭，陆沨。6区情况怎样？”

对面顿了顿：“6区一切正常，请问您有什么——”

陆沨再次打断：“一切正常？”

“是的。”

陆沨干脆利落挂了电话，看向研究员。

研究员先是愣了愣，随后，声音难掩激动：“只有一种解释，6区超声驱散仪的应急程序成功启动了。”

诗人：“哇。”

陆沨继续拨通信：“审判庭，陆沨，请再次确认6区一切正常，请确认驱散仪正常工作。”

“确认一切正常。”接线员的声音里甚至有一丝疑惑，“上校，是出了什么事吗？”

“是。”陆沨的回答简短直接，“立刻升起隔离墙，确认物资供应，准备应急收容。”

“是！”

“霍华德，情况有变，全城向6区避难。”

“好。”那边道，“城防所负责人员救援转移。”

“收到，”陆沨道，“审判庭负责人员筛查。”

“有劳。”

这则通信挂断后，陆沨再次拨打了一个号码，安折注意到这串号码格外短。

“主城，统战中心。您好，陆上校。”

“审判庭，陆沨。请求全城审判权限。”

“请给出预期死亡率与执行时长。”

陆沨沉默了三秒，道：“百分之六十，五天。”

“请等待。”

“全城审判……”安折听到身边的诗人喃喃道，“这不就是……”

肖老板目光直直望着前方，道：“审判日。”

五分钟后，通信器中传来声音。

“允许执行。”

“是。”

车头掉转，驶向6区。

一路上，安折觉得陆沨格外沉默。

当他们进入5区道路时，前方停着一辆城防所的巨大装甲车——装甲车顶临时安了一台丑陋的超声仪，正在救援建筑中的居民。陆沨在装甲车旁停下，打开车门。

“我去开会，准备审判日。”他道，“你们跟城防所。”

安折只能盲目听从审判者的命令，直到被城防所士兵塞进装甲车里，他才猛然想起，自己又忘记把衣服还给陆沨了，而陆沨居然也没有要。

安折来不及再出去找陆沨，一声闷响，装甲车车厢关闭，光线消失，朝6区方向驶去。昏暗中，周围到处是人的肢体，诗人紧紧抓住了他的手，他另一只手抓紧了肖老板的袖子。车厢微微晃荡，闷热潮湿的空气里，不知哪里传来哭泣声。

“你听见了吗？”诗人轻声道，“这次审判日，预期死亡率是百分之六十。”

安折道：“嗯。”

“我有点害怕。”诗人道，“我们会活着的。”

安折不知道，他确实有点紧张，但不是因为审判日，而是因为被虫子叮到的那一口。

诗人似乎感到了他的僵硬，轻轻拍了拍他的背：“别怕，先睡吧。”

安折轻轻“嗯”了一声，闭上眼睛，车厢的微微摇晃很容易让人进入梦境。

世界渐黑渐沉，他眼前忽然浮现一幕。

大地，风，模糊但广阔的视野，奇怪的波动，不是人类所能看到的。

他在飞，周围是风，他的身体很轻盈。

在飞向什么地方？

他看见了，一座模糊的灰色城市，有温度从那里传过来——

一个激灵，安折猛地醒了。

他茫然望着前方的黑暗，方才那一幕太过模糊，他不知道这意味着什么。但相似的场景他遇见过，在深渊的山洞里，当他的菌丝吸收了安泽的血液，扎根于安泽的内脏和骨骼——人类的知识就那样浮现在他的眼前。

安折轻轻喘了一口气，他低头，那根被咬的手指不安地摩挲着拇指的指腹，在深渊，没有怪物会打蘑菇的主意，但他偶尔也会撞到一些生物尚存血肉的残肢，或被藤蔓的尖刮挂断菌丝，但他没被感染过，不知道是出于幸运，还是其他原因。

这次呢？

*

灾难突如其来，也像这场突如其来的审判。

夜深了，6 区的门口，昏黄灯光寂寂亮着，黑色的人群沿着隔离墙排成一条长蛇，绵延到视线的尽头。昆虫的振翅声从四面八方传来，可以想象它们是怎样虎视眈眈地注视着这座城市，如同注视一座能够繁衍后代的温室。与此同时，轰隆隆的车轮滚动声、履带行驶声与地面被重型装甲碾压的颤动也传过来，军方正在源源不断从各个居住区域救回居民，同样担负起运送居民职责的还有轨道交通列车。有时候列车中会混进虫子，但他们顾不得了。这些居民到达 6 区外围后，就被排在队尾，等待审判。

队伍是一条黑色的河流，数不清有多少人，他们缓缓地向前移动，通过审判后，就可以进入安全的 6 区。

机械广播一刻不停强调着“请大家遵守排队纪律”“请大家耐心等待”之类的话。队伍中偶尔会有惊叫声响起，一个活人在众目睽睽下发生变异，队伍周围巡逻的士兵会立即将他击毙。几声枪响后，人群也由最开始的躁动变为死寂。他们前进的速度非常缓慢，没有人愿意上前，然而士兵又在时时驱赶。

但枪响最主要的来源并不是队伍的中央，而是隔离墙的城门。

“一百年了，”一位老人道，“审判日又来了。”

老人牵着的那个九岁的男孩抬头惊惧地看向自己的长辈，却没有得到一丝安慰，老人眼里全是空洞，只更紧地握住了他的手。

在外面，是虫子在杀人，他们被从虫潮中救出，到了 6 区，是人在杀人。

上帝审判世人，尚且有善恶作为依据。而在审判庭面前，有的人什么都没有做，却要直面死亡。

夜色更深，远处传来苍茫的风声，像遥远的海潮。

一声枪响，安折前面有一个人倒下了，两个士兵把他的尸体拖走，每个居住区域都有一只巨大的垃圾焚化炉，现在它承担起了焚化尸体的任务。

又是枪响，又一个人倒下了。

队伍不断缩短，被杀死的人比通过审判进入城中的人多。

队伍不断前移，安折看见了这次审判的流程。

首先是一个缓冲带，由卫兵紧紧把守，假如一个人出现了肉眼可以辨别的变异特征，士兵就会首先将其击毙。第一关通过后，是四名分布在隔离门两侧的审判官，每个人都有一票否决权，可以随时开枪杀人——只要他认为这人不是人类，不论他的同僚的判断是否和他一致。

他们开枪所杀的人大概占所有死人的四分之一，被产卵和被咬伤不同，这个过程非常缓慢，很多人感染的特征都没有明显表现出来。更多时候，他们对视一眼，放这个人通过。

这时候那个人就会走到血腥最浓的地方，面对最后一个关卡。

陆沨。

并非正襟危坐或垂手肃立的郑重姿态，他依然是那样略带懒散地倚在门下，似乎漫不经心地把玩着手中的枪——他就用那把枪行使最高也是最终的审判权。

又是枪响，他处决了一个十二岁的孩子，那孩子倒下后，眼睛还在死死看着他。

一个年轻的审判官脸色苍白，喉口抽动，躬下腰去，努力抑制干呕。

陆沨的眼神淡淡往那边一扫："换人。"

那个审判官被士兵搀走，短暂的交替时间内，没有人接受审判，穿着白色衬衫的城务所人员上前，给每位审判官拿了一瓶冰水，水里泡着绿色的薄荷叶。但陆沨没要。

不到一分钟，新的审判官顶替上来，审判流程重新开始。

肖老板和诗人你推我拉，谁都不愿意先上前，最后安折被推到第一个。

士兵看了他一眼，打了个通过的手势。安折继续往前走，四位审判官微一对视，也将他放走了。

安折走到了陆沨面前。审判者那双绿色的眼望着他，灯光下略带晦暗，没有任何感情色彩，仍然像他们初次见面的那天。

安折微微垂下眼。

说来也巧，他来到人类基地才一个月，但已经是第四次直面审判者的审判了。

就在上午，他还被一只虫子叮了手，不过，除了脑海中短暂晃过一些奇异的画面外，什么事情都没有发生。

如果陆沨也不能看出问题的话——

他正这样想着，就见陆沨抬起左手，然后微微下压——是通过的手势。

他松了一口气，走进去——陆沨的衣服和工作手册还在他身上，但现在这种场景下，给那样的陆沨还东西显然不合适。

他在通道口驻足。

前面有军方的大卡车，如果用最节省空间的方式挤在一起，一辆车的车斗内能够容纳六七十个人。通过城门的人可以选择上车，车满后军方会把他们载去收容点—— 一些空置的居住建筑，如果连空置的建筑也满了，就将他们分配到正常建筑里，和原住民共处一室，总之，还算有地方可去。

而如果来者本身就是6区的居民，或在6区有关系密切的亲朋好友，则可以自行活动。

不到一分钟，肖老板和诗人也陆续进来了。

“呼。”肖老板道，“我活了。”

“我们被审判者从城防所救下来的时候就能确定之前没被感染，中途又一直待在车里。”诗人笑眯眯道，“通过是理所当然的事。”

肖老板斜他一眼：“那刚才不敢第一个受审的人是谁？”

诗人道：“我忘了。”

肖老板拍拍安折的肩膀：“你家在哪里？我得找地方睡觉，两天没睡了。”

安折道：“我不回家。”

肖老板皱眉：“那你干什么？”

安折指了指身上的衣服：“我等他有空，要把衣服还掉。”

肖老板拍了拍脑袋：“忘了，我不能去你家。”

“算了，”他道，“我也找我姘头去。”

安折目送自己师父的背影离开，一时间不能理解他为什么用“也”这个字。

就听诗人道：“肖老板在地下3层经营那么多年，基地里至少百分之九十的色情书籍和影片都来自他的店铺。据说，他年轻的时候，情人数不胜数。”

安折发现自己的师父好像真的很有名。他道：“你们都知道他？”

“基地就那么大。”诗人笑道，“谁不知道肖老板是做什么的？”

“不过，他年老之后，倒不是很风流了。”诗人道，“提到3层，我又想起杜赛了。你见过她吧？杜赛是外城最漂亮的女人。”

安折点点头。

诗人叹了口气：“不知道她现在又在哪里，如果她死了，我会觉得很遗憾。”

安折没说话。

诗人被关在监狱，他当然不会知道，黑市3层的老板娘已经死在繁殖季的前奏里。

但看着诗人略带怅惘的神情，安折忽然明白了一点东西。

一个人会因为另一个人的死亡而难过，这是他们独有的一种情绪，这或许是人类比其他生物更怕死的原因之一。

“你又露出那种表情了。”诗人道。

安折低声道：“什么？”

“这里发生的一切都和你无关，你好像只是看着。”诗人把手肘搭在他的肩膀上，语带戏谑，温声道，“你好像在观察我们，或者在怜悯我们，刚才有一秒，我觉得你身上有一种神性。”

安折眨了眨眼睛，不太明白。

他或许确实不像人，他毕竟是一个异种。

“现在没了。”诗人在他耳边吹了一口气，“现在你像个小傻瓜。”

安折：“……”

诗人拍拍他的肩膀：“我也走啦。”

安折问：“你去哪里？”

“随便吧。”诗人道，“城防所没空管我，我要越狱了。”

他对安折笑笑：“再见。”

安折看着他的背影消失在茫茫夜色里。

诗人是城防所关押的犯人，没有通信器，也没有ID卡，他能去哪里，安折不知道。

或许他会去找他的男朋友，安折想。

又或许，他去找别人讲基地建立的故事了，然后，不出三天，城防所就会再次把他抓走。

诗人走远后，只剩安折一个人站在墙脚下。这是一片空地，他不是唯一逗留此处的人，旁边还有许多人在徘徊、议论，远处也聚集了一些人，不知道在做什么。

临时拉起的隔离墙不高，是半透明的，在这里他能看见陆沨的背影。

极光在天空中旋转变幻，每一晚，天空的颜色都和前一晚不同，不断有尸体被从城门口拖走，进来的人却寥寥无几，枪声和死亡好像是唯一永恒的东西。夜风浩荡，把血腥气吹了进来，安折看不见陆沨的表情，他只是觉得这样一个背影很好看，很……孤独。

一个人会因为另一个人的死亡而难过，那么审判者会为他杀死的人而难过吗？或许他已经习惯了。

他身后传来脚步声。

“你怎么在这里？”一道似曾相识的声音。

安折转身，见是那名常跟在陆沨身边的年轻审判官，他抱着一瓶薄荷水，脸色不好，但神色还很温和：“不回去吗？”

安折点点头。

“我想把东西还给上校。”他脱下大衣，道，“您能替我转交吗？”

审判官微微笑了笑：“不等他吗？”

安折想，他只是穿了一次上校的大衣，但所有人都好像默认他们有了某种关系。

“我和上校……”他措辞，“我们不是很熟。”

“我知道。”审判官的回答却出乎他的意料，“只是没见过上校和别人在一起。”

他伸出手：“给我吧。”

安折确认工作手册和圆珠笔都在后，将大衣简单叠了一下，递过去。审判官的双手托住了它，他微微垂下好看的眼睫。

“上校已经连续工作很久了。”他低声道，“真的不等他吗？”

就在此时此刻，天上，极光陡然一变，像闪电猛地照亮了天空和地面。

安折心脏重重一跳，一种难以抵御的直觉席卷而来。他难以自抑地望向城门口陆沨的身影，夜色里那样挺拔又孤独的身影。

他忽然有一种认知，如果他现在离开，那他一辈子都不会和这个人有任何关系了。

他再次抓住了那件大衣。

审判官看向他。

“我……”安折道，“我等他吧。”

审判官温和地笑了一下，将大衣展开，重新披到他身上：“谢谢。”

安折又看向陆沨的身影，就在他们说话间，陆沨又杀了两个人。

他问：“他什么时候会休息？”

“我不知道。”审判官道，“可能再过两三个小时吧。”

安折：“谢谢。”

却听审判官问：“你怎么和上校认识的？”

安折回想。

“在城门口吧。”他略过孢子那件事不提，道，“他怀疑我不是人，带我做了基因检测，我通过了。”

审判官挑了挑眉。

安折继续道：“后来我就被他抓了。”

审判官弯起眼睛笑了笑：“我知道，制作那种东西，你们的胆子很大。”

安折：“……”

“然后就是在城防所了，我有点怕冷，他把房间借给我住了一晚。”安折掰着手指往下数，“再然后我和朋友们被困在房间里，不知道要怎么办，打了他的电话，就来到这里了。”

讲完，他问：“上校平时也经常帮别人吗？”

如果是这样的话，那陆沨确实是个好人。

“我不知道，他身边没有别人。”审判官却说。

过一会儿，他又道：“有时候，我也想保护一些人，但没有机会，没有人会向审判庭求救。”

安折抿了抿唇，道：“你很好。”

末了，又补一句：“你不像审判官。”

这位审判官的脾气，即使是在他见过的所有人中，也算得上是非常温和的。

审判官笑了笑：“很多人都这样说，或许像上校那样的人才是合格的。”

安折：“好像是。”

他想，陆沨冷淡的性格或许就是他能够做出最正确的判断的原因。

“今年是上校为审判庭工作的第七年。”审判官道，“外表上和人类没有任何差别的东西，却要判断他们真正的物种，有时会错放，有时会误杀，这真是世界上最难做到的事情。审判官做出的判断，审判者能够告诉他是否正确，但是对于审判者自己，已经没有人能告诉他是对或错了。他要对抗的是难以想象的庞然大物、潜伏的异种、他人的质疑……还有他自己。”

“所以我想，支撑上校在审判庭度过七年的，除了冷漠，还有一些别的东西。”审判官道，“希望你能理解他。”

这个审判官总是将话题导向陆沨，安折看穿了他。

却见此时审判官微蹙眉头，看向了隔离墙里，他们面前的近处。

那里集结了很多人，比方才多。安折原本以为是城内的居民来看热闹，但他们的神情都非常严肃，像是来参加一场大型聚会。

他们在说话，声音很小，安折隐隐约约捕捉到几个词。

“比例……可怕……”

“四千人。”

“……开始。”

他看见身旁的审判官蹙了蹙眉，朝远处的卫兵打了个手势。

一队卫兵走了过来，就在这时，集结在墙下的那些人散开了。他们足足有数百人，散开后的规模更显得庞大，并且，不断有人从城中走出，加入进来。

人群中，有人挥了挥手，安折确认是朝着自己的方向挥的。他看过去，那是一张熟悉的年轻面孔，是他进入人类基地的第一天领他去117号建筑的人。

那时候，他们正在游行。

——安折忽然知道这些人是来干什么的了，他睁大眼睛望着他们。

为首的一个人从衣服里拿出一张对折的白纸，展开。

白纸上用红色写了七个大字：

反对审判者暴行。

随即，那人身边的人也展开了自己的纸张：

立即公开审判细则。

请公布审判标准。

拒绝审判日重演。

给死者一个交代。

不接受无理由杀人。

拒绝以滥杀维护基地安全。

请求定期评估审判者精神状态。

致审判庭：请为基地人口流失率负责。

现任审判者杀人率远超历代，请给基地一个解释。

极光下，这些白色的纸张像花朵一样展开，它们汇在一起，像一片沉默流动的海洋，苍白是海洋的底色，血红的字迹是这片海洋掀起的浪花。

墙外的人们耸动起来，他们伸长了脖子，目光穿过半透明的隔离带看清对面的情形，死寂的氛围被这突然而来的异动打破，他们小声交头接耳起来。

安折却望向城门。

城门口，陆沨的身影微动，侧身往城内看过来。

那只是平淡无奇的一眼，他仿佛什么都没有看见，回身，上膛，扣动扳机，又一个人倒在了血泊里。是个短头发的少女。

如果安折没有记错，这是陆沨连续杀掉的第十一个人。

轮到第十二个人了，是个古铜色皮肤的男人，他惊怖欲绝的目光在陆沨、审判官和地面上那摊深浓的血迹间来回犹疑，迟迟没有迈出向前的脚步。

持枪的士兵走上前去驱赶他。他面部肌肉抽搐，死死看着对面静立示威的人群，最后咬紧后槽牙，闭了闭眼，坐在了地上："我不去！"

这一举动极大振奋了墙里示威的人群，他们将标语举得更高。

墙外，第二个人坐下了。

第三个。

第四个。

仿佛一股洪流席卷而来，短短五分钟之内，他们像倒塌的骨牌一样纷纷坐下，没有人说话，也没有一个人踏入审判区，极光在天空中狂舞变幻，他们静默地看着中央的陆沨，用拒不配合的态度表达反抗。

前方是审判，后方是虫潮，坐在这里，仿佛就能反抗前后的一切，就能获得永生——

陆沨的神情却没有任何变化，他微垂了眼睫，低头给枪换上新的弹匣，这人微斜的眉梢和薄长的眼角天生有一个上挑的弧度，正常时是凌厉迫人，而垂下眼的时候，那弧度就像极了冷漠的不屑和讥诮。

轻轻一声咔嗒响，弹匣换好。

他道：“带上来。”

城防所的士兵迟疑了片刻，场面足足静止十秒钟后，才有两个士兵迈步上前，粗暴架起第一个坐下的男人。

陆沨缓缓抬枪。

所有人的目光都看向他们。人群中传来一声女人的抽泣，随即，抽泣声像病毒一样传开，呼应成一片呜咽的汪洋。哭声无处不在，仿佛他们即将面临的不是审判，而是屠杀。

或许审判日的本质就是一场屠杀，一百年前是这样，一百年后也是。

就在此时，装甲车的声音打破了紧绷的氛围。带着一队卫兵的霍华德从车上下来，对陆沨道：“怎么回事？”

陆沨语气平淡：“居民拒绝合作。”

霍华德环视周围一眼，紧皱眉头，语气微带指责：“陆沨，你是不是杀得太过了？”

陆沨语调不变，只是嗓音略带沙哑：“没有。”

“今天情况紧急，”霍华德的副官给他递了一台扩音器，他对居民道，“事关基地安全，大面积感染随时有可能发生，请大家配合审判庭和城防所的工作。”

没有人动弹。或许，不知道什么时候才会爆发的感染比起面前审判者的枪口，后者更可怕些。

霍华德显然也注意到了大家的沉默，他目光在示威标语上掠过后，思忖片刻，道：“我们彼此各退一步，审判庭公开审判细则，居民重新进入审判流程。”

“霍华德。”陆沨的嗓音淡淡响起。

人群中忽然爆发出一片惊叫！

——因为陆沨的枪口缓缓转向霍华德的方向。

霍华德一愣，随即拧眉道："陆上校，你这是做什么？"

霍华德的卫兵齐齐上前一步，一致抬枪上膛，枪口对准陆沨！

僵持。

只听霍华德冷笑一声："陆上校，我一整天都在外面，但我发誓今天没有接触过一只虫子。"

陆沨道："你已经被感染了。"

"我理解审判庭想接管城防所，不想公开审判细则。"霍华德声音低沉，"但现在是基地存亡的关头，陆上校，你滥用职权，也要有个限度。"

此话一出，人群立即骚动起来。

陆沨的手指搭上了扳机。他没有说一句话，但他的动作已经表明他想做什么。

城防所卫兵同样如此。他们的动作幅度更大一些，显然，只要陆沨向他们的所长霍华德开枪，他们就会立即将他乱枪打死。

死一样的沉默，冰一样蔓延、凝结。

就在这令人窒息的寂静里，墙内传来一个人的高喊。

"反对审判者强权！"

他一呼百应，所有人——墙内的、墙外的，原本就在的、新加入的，全部跟着这一声口号喊了出来。

"反对审判者强权！"

"反对审判者强权！"

"反对审判者强权！"

声音一浪高过一浪，而身处中央的陆沨始终不动。

安折看着陆沨的背影，他几乎忘记了呼吸。

他对陆沨了解不深，可就凭那么一点浅薄的了解，他知道陆沨真的会开枪。

会死的。

他身旁的年轻审判官也喃喃道："不要……"

极光陡然跳动，气氛冷得像冰。

——就在此时。

一声刺耳的鸣笛声撕裂低沉的夜幕，盖过了人们的高呼。远方道路上忽然出现一道白色亮光，这亮光不断闪烁着靠近这里，人群纷纷规避。一辆车身绘着红色尖三角的白色机械车轰隆隆飞速驶来，驶到近前时车门打开，一个身穿白大褂的年轻男人将半身探到车窗外。安折认得他，一个月前在城门口，他的基因测试就是这位年轻博士做的。

"我是灯塔检测处负责人。"他拿了扩音器，急促地喘了几口气，"第一代基因耦合剂在一个小时前配置成功，能实现靶点快速显像，只需要——"

他上气不接下气，又喘了一下，才道："……只需要五分钟。"

人们没有动，他跳下车来，匆匆往这边跑。

到了门口，他拧开一次性针管，走上前："霍华德所长——如果您愿意配合的话。"

霍华德坦然卸掉全封闭式防护军服的衣袖，接受抽血，然后挑挑眉，看向陆沨。

其余所有人也看着陆沨，安折知道他们在等待一个结果——霍华德基因检测正常的结果，以此证明审判者确实滥杀无度。

他身后的示威群众中有人道："我们要改变历史了。"

安折看见陆沨压下枪口，面无表情地倚在墙上擦枪，他好像什么都不在意。

他会想些什么？安折想。

三分钟后，陆沨擦好枪了，将它扣回腰间，目光淡淡扫过周围的人群。

安折望着他，或许有那么一个片刻，他和他短暂对视了那么零点几秒。

安折立刻往审判官的身边站了站，以此表明自己的立场。

陆沨好像勾唇笑了一下，他没看清楚，因为这人下一秒就转回去了。

还有一分钟。

示威的人群更加骚乱，他们议论纷纷。

半分钟。

十秒钟。

他们开始数秒。

“10，9，8，7，6，5，4，3，2，1——”

检测车车顶灯红光大闪。

不祥的鸣笛声穿透力极强，突兀响起：“警报——”

人群猛地陷入死寂。

“砰！”

一声枪响。

不必陆沨动手，城门口的卫兵开了枪。

静默在这里蔓延开来，没有人说话，最后，博士开口：“上校——”

陆沨一言不发，转身向城内走去，他径直越过所有人，也越过安折。

沉默的人群仿佛被冻僵的木偶，只在他走到近前的时候才反应过来，缓慢分开一条道路。

他的身影在安折眼里，和基地城门口那一天转身离开的背影重合。安折也只见过他转身离去，而没有见过他向什么人走来。

审判官忽然用手肘碰了碰安折。

安折立刻反应过来了。他抱着陆沨的工作手册，追向陆沨——审判者人高腿长，他得小跑才能追上。

“上校。”

陆沨没回应。

“上校，您等一下。”

陆沨还是没回应。

“上校……”安折喘了几口气，他本来就没多大力气，这一跑，声音受到影响，更软了一些，他蹙眉道，“您慢点，我跟不上您……”

上校停下了，并转头看他。

安折气还没喘匀，抬头：“上校……”

“好好说话。”陆沨淡淡看他一眼，冷声道，“别撒娇。”

安折：“……”

第 12 章
“你虽然没什么用，但可以去照顾孩子。”

“我没有。”安折小声道。

他把工作手册递给陆沨，陆沨微挑眉，接下了。

“还有衣服。”他将大衣脱下来，也递给陆沨，道，“谢谢您。”

陆沨将衣服搭在手肘上，低头看安折。

“不用等我。”他道，“直接放在城门口就行。”

安折没回答。他和陆沨对视了几秒，小心翼翼道：“您……还好吗？”

陆沨转开目光：“还好。”

他语气淡淡，仿佛刚刚什么都没有发生。

安折：“……哦。”

他继续问：“您要去哪儿？”

陆沨看向了他，那双带着审视的冷绿眼睛总让安折想到一些寒冷的东西，再加上夜晚城市里浩荡的凉风，刚刚离开温暖大衣的他微微瑟缩了一下。

陆沨伸手，把大衣丢回安折怀里。

“不知道。”他道，“先送你回去。”

安折抱起衣服，重新披上，穿好后，陆沨抬腿往前方走去，他跟上。

两侧是游行的人群分开的道路，他们神情严肃，嘴角绷紧下垂，手中的标语和传单还没有放下，纸张被夜风吹动，哗啦啦作响。

每个人都沉默地注视着他们，一个个紧绷的姿态，绿、紫和橙色的极光照在他们脸上，与皮肤混合成一种奇异的金属色泽。

从那些眼睛里，安折看见了鲜明的仇恨和警惕的戒备——如果不是顾忌陆沨随身的枪和随时杀人的特权，他们好像什么都能做出来。

同样的目光也落在安折身上，甚至可以说他们中的一大部分都在看他，安折不由自主往陆沨身边靠了靠——他知道陆沨为什么要送自己回去了，他主动接近审判者，于是反对者们像狼群一样盯上了他。

所幸人群的规模虽然不小，但比起整座城市来又不能算大，不出五分钟，他们穿过了示威区域，踏上了居住区的道路。

居住区林立的建筑物被极光在地上照出黑沉的影子，灰白色的水泥道路被光和影子分割成黑与灰的斑块，他和陆沨的影子也长长地投在地面上，与那些无规律的斑块层层堆叠。

安折不知道该和陆沨说些什么，陆沨也没有主动开口。

虽然是夜里，但这地方也并不宁静。一辆军方的大卡车轰隆隆从他们身侧驶过，停在道路的分岔口，车门打开，从城门口进来避难的居民被放出，由一队士兵和一位穿白衬衫、拿记录本的城务所工作人员领着进入建筑物内安置。

一个男人问士兵："得避难多久？"

士兵道："看情况。"

又有一位居民问："我听说就6区没事，能保证6区一直安全吗？"

士兵道："没有确切消息，等灯塔出研究报告。"

"那——"有人还想问些什么，但立即被士兵打断："都跟我走，快。"

杂沓的脚步声响起，他们进入了建筑物。

安折抬头看向楼体右上方的标号，这是55号楼。

陆沨脚步没停，他也没停，再往前走三十米，就到了56号建筑前。

56号——

安折心中有什么东西被触动了一下，抬头望着标号，又望向楼中央黑洞洞的单元门。

这片区域离隔离门口很近，军方已经开始在55号建筑安置人员了，那么很快也会轮到56号。

陆沨的声音响起："想去？"

安折摇头。

陆沨语气平铺直叙："想去就去。"

安折："……"

他怀疑审判者和审判官们受过读心术的训练。

他说："那走吧。"

陆沨转了方向，朝56号建筑走去。安折和他并肩走着，边走，边从衣服口袋里取出一枚ID卡。卡面上印着一串数字——3260563209，代表56号建筑3单元2楼09号房间。

这不是安折的房间，这枚ID卡也不是他的那枚——它属于范斯，那个将他带到北方基地的人。

那一天，范斯的尸体被抬走后，士兵将这枚ID卡作为遗物交给了安折，从那以后他一直将它带在身上。

安折用这枚ID卡刷开了房门——它还没有失效，说明基地尚未把这间屋子的使用权收回。他走了进去，拧开灯。这是个简单的房间，被子随意堆在床上，仿佛主人刚刚起床离开。桌面上放着一些生活用品，水杯、烟盒和打火机——这就是范斯的家。

距离范斯死去已经过去一个月，安折有时会想起他。他一直不解，为什么明知自己有感染的可能，范斯仍然选择回到基地。然而就在今天，目睹那么多人的死亡和恐惧之后，再路过56号建筑时，他觉得自己在某种意义上理解了范斯。

他自己受到本能的支配，非要冒着死亡的风险深入基地寻找孢子，人类或许也没法认同他的动机。而与被本能支配的怪物不同，人类是一种常常被情绪支配的物种，他们做出不符合常理的事情，也不需要太多的理由，他只要理解这件事，就不会疑惑于人类那些莫名其妙的举止。

安折这样想着，将ID卡轻轻压在了烟盒下——他记得范斯是爱抽烟的。

做完这一切，他转身离开这里。陆沨倚在门框旁等着他。

他的目光仿佛一片下坠的雪花，落在安折身上，似乎和往日有所不同。

安折问："您怎么了？"

"我主观相信你是人类了。"陆沨转身走出去，道。

安折默默跟上，不想吱声——审判者果然一直、持续、时时刻刻都在怀疑他不是人。

回到路上的时候，陆沨的通信器响了，里面传来博士的声音。

"检测仪投入城门的审判过程了，居民情绪得到了一定的安抚。明天灯塔还会调来五台仪器，但速度还是有些跟不上，上校，您可能还是得回来。"

"我知道。"陆沨声音冷淡，"白天我会回去。"

"谢谢，您今晚好好休息。"博士顿了顿，又道，"霍华德所长死了，接下来怎么办？外城只剩下您一位有执行权的上校了。城务所的上校是文职，光是紧急物资的调配就够让他把头发掉光了。"

"审判庭会临时接管城防所，全部兵力暂时投入救援工作。"陆沨道，"审判日结束后，希望灯塔能协助我们制定重启各处驱散仪的方案。"

博士道："当然。"

陆沨挂了通信，开始拨通另外的通信，向审判庭安排事务。安折悄悄竖起耳朵听着，审判者的措辞一如既往地简单明了，语气也一如既往地冷淡利落。今晚发生了很多事情，但陆沨好像还是那个陆沨。

安折转头看着他的侧脸，听博士的意思，这人明天还是要回到城门口，而他本人也默认自己要回去。那位年轻的审判官说，上校对抗着的是一些难以想象的庞然大物——或许，陆沨已经习惯了。

他今晚唯一失常的举动，就是转身离开了那里。

等电话打完，117 号建筑也到了，陆沨好像比他还认得路，他们两个顺利来到了14号门。开灯后，门内一切如常，只是墙边少了一样东西。

——但就算给安折十个胆子，他也不敢问那个人偶被缴获后现在在哪儿。

安折问门口的陆沨："您要进来坐吗？"

"不用了。"陆沨道，"你休息吧。"

安折迟疑了一会儿，问："那……您去哪儿？"

陆沨微微蹙了蹙眉，似乎在思索。

短暂地思索后，他道："不知道。"

通信器屏幕上显示现在已经是深夜11点，安折数了数时间，得出一个结论：上校可能已经快四十个小时没有休息了。

他知道今天事发紧急，很多事情都是陆沨和霍华德的临时安排，他们尽力把居民转移到6区安顿，但是士兵、审判庭和城防所的工作人员可能一时间还没有办公室和住所，又或者也只是简单安排在城门附近的居民区休息过夜。

但他觉得，现在的陆沨，可能并不想回城门口。

安折很纠结。

他的手指不自觉地扣紧了，抿了抿嘴唇。

陆沨问："怎么了？"

他的声音有点低，走廊的灯很暗，或许是光线的作用，他的轮廓也没有平时那么凌厉迫人了。

安折横下心来。

就算只是为了孢子，他也得和上校建立好一点的关系。

"如果……如果您没地方去的话，"安折仰头看着陆沨，"也可以住在我这里。"

*

对于人类来说，说出去的话是很难收回的。

——于是事情就变成了这个样子。

5 楼公用的盥洗室里，布满棕色水锈痕迹的水槽旁，一排水龙头前，安折一手拿着水杯，一手拿牙刷，认真洗漱。对人类的起居习惯他是了解的，并且每天都在认真模仿，但是今天，他的态度比平时还要慎重一些，因为上校就在他身边。

结束后，他继续审慎地将东西收好，看向陆沨。

陆沨刚用冷水洗了把脸，发梢湿漉漉的，缀了几颗晶莹的水珠，像刚融化的雪珠一样。

安折默默把毛巾递给了他。

陆沨接过，简短道："谢谢。"

"不客气。"安折道。

他认为自己做的事情符合人类的礼仪，共享一些东西是人类经常出现的动作。

他把自己的杯子往陆沨那边一递。

"你要用吗？"他道，"但是只有一个。"

基地物资紧张，分配给每个人的生活用品有限，如果有额外需要的话，要自己去黑市买。安折只有一个杯子和一支牙刷，并且，黑市已经不复存在了，没有地方去买。

陆沨的眼睛直勾勾看着他，看了五六秒，才有了动作。

安折低头，盥洗室昏暗的黄色灯光在杯沿投下淡金的色泽，陆沨修长的手指握住瓷白的杯柄，将杯子从他手里拿了过去。右手是拿枪的那只手，他指腹有一层薄茧，安折松手时，手指被轻轻擦了一下。

陆沨没有用他的牙刷，只用杯子接水，混着液体牙膏漱了口。结束后，他收起杯子，两人朝外面走去。

这时候是深夜 11 点，如果是在平时，盥洗室和走廊已经按照基地的规则断水断电，但今天整个 6 区进入紧急收容状态，用水用电的限制都取消了。人心惶惶的情况下，不少人都没有睡着觉。也因为这一点，即使是深夜，盥洗室里也还有人在——那几个人一边洗漱或洗衣服，一边偷偷用眼睛瞧他们两个。安折发现了，他知道陆沨肯定也发现了，但是上校好像并不太在意。

安折走在前面，盥洗室地板潮湿，地板上有几摊水渍，他得低头走路避开那些地方。

走到门口的时候，冷不防，面前转弯处撞过来一道黑影。安折抬头。

“你——”是乔西的声音。

安折下意识后退了一步，撞上了陆沨的胸膛，他看见乔西望着他，想说些什么——然而目光一转，就凝固在了那里。

安折也处于半凝固的状态了，乔西正好堵着门，他进也不是，出也不是。

就在这时，他的肩膀微微一沉，陆沨的手指搭在了上面。

乔西的眼眶都睁大了，安折几乎看见他瞳孔在震颤，下一刻乔西闪躲地低下头，后退一步侧过身体，用一个恭敬的姿态让出了门口。

陆沨搭住安折肩头的手微微使力，把安折带出门去才放下。

这一切发生在片刻之间，安折的心脏怦怦狂跳，他整个人都绷紧了，生怕乔西当着审判者的面喊出一声“安泽”或者说出一些“他不像安泽了”那样的话。

然而直到他们往外走出十几步，乔西也没有说一个字。

安折回头看乔西的侧脸，这人垂在身侧的手指紧紧揪住衣服，嘴角紧绷着。

安折忽然意识到一件事——在这个地方，审判者所掌控的是每个人的生死威权。所以，基地里的绝大部分人，包括乔西在内，是连话都不敢和审判者说一句的。

穿过走廊，他们回到房间里。陆沨并没有问他那个到底是什么人，以及他和乔西间究竟有什么纠葛。严格来讲，他和陆沨除了相互借宿的关系，毕竟只能算陌生人。

陆沨坐在安折的书桌前，打开工作手册开始记录，他写得很快，在“6.18”这一栏上写下：

审判日，击毙无数。

安折站在旁边看着，再次思考一个问题——这样的一本工作手册，到底有什么意义？

他道：“你写得好少。”

陆沨合上手册：“应付检查。”

他的语气很理所当然。

安折：“哦。”

然后，他道：“我换衣服。”

陆沨淡淡道：“嗯。”

安折就把白天的衣服换下来了，他有一件很软的白色棉睡衣。换好后，他钻进被子里，睡在床的里面——基地的房间只有一张制式单人床，但床并不窄，他甚至可以在上面打个滚。安折猜想，这可能是因为基地有很多体形魁梧、占地面积比较大的佣兵。

所以，在他躺下后，这张床容纳另一个人也算绰绰有余。

躺好后，他看向陆沨说：“我好了。”

他发现陆沨在看他桌子上那本供给站考核手册。

陆沨道：“你想去供给站？”

安折：“嗯。”

可惜好像永远都去不了了——如果外城一直被虫子占领的话。

“明天下午去城务所。”陆沨道，“最近几年新生儿很多，主城人手不够，委托城防所在外城招人。”

说着，他从椅子上起身，将外套脱下来搭在椅背上，朝安折走过来。安折知道那双绿色的眼睛在打量着他。

就听陆沨继续道："你虽然没什么用，但可以去照顾孩子。"

安折想反驳他的前一句话，但发现自己竟然无法反驳。

他感到很丢脸，拿被子把自己蒙住了。

就听陆沨笑了一声，床侧一沉，陆沨躺进来了。

冷冷的气息离得很近，他能听见陆沨的呼吸声。今天发生的事情像做梦一样，他身为一个异种，要和审判者一起度过一个晚上。

"所以，"安折从被子里露出眼睛来，小声道，"您现在还在怀疑我客观上不是人类吗？"

"基因检测通过，三十天观察期通过。"陆沨面无表情，"你客观上也是一个人类了。"

"观察期是什么？"

"被感染后，三十天之内，被感染者一定会失去人类神智，概率无限接近1。"陆沨道。

"那……会不会有异种没有丧失理智？"安折试探问，"虽然是异种，但还有人类的样子和思想。它只是多了一种能力，能变成其他生物。"

他知道自己是个异种，但也知道自己还挺清醒。

"你觉得人类的意志很强大吗？"陆沨道。

安折不知道怎么回答，但陆沨好像也不需要他回答。

"其实不值一提，灯塔做过很多实验。"陆沨淡淡道，"人类的意志克服不了异种的生存本能。反而是异种逐渐消化人的思维能力，用于自己生存。比如今天的虫子，灯塔的调查报告还没出来，但我单方面认为它们是蓄谋进攻。"

安折微微睁大了眼睛。这是陆沨第一次说那么长的话，而他的话分量也很重。

他说，人类作为人类特有的那种意志，在基因融合面前不值一提，人类就是这样一种孱弱的生物。

“我觉得不对，”被审判者认为主观、客观都是人类后，安折安心了很多，至少他敢和陆沨多说几句话了，“如果意志力很强的话——”

陆沨道：“不在于强度，没有如果。”

安折蹙眉，认真想了想：“比如，如果是您被感染的话——”

——他直接被陆沨用被子盖在最里面了。

“我会立刻自杀。”陆沨冷淡道，“睡觉。”

安折觉得上校可能是困了，不愿意和他废话——其实他自己也困了，算起来，陆沨有四十小时没有休息，而他也只是昨天凌晨在陆沨房间里多睡了两三个小时而已，几乎是闭上眼的一瞬间，他就昏睡过去了。

醒来的时候，安折一时间不知道是几点。他从床上坐起来，整个房间仍然像晚上一样，只有一线微光从窗帘的缝隙里透进来，像微弱的阳光透过深渊里层层堆叠的植物枝干和树叶。拉开窗帘后，房间依然很暗，外面阴天了。

他拿出通信器看了一眼，已经是上午 11 点钟。

忽然，安折觉得自己忘了什么事情，他一个激灵，彻底清醒过来，先是望向床上——什么都没有，只有他一个人，房间也是。

随即，他发现桌面上平铺了一张纸，纸的旁边放了一支圆珠笔。

安折下床来到桌边，将它拿起来——是那张“反对审判者暴行”的传单，被翻了一面，背面有黑色的笔迹。

走了。

有事打电话。

陆

不知道为什么，安折笑了笑，他觉得陆沨的留言和这人的工作手册一样措辞简单。

放下留言纸，他来到衣柜旁，开始选去城务所的衣服——他思考了很久，最后从里面拿出一件灰毛衣换上。

灰色——安折抬头望向外面。

天空和天空的光都是灰白的，很低，堪堪悬在建筑群的顶端，浓灰的云一团团拥簇着，蔓延到城市和地平线尽头，像要下大雨。

安折感到很快乐，蘑菇喜欢下雨天，更何况，陆沨昨天告诉了他那个消息，假如能通过城防所的招人考试，他就能去主城——而灯塔就在主城。他好像又离找回孢子近了一步。

他决定不计较陆沨挖走他孢子那件事了。

第 13 章

下一秒会发生什么？

街道电线杆的顶端，广播装置循环放着机械女声的播报。

“目前 6 区物资充足，水电正常供应。城防所已实现超声驱散仪实时全方位严密保护。”

“气象台讯息，天气转阴，降雨概率大，请居民紧闭门窗，减少出行。”

“城务所面向全城的人员筛选已经开始，请符合要求的居民尽快前往城务所，下面重复待选人员要求……”

——这是整条街上除去安折的脚步声外唯一的声音。基地出事后，城门封闭，不允许进出，各个区域瘫痪，6 区的气氛同样紧张。去城务所的路上，到处空空荡荡，只有楼壁上零星贴着的“反对《审判者法案》”的传单被风吹落，在地面上飘荡。又走了一会儿，他注意到路上时不时有军方的装甲车经过，速度极快，都是开往门口方向的。

基地总共划分为 8 个区域，由驱散中心、城防所、审判庭共同确保城中安全，城务所和供给站管理城中事务。审判庭位于城门口，城防所总部位于 5 区，驱散中心位于 1 区，城务所的总部建在 6 区——幸好是这样，城务所没有任何伤亡，维持正常运转，甚至能招人。

城务所位于 6 区的中枢，背靠列车站点，旁边是警报塔，主体建筑是一栋七层大楼，中央是宽阔的办事大厅。此时此刻天已经完全阴下来了，明明是中午，气氛却像傍晚五六点一样昏沉，黑压压的云仿佛下一刻就要倾泻在城务所的建筑上。

直到走进大厅后，安折才感受到活人的气息，这里足有五六百人，分成两条长队，都是一些年轻面孔。

他们招人的要求一直在广播里重复，安折也听见了——年龄必须在18岁到25岁之间，无疾病、无残疾，无犯罪记录，无言论不当记录。他对此思忖很久，自己虽然进过监狱，但只是被陆沨口头定罪，或许还没来得及录入系统。

而满足基础条件后，又有附加要求：应聘文职者，至少完成过三门基地基础教育；非文职者，必须以佣兵身份获得过5000以上基地货币的奖励。

——光这两条要求，就能筛掉基地里绝大多数年轻人了，譬如乔西，他十几岁的时候没有选择学习基地的基础课程，而是跟着佣兵团训练，然而他身为佣兵的成绩也不算出色，直到现在也没能获得5000以上的基地货币。

安折走进去，排在文职的队伍末尾，他可能来晚了，也可能天气太差，后面没有别人了。

原本位于队伍末尾的那人听见他的脚步声，回头望了他一眼。

四目相对。

安折感到空气中弥漫着一丝尴尬。

下一刻，安折把目光移到旁边的墙壁，而那个年轻人也迅速把头撇开了。

原因无他，他们也算得上是熟人——这就是最开始拉着安折去游行，喊他“战友”的那个男孩，就在昨天，城门处，他混在反对审判者的示威人群里，还和安折打了招呼。

然而，安折当场披着审判者的衣服，和审判者一起离开了。

他不想搭理安折，安折也并不想搭理他。他们就这样沉默着排队。

面试官是个戴着银边细框眼镜、五官精致薄冷的男人，一看就不好接触。但奇怪的是，队伍的缩短速度很快，每个人只被简单询问几个问题，就被引入了大厅后的另一个通道，偶尔有几个被请离的，但数量极少。

不过一个半小时，队伍就只剩下零星几个人，轮到安折面前那个男孩了。

面试官却打了一个暂停的手势，拿起了通信器。

“麻烦转告陆上校，请他务必来一趟，以最快的速度，最多五分钟。”安折听见他道，“将这些人送往主城已经是破例。主城安全是最重要的事情，不能出任何差错，审判者必须到场。”

“主城？”安折前面那个男孩惊讶道，“去主城？不是城务所招人吗？”

“现在的情况确实是我们不想看到的，天气的剧烈变化没有被预测到，驱散中心收复不是短时间内能完成的事情。为了保证主城安全，审判者必须和我们一起撤离。人类利益高于一切，请你们记住这句话。”

说罢，他搁下通信器，看了安折前面那个男孩一眼。

男孩把ID卡放在感应器上，屏幕上跳出信息。

姓名：柯林

年龄：21

ID：3260070412

面试官面前另有一块屏幕，安折想，那里应该有更加详细的信息。

柯林主动道：“我完成了数学、物理、生物的基础课程。”

面试官微一颔首，将ID卡还给他，道：“右转出去。”

下一个轮到安折。

他刷过ID卡后，依照安泽以前的经历回答：“我完成了文学、语言和经济课程。”

“成绩不错。”面试官道。

就在此时，外面忽然响起浩大的雨声。

面试官将卡片塞回他手里，语速极快：“快去！”

安折快步跟上柯林，走进右边的过道。过道尽头是一道玻璃廊桥，此时已经被硕大又密集的雨滴溅出密密麻麻的水花，完全看不出外面的情形。他们快步往前，却见这条廊桥所连接的是列车站的站台，站台旁有个身穿黑色衣服的地面交通指挥员。

“我爸还不知道呢！”柯林问他道，“现在就要去主城吗？”

指挥员拽住他的胳膊，将他塞进车厢，说：“别废话！”

安折随即也被塞了进去。列车里坐得满满当当，柯林在疯狂地拨通信器，但没打通。他们一路到了最后一节车厢——这里倒是空的。

安折在最里面的角落坐下，他后面就是列车的后车窗，能清晰看见后方景象。铁轨被淹没在茫茫雨雾里。柯林则坐在离他最远的地方，一边不停地拨通信，一边自言自语道：“不对，肯定有问题，我得回去——”

他几乎是从座位上跳起来，随之而来的却是整条列车上所有车门同时紧闭的声音。

柯林狠狠捶了几下车门，却根本捶不动，反而引来了列车上的工作人员。

“好好坐下！”列车员是个强壮的男人，“马上就能去主城了，闹什么？”

“我爸还不知道呢。”柯林道，“我不能突然就走了，你们是不是有什么事情瞒着我们？”

列车员沉默了三秒，道：“你爸会替你高兴的。”

柯林在座位上大口喘着气：“不对，不对……”

但他“不对”了半天，也没有说出任何所以然来，只能转而继续捣鼓通信器。

安折在角落里安静等着。五分钟后，远处传来车门响和几声说话声，大约十分钟过后，整节车厢忽然安静了。

“审判者来检查了。”他前面有人小声道。

随之而来的是脚步声——两个人，军靴特有的那种声响，很容易能认出来。

脚步声越来越近的时候，他抬起头来。

——然后正对上陆沨的眼睛。

“我的天。”陆沨身后的年轻审判官也看着他，道，“我们以为你不在。”

“我……在的。”安折看着陆沨的眼睛，他心中有隐隐的不安，低声道，“是发生什么了吗？”

他第一次在陆沨的神态里看到那种东西，虽然这人的外表看起来和往日没有任何不同。

不是寒冷，很……沉。

陆沨道：“没事。”

他的通信器里传来声音：“情况怎样？”

陆沨：“确认安全。”

“收到。”

安折的不安逐渐放大，他仰头看着陆沨，陆沨也看着他，但没说话。

就在这时，柯林忽然声音颤抖嘶哑，道：“我知道了……我知道了。”

他转头看向一旁的列车员：“驱散仪还是失效了，是不是——是不是？”

“我学过物理，超声波，超声波是声波，声波传递要介质，现在大雨，空气温度、密度、气压全变了，介质变了，要重新调频率参数——但是，但是——”他扑过去，死死拽着列车员的胳膊，眼睛发红，浑身颤抖，“但是驱散中心没了，没办法调频了，是不是？原来的频率在大雨里失效了，是不是？”

他颤抖的话音落下，前面车厢里忽然传来一声尖叫。

“砰！”安折旁边的玻璃也猛地被撞了一下。

一只黑色的飞虫混着雨珠狠狠拍在列车的窗玻璃上。安折看向窗外，飞虫六对血红色的复眼死死盯着他，他与这只有人的头颅那么大、胳膊那么长的虫子对视，然后目视着它在雨中飞起，撞向另一边的窗户。

乒乒乓乓的撞击声连续不断地在整辆列车外响起，一声尖厉的鸣笛后，安折看见车窗外面身穿荧光色制服的地面指挥员猛地打了一个“向前”的手势。

震颤声和轰鸣声一起响起来，几声“哐当”声响过后，列车缓缓启动，向前驶去。

柯林大叫一声，握着通信器昏倒了。

而那个地面指挥员，则被无数只大大小小的虫子一拥而上，雨幕里那些虫子也变成了模糊的影子。仅仅是五六秒过后，他的躯体就在这些影子的包围下，轰然向前倒在了地面上，溅起一片带血的水花。

列车的速度逐渐加快，转过一道弯后，他的身影彻底消失了。

安折睁大眼睛看着这一切，他站起来，对着后面的车窗。

黑影。

铺天盖地的黑影，圆形的、长的、不规则的，地面上蜿蜒着的巨大蠕虫，和能够快速移动跳跃的、有巨大镰刀的昆虫。它们什么时候来的？或许就在大雨开始的那一秒。

车顶哐当作响，车窗的外玻璃出现了几道裂缝，内玻璃还在。

列车速度加快，向前飞驰而去，安折抬头望着整座城市。

天上下的并不是雨。那些铺天盖地的东西——是红色的血液和绿色的雨滴、怪物、怪物的肢体、人的肢体的混合物，车窗隔绝了一部分声音，他仍然听见此起彼伏的尖叫和惨叫，还有车厢里面其他人干呕或颤抖的声响。大雨开始后，他已经在车里待了十分钟，他不知道外面正在发生一场什么样的屠杀，现在他能想象到了。

有多少人活着，多少人会死？

他想象不出，他看不见整座城市。

“基地昨天就做好了最坏的打算，”年轻审判官低声道，“转移年轻有效人员是应急手段的一种，只是我们没有想到意外来得这么快。”

他的声音有点哑：“抱歉。如果多给我们几天，军队或许就能够收回驱散中心，但是……”

但是没有时间了，谁都无法预测下一秒会发生什么——安折知道他想说什么，就像在深渊里下一秒会发生什么，谁都不知道。

他将手贴在车窗玻璃上，车窗玻璃被血染了一层红色，混着一些组织的残屑，他看着外面，呼吸微微急促。

就这样，列车飞速驶离6区，血水渐渐淡了，车窗也被冲洗干净，变回透明。

在深渊里，他见过无数怪物的撕咬、挣扎、受伤和死亡。

可他从来没有见过这样——这样单方面的屠杀、顷刻间的沦亡。

他前面那人的声音颤抖，断断续续道：“就……这样，就……没了？”

就没了。

只需要一场雨。

安折看见成群黑色的飞鸟从视线最上方的边缘朝6区飞过去了。

又过几秒，他才注意到那些飞鸟的翼翅平展不动，向前直线行进，不是飞鸟，而是人类的战机——它们从主城的方向来，朝6区去，不出一分钟，已经悬停在6区警报塔的正上方。

他想，这或许是主城对卫城的援助。

于是他问：“要救人吗？”

“人类基因不能被怪物获取。”他听见陆沨道。

陆沨的声线平稳中带着一丝冰冷，几声脚步声响起，他也来到后窗前，站在安折背后。安折能听见他的呼吸，很近的距离，他只要往后稍稍一退，肩膀就会碰到陆沨的胸膛。

他听见陆沨对通信器说了一句：“准备。”

是的，人类的基因不能被怪物获得，每多一个人死去，世界上就会多一个或很多个具有高级智慧的异种。因此，无论是在野外还是基地，一旦出现感染，必须立刻击毙，即便是尸体，也要在焚化炉里销毁。所以，此时主城要派出兵力，尽可能从外城救人，避免更多人被虫子感染——安折这样想。

他道：“……嗯。”

诗人和肖老板都在里面，希望他们能被救出来。

耳畔忽然响起轻轻的衣料摩擦声，陆沨伸出了手。安折不知道他要干什么，只是看着前方的画面，列车驶出了建筑区，进入外城和主城间空旷巨大的缓冲带。6区、7区、8区林立的建筑在他的视野里越来越远、越来越小，在雨雾中变成一片灰色的丛林。

一团刺眼的白光忽然从那里亮了起来！

安折本能地眯了眯眼，但强光仍然透过眼皮照进来，他眼前一片猩红、明亮，然后突然归于黑暗——陆沨的手完全盖住了他的眼睛。

寂静和黑暗里，安折的感官知觉无限放大，三秒钟后，列车的地板、整个地面，忽然轻微震了一下。

银白的列车沿既定的轨道快速向前驶去，就在它的末尾车厢离开外城区域那一刻，一朵巨大的蘑菇云从6区升了起来。

第二卷・玫瑰花

第 14 章
“人类科学的体系不值一提。”

列车高速行驶十分钟后，城市已经被完全落在后面。陆沨收回右手后，安折看到来时方向笼罩着一片浓郁的阴云，战机回航，带着轰隆的呼啸声掠过列车顶，消失在他的视线范围内。

他什么都没有说，静静凝望几十秒后，回到原来的位置坐下。

上车的那一刻他还在想，等通信恢复后用通信器告知肖老板自己的去向，现在看来不用了。

他托腮望着外面，余光中有一个黑色的身影。陆沨在他旁边隔一个位置的座位坐下了，一直跟着他的那位年轻审判官也在侧就座。

“上校，审判庭消息。”他道，“审判庭撤离 21 人，死亡 9 人，感染 4 人，已击毙。”

陆沨问：“城防所呢？”

“暂时没有数据。”

接下来，旁边就没了声息。安折一直在看窗外——但窗外其实没有任何值得一看的东西，雨雾里，只能看见空旷的水泥地面。

这里是缓冲带，从城门到外城，甚至外城的相邻区域间都有面积巨大的缓冲带，上面不设任何建筑，目的是一旦发生异种入侵或大规模战争，缓冲带能为军方争取到宝贵的快速反应时间，而不至于让异种直接冲入人口密集的居住区域。

不一会儿，有动静在车厢里响起来，是先前短暂昏厥的柯林恢复了意识，从过道里爬起来，回到原来的位置坐下。他脸色苍白，低着头，从口袋里取出一副黑框眼镜，用衣角反复擦拭着，再也没有开口说话。在这一刻安折感受到这个男孩和他第一次见到的那个人不同了。

他转头，看向陆沨。

恰恰此时陆沨也从柯林身上收回，看向他。

四目相对，安折不安地抓住了自己的衣角。

陆沨只淡淡看了他一眼，目光便移开了。安折觉得这时候的陆沨很陌生——即使他们昨晚在同一张床上睡了一夜。

想了想，安折还是道："接下来做什么？"

陆沨道："根据你学过的课程，你可能会去教孩子认字。"

"那你呢？"

陆沨道："听主城安排。"

安折鼓起勇气："你会去灯塔吗？"

——他知道孢子大概率会在灯塔。

陆沨看了他一眼。

安折觉得这好像是看智障的眼神。

"我属于军方。"陆沨道，"接下来的任务是收复驱散中心。"

安折："……哦。"

他小声道："那你加油。"

陆沨静静看他几秒，道："谢谢。"

接下来，他们就不再说话了，安折莫名觉得上校可能也不太有说话的心情。

又是十几分钟后，列车到站，陆沨向车首走去。

同时车内响起广播："各位乘客，为保证主城安全，请排队接受二次检查。"

车里的人开始排队，安折和柯林排在最后，二次检查是使用机器的基因检测，检测人还是那位穿白大褂、金发碧眼的年轻博士。他和柯林各自被抽了一管血后，博士启动机器，道："等五分钟。"

安折乖乖用棉签按着自己被抽血的地方，站在一边。博士笑了笑："又是你。"

安折道："您好。"

"审判者竟然会带人来做基因检测，啧。"博士道，"我们整个检测处都惊讶了。"

安折道："他现在已经相信我是人了。"

"他可能只是想找碴儿。"博士耸了耸肩，"审判庭的人嘛，精神总是会有点问题。"

安折道："他还好吧。"

博士朝他投去一个敬佩的眼神："你是我见过的第一个为陆上校说话的人。"

说着，博士的目光又移到他左边手臂上："受伤了？"

安折注意到因为动作幅度比较大，袖扣被向上扯，自己左臂上缠着的绷带露出来了一些。

安折："嗯。"

"该换药了。"博士提起一旁的医疗箱，扯出一卷新的绷带："我给你换上。"

博士似乎是个随和善良的人，安折低声道："谢谢。"

博士解掉他原来的绷带，随口道："这个结打得不错。"

安折想了想，没说话，他决定不告诉博士这还是陆沨给他缠上的，不然检测处恐怕又要惊讶一次了——他们好像认为陆沨是那种毫无底线的坏人。

这个念头一出来，安折忽然蹙了蹙眉。

在这一刻，他好像明白陆沨为什么不大和别人说话了。审判者这个职位注定这样。

他正这样想着，就听旁边的柯林低声道："博士。"

博士给安折缠好绷带，看向他："嗯？"

"现在外城已经全部沦陷，审判庭也没有必要存在了。"柯林道，"我们能知道审判庭做出审判的原则了吗？"

安折想，柯林不愧是一个坚定的反对党。

"为什么想知道？"博士倚在仪器车上，抱臂看着他，道，"你有家人和朋友被陆沨杀死吗？"

"我母亲。"柯林道，"她去野外那次，全程都没有出装甲车。"

"微小型的怪物虽然少，但并不是没有。"

"但她外表和行为都没有任何异常。"

"嗯哼。"博士淡淡道，"所以呢？如果每个人的亲属都要向审判庭和检测处要个说法，我们就没有任何时间来确保城门的安全了。"

"但现在不一样了，你们有时间了。"柯林的声音拔高了，"我们只是想知道理由。"

看着他，博士笑了笑。

"你说得对，现在不一样了。"博士轻轻道，"你们现在是主城的人了，慢慢会知道很多信息。"

他漫不经心道："你们以为，被感染后——就是人体慢慢被侵蚀吗？"

柯林道："不然呢？"

"不是的。"博士仰头望着天空，"发生感染的那一刻，你的DNA链——所有的DNA结构都会在那一瞬间变化。一旦发生感染，一个人的结局就注定了。"

"不可能。"柯林道，"我学过生物，病毒需要扩散的时间，还会有潜伏期——"

博士却直接打断了他。

"接下来，DNA链的结构影响RNA的组成，RNA的变化影响蛋白质的制造，人的生物特征开始发生变化，这些事情，都在很短的时间内开始发生。你的皮肤，外貌，神态，动作方式，思维方式，语言能力……全部都在产生变化。审判官在成为正式审判官之前接受的所有训练，都是如何用肉眼去观察这种不同。”他笑了一下，道，“当他们辨别的准确率达到百分之八十的时候，就可以毕业，正式挂职了。你认为你对人类行为粗浅的观察能够比得上他们十几年的训练吗？”

“百分之八十？”柯林霍然抬起眼睛，“所以审判庭也不能完全甄别异种，他们确实通过大规模的滥杀来保证不会错放，是吗？”

“很遗憾，我得告诉你一件事。”博士看向他，“陆沨当年的成绩是百分之百。”

柯林怔怔在原地立了几秒，道：“……不可能。”

“我希望你不要用平庸的标准去判定别人能力的上限，尤其是进入主城之后。”博士语气淡淡，他对柯林说着话，眼睛却看向安折：“至少在能够检验判断结果正确与否的情况下，他没有失手过一次。检测处和审判庭的关系很紧密，我看过他的考核结果。审判者当年的所有指标都是满分，不过，这可能也不是他能百分百判定异种的原因。”

“他好像有一种与生俱来的天赋，一种直觉。”博士道，“当年，发现他在这方面的天赋后，检测处每个月都要抽一次他的血，可惜并没有研究出什么成果。”

“不……”柯林紧蹙眉头，道，“这违背了科学。直觉不能作为科学的依据，你最开始说的感染方式也——”

一声短“嘀”响，机器亮起绿灯。

“你们的新ID卡和通信器，上摆渡车，主城会给你们分配住所。”博士将两枚蓝色芯片和通信器交到他们手上，“接下来等通信器的消息。”

柯林接过东西：“可是……”

“我知道它违背了生物科学的某些原理，但这个时代最可怕的地方就在于——”博士看着他，湛蓝眼睛里仿佛结满冰霜，他一字一顿道，“我们发现，人类科学的体系不值一提。”

“人类科学就像登山，但我们在一百年前一脚踩空了。”博士笑了笑，

“就像我们直到现在也不能解释为什么地磁会突然消失这么长时间。”

说罢，他不再多言，道：“走吧。”

柯林低下头，一言不发走向了摆渡车的方向，安折和博士说了一声“再见”后，也登上了车。

不知道陆沨在哪里，安折没看见他，这人很忙，而且今天好像不想和他多打交道，大概已经走了。

确认最后两人也上车后，摆渡车沿着轨道离开列车站。这是最后一辆车，里面挤挤挨挨，站了将近一百人。他们的出发地在建筑的内部，看不清外面的情形。直到三分钟后，摆渡车穿过一段隧道，外界的雨声连同光亮一起撞进来，前面豁然开朗，车内传来隐隐的吸气声。

安折的视线穿过车内人群，也穿过车窗——又是一片缓冲区，然而就在缓冲区后，无数栋灰蓝色的闪烁玻璃光泽的大厦拔地而起。

他微微睁大了眼睛。

一个月前，他第一次来到人类基地时，就感受到了人类建筑的神奇，它们高于绝大多数巨型的蘑菇，异常宏伟和高大——但那是对于一只没有见过世面的蘑菇来说的宏伟和高大。

现在则不同。作为一个已经习惯外城建筑规格的人，他再次感到那些高楼在俯视他。外城的居住楼以十层高为主，这里的建筑则不同，他数到了三十层后，由于花的时间太久，那栋建筑已经后退消失在他视野里了，而他只数了大半。

同时，它们也异常密集和错综复杂，在安折的视线里光怪陆离地交织着。雨渐渐小了，夏季的暴雨总是走得很快，金色的阳光透过云层，在建筑顶端的玻璃幕墙上闪闪发光。

安折曾在诗人口中听过基地建立的完整故事。起先只是地磁的减弱乃至消失——人们为了解决这件事建造了两座磁场发生器，而北方基地的主城就保护着其中之一。

直到后来，细菌、动植物的变异发生，人类开始集合自救，才有了整个北方基地的诞生。因此，主城早于外城的建立，那时候很多事情还没有发生，磁场发生器和主城分别是当时人类科技和建造能力的顶峰。

再然后，就是一路下坡了。

机械指引声音响起：“各位乘客，由于主城居住资源稀缺，灯塔、伊甸园附属居住区已满员，您将被暂时安置于军方居住区域，请按照 ID 卡号寻找对应的住址，并等待下一步指令。”

安折拿出自己新领的 ID 卡，卡号变了，现在是 3124043702。

3 代表人类基地，1 代表主城，剩下的数字标定了具体居住位置。

车内的人开始交头接耳，他们发现各自的住址都非常零散。

“我知道了，”有人道，“灯塔、伊甸园这些地方的人工作没有危险性，不会死，所以居住区满员。但是军方经常减员，就空出了很多位置，正好把我们塞进去。”

其余人纷纷赞同这一观点。没过多久，摆渡车停下，将他们放了下来。和安折一起住在 24 号建筑 04 单元的还有几位，他们走到楼内，开始手忙脚乱，学习使用电梯——这在外城里是没有的。

最后，柯林在 36 层下了电梯，安折一个人来到了 37 层。这是顶楼——两扇门对着，都贴着白色的封条，安折撕开 02 号门的封条，刷卡进入。

主城的居住面积显然大于外城，这是一个一室一厅的套房，有单独的浴室和厨房。客厅里支着简易的茶几和灰色小沙发，正对小沙发的那面墙上挂着一个黑色方块，这方块的构造和色泽让他想起曾经在肖老板那里玩过的平板电脑，他上前去，按下了下方的按钮。

“……已安全转移进入主城，主城应急防御状态开启。据统战中心表示，基地将进入 5—10 年的收拢时期，直至下一代长成。同时，灯塔猜测外界怪物产生高智慧变异，此次虫潮入侵为繁殖季状态下昆虫类怪物的集体行动。为避免基因外泄的潜在危险，灯塔建议统战中心谨慎向外派遣兵员，不再进行高危险行动，将工作重心转移至资源生产与战备研发，寻找攻克当前困境的方法。下面转接灯塔研究员陈先生。”

界面切换，从身着西装的播音员变为一个身着白大褂、神情严肃的中年男人。

“众所周知，节肢类怪物在高危险地区并不占据生存优势，然而在繁殖季状态下，它们又需要营养丰富、基因优越的兽类血肉作为虫卵的温床，我们猜测这就是它们集体进攻人类基地的原因。毕竟繁衍是物种的第一要务，它们什么都能做出来。然而它们怎样产生了具有智慧的群体意识，这一点不得而知，恐怕与部分个体摄取了人类基因有关。”

播音员道：“对于这种情况，您有什么要向大家传达的？”

“基地外城全面沦陷，这很不幸。但我们最终也杜绝了人类基因进一步泄露的可能，并且没有给怪物们留下繁衍生息的机会，这也是一种胜利。”那位研究员道，“我想告诉大家的是，目前不必担忧主城的安危，主城是人类科技最巅峰时期的结晶，它的安全等级注定它不会被外界怪物入侵。同时，大家也不必为人类物种的明天焦虑，我得到消息，培育技术进一步提升，伊甸园近年来新生儿数量激增，基地将进入人口扩张时期，我们的未来是光明的……”

研究员滔滔不绝，大体围绕着安抚人们进行。他的话结束后，播音员又连线了一位军方人员，请他来给大家介绍野外工作最新的进展。

安折想，主城的新闻播报比外城单调的广播详细了好多。

他觉得很有意思，等新闻终于播完，屏幕变成单调的灰色，开始播放一些无意义的音乐，他才将它关掉。

此时已经是傍晚，从卧室的窗户向外望去，繁星初现，远方伫立着一个巨大的圆柱塔状黑影，它太大了，几乎占据安折视野的四分之一，而且比所有的建筑都要高，像一个蛰伏在城市中央的巨大怪兽，淡薄的极光在它周围疾速变幻、吞吐。安折想，或许这就是传说中的磁场发生器。

他又看了许久，打开门，打算去吃晚饭。主城也和外城一样，在某些楼层设有集体餐厅。

这时候，他发现对面邻居家的封条被撕掉了。

安折无意探究自己的邻居是什么时候回来的、又会是一个什么样的人。

今天这一天有一个惊心动魄的开头，他不喜欢，他打算来一个平平静静的收尾。

于是他如愿以偿地平静到了第二天早晨，他的通信器传来消息，要外城转移来的全体文职人员在伊甸园门口集合。

昨晚，安折阅读了主城的地图和《基地手册》，知道主城的常住成年居民有两万人，其中百分之七十是军人，其余百分之三十是科研人员和各种文职人员。主城外围由军备区、军事基地、停机坪、列车站和居住区组成，内部则是核心区域，是基地的三个重要机构。

第一个是统战中心，即军方，负责调度军备人员和物资。第二个是科研中心，职能如其名，由于标志是一座简化的灯塔，又被人们简单称为“灯塔”。统战中心和灯塔各自拥有一栋大厦，两栋大厦通过廊桥相连，它们组成的建筑被称为“双子塔”。

第三个的名字比较长，叫“繁育、培养与教育中心”，有两个功能：一是为基地提供食品和营养供应——安折想，这可能是人类种土豆的地方；另一个功能是种幼崽，人类婴儿在这个地方长大，并接受初步的教育。由于名字太难念，它又被称作“伊甸园”。

安折将来的工作地点，就是伊甸园。

他望着远方的双子塔，又看向伊甸园，其实他有一点期待，因为还没有见到过人类的幼崽。他的孢子是一团很柔软的白色小东西，不知道人类幼崽会不会也是这样。

但是，照顾人类幼崽能为他将来照顾自己的幼崽积累经验吗？

——好像也不能。

第 15 章

不要温和地走入那个良夜。

“不要温和地走入那个良夜——”

安折和柯林走在一道狭长的白色走廊里，旁边传来齐声的朗读声，很稚嫩的一种嗓音集合起来，在周围震荡出若有若无的回声。

这里是伊甸园的第六层，带他们走进这里的是个三十岁上下的男人，叫林佐，他穿白衬衫，戴一副细金框眼镜，看起来温文尔雅。

他们两人被带到了办公室，林佐道：“这里还好吧？”

柯林道：“很好。”

林佐道：“主城的条件是比外城要好一些。”

安折体会到了。起码他在外城的时候根本没有想过世界上还有伊甸园这样巨型的建筑。

在这条走廊里，除去办公室，一共有十个房间，其中五间是教室，另外五间是孩子的宿舍。宿舍里满满当当地摆放着小型矮床，每间能住下一百人。据林佐说，伊甸园的这一层一共由十条这样的走廊组成，每层的孩子年纪相同。也就是说，这里有四千个接近六岁的人类幼崽。

“孩子们满六周岁后，原本绝大部分会被送到外城等待领养。但是现在外城沦陷，主城得承担起他们六岁后的教育工作，人手不足，还好你们来了。”林佐道，“六岁以下的婴儿不能交到新人手上，所以这一批的孩子满六岁后会分配给你们。”

安折道：“好的。”

“目前进一步的教育安排还没有出来，你们两个先跟着我熟悉流程，可以吗？”

柯林答：“嗯。”

林佐微微笑了一下，从书架上取下几本手册：“这是课本和轮值安排，你们先看一下，有问题问我。”

安折接过了他的那份。

这里的教育课程有两门，一门是语言与文学，另一门是数学与逻辑，他拿到的是语言与文学课本。六岁的孩子已经掌握了基本拼音和语法，课本上是一些简短的寓言故事或小诗。这些东西安泽学得很好，所以安折也没有不认识的音节或词语。

将课本翻过一遍后，也到了要上课的时候。安折搬了一套桌椅坐在教室后面的角落，他拿着一张孩子的座次表，林佐给他的任务除了听课，还有记录孩子们的听课情况。如果有孩子出现主动回答问题或提问的举动，要给那个孩子加分；若交头接耳或做一些无关动作，就扣分。

安折坐进来的时候，幼崽们齐齐转过头来看了他一眼。幼崽的皮肤非常柔嫩，目光也单纯干净，他们穿着统一的白色衣服、黑色短裤，相似的短发发型，一时之间无法辨别出男女。他们窃窃私语了一会儿，继续打量安折，安折对他们报以微笑。

——于是幼崽里有几只也对他笑了笑，其中一个眨了眨眼睛，睫毛扑闪几下，问：“你是新来的老师吗？”

安折道：“是的。”

“哇。”另一只幼崽小声道，“你好漂亮。”

安折道：“谢谢。”

幼崽道：“不客气。”

又有幼崽问：“你叫什么？”

安折说了自己的名字。

幼崽们叽叽喳喳道：“我叫白楠。”

“我叫纪莎。”

“我叫杜橙。”

当然也有一些冷漠的幼崽，譬如角落里的一个，看了他一眼就转回头去了。

但安折身旁的热闹没有维持多久，因为林佐进来了。

幼崽们瞬间从安折身边散开，回到了各自的座位上。林佐环视一周，确认无人缺席后，开始讲课。

他所讲的正是安折先前在走廊里听到的那首诗，也是课本中最后那一首——比别的内容都要复杂一些，正是他走在走廊时听到某个教室里的孩子朗诵的。

幼崽们首先把诗从头到尾念了一遍。

> 不要温和地走入那个良夜，
> 我们应在日暮之时燃烧；
> 怒斥、怒斥光阴的消逝。
>
> 尽管智者深知黑暗终将到来，
> 尽管他们的话语无法再迸发出闪电，
> 不要温和地走入那个良夜。[1]

念完一遍后，林佐站在讲台前，问：“有什么不懂的地方吗？”

一个幼崽举起了手，安折比对座次表，这就是那个叫白楠的幼崽。

白楠幼崽道：“哪里都不懂。”

其他幼崽都笑了起来。

林佐：“缩小提问范围。”

“那……”白楠挠了挠后脑勺，语气迟疑，“为什么不能温和地走进

1 选自诗歌《不要温和地走入那个良夜》（*Do not go gentle into that good night*），作者是英国诗人狄兰·托马斯（Dylan Thomas），创作于20世纪中期。

晚上？”

安折在表格上为白楠加了一分，然后看向林佐，等待他的回答。

白楠所问的问题，他也不知道答案。在深渊，在人类基地，他看过太多次暮色渐渐取代白昼，每一个夜晚都是那样温和地降落在地面上，不能抗拒。

林佐的目光扫过他们，他的嘴唇微微抿紧了——一个略带严肃的弧度。

“这是你们今年课程的最后一篇课文，”他道，“它有和前面所有课文不同的意义，虽然对你们来说，可能有点难。”

他转身，在白板上写下“不要温和地走入那个良夜”一行字，重新转向台下的幼崽们。

“这是一首由隐喻和象征组成的诗歌，”林佐道，“‘不要温和地走入那个良夜’，它的含义是，不要温顺地接受灭亡。”

安折微微睁大了眼睛，他在笔记本上记下这句话。

随后，林佐开始从第一句讲起，安折认真记了笔记。

林佐讲完后，幼崽们再次将诗句从头到尾朗读一遍。

> 在这悲哀的山巅，
> 请用你的眼泪诅咒我、祝福我。
> 不要温和地走入那个良夜。

安折记笔记的笔尖顿了顿，他抬头望向明亮的窗外。不远处，双子塔在日光下熠熠生辉，城市徐徐展开，边缘消失在碧蓝色的天际。他知道这座城市尚未走入良夜，并在努力不要走入那个良夜。

一天的课程结束后，林佐下班，将孩子们交给了他和柯林。他们要和生活老师一起带幼崽吃饭，然后聚在宿舍里观看当天的新闻。为了增进和幼崽们之间的感情，安折要随时给他们解答关于新闻的困惑，新闻放完后才能下班。

吃饱饭的幼崽精神状态非常活跃，他们在走廊上打闹，说话。安折觉得有一万只蚊子在他耳边尖叫，但他宽容了这些人类幼崽，即使是在深渊，怪物也会温和地对待自己的幼崽——不过仅限于它们自己的。

直到新闻时间到，生活老师拿出打分表，幼崽们见到表后一下子安静了，自发在大型投影屏幕旁凑成一圈，安折坐在中间。

他看着屏幕，忽然感到有什么东西碰了碰自己的手指，低头一看，是那个叫白楠的幼崽坐在他身边，并拿手指钩住了他的手指。

安折和人类并没有过太多的肢体接触，记忆深刻的一次他撞在陆沨身上，脑袋还被陆沨胸前的徽章磕疼了——但幼崽的身体和陆沨不同，是柔软的。

——像孢子，人类幼崽安静地待在他身边，就像孢子安静地待在他的身体里，安折借由这种幻想获得了一种虚假的安宁，再次摸了摸白楠的脑袋。

于是白楠往这边又凑了凑，紧紧靠着他，胳膊抱住了他的手臂。与此同时，另一个名叫纪莎的幼崽也靠了过来，这个幼崽的长相依稀像个女孩。紧接着，幼崽群向他蠕动，一旁的柯林也得到了几个幼崽的喜爱，亲近成年个体似乎是所有生物幼崽的天性。

但是还有一个孤僻的幼崽依然盘腿坐在自己的位置，不为所动，安折记得他的名字，叫司南，司南上课的时候从来不提问题。他和司南对视一眼，对他笑了笑，司南眼神躲了躲，将目光移回大屏幕。

新闻开始了。

“6 区轰炸后，外城怪物数量明显减少。军方第二空中编队于今早 6 点起飞，降落在 1 区支援外城，审判庭陆沨上校将指挥现存队伍进行驱散中心的收复行动……”

安折忽然听到了熟悉的名字。自从来到主城后，他一直没见到陆沨，原来这人又去外城了。

白楠忽然小声道：“是审判者诶。”

纪莎道：“好害怕哦。”

安折问他们：“怎么了？”

白楠说：“新闻里经常说审判者又处决了多少人。”

纪莎道：“他还经常去深渊，深渊好可怕哦。”

安折摸摸她的脑袋：“不用怕。”

纪莎皱了皱鼻子。

“你是人类，审判者会保护你的。”

纪莎继续皱鼻子。

白楠问：“老师见过审判者吗？”

与此同时，新闻里道：“下面连线战地记者。”

镜头一闪，记者正在采访一个身穿黑色制服的军官。那个人影显现的第一刻，安折还以为是陆沨，但下一刻他就发现不是，那人是陆沨身边那个年轻的审判官，新闻界面上显示出了他的名字——瑟兰。

他轻声回答白楠的问题：“见过。”

“那他长得怎么样？他没在新闻里露过脸。”白楠问。

纪莎也插嘴：“他是不是长得很凶？”

幼崽们全部看向了这边，似乎对这个问题都很感兴趣。

“他……”安折回想陆沨的样貌，努力用人类的审美来做出评判，“他有一点凶，但长得很好看。”

“他长得像什么？”

幼崽们的问题一个比一个难，安折根本不知道该怎样去比喻。就在艰难思考之际，他忽然想起了陆沨眼睛的颜色。那种冷冷的深绿——像天空中极光生发的地方。

他道：“像……极光吧。”

幼崽们眼中现出疑惑。

这时，安折看见一旁的生活老师对他比了个大拇指。

“你不愧是教语言和文学的人。”生活老师道。

安折不知道生活老师这是夸奖还是批评，他只是抿唇笑了笑。

在主城的日子就这样一天天过去，不知不觉间，他几乎在这里生活一个月了。

伊甸园的生活很平静，至多不过出现幼崽间吵架、打架的争端，曾有几次安折走到双子塔下，但这两座塔都需要刷卡才能进入，他并没有进门的权限。要想见到孢子，他首先得知道它到底在灯塔的哪里，还得能够进入灯塔，现在这两个目标都遥遥无期。

不过，与此同时，新闻上传来的消息却越来越令人类振奋。就在十天前，陆上校带队伍深入了驱散中心的核心，制订出详细的行动计划——新闻中特别强调，由于审判庭定期深入深渊训练，他们对付怪物的经验极其丰富。

五天前，军队正式收复驱散中心，清理了里面残余的怪物，并进行了大规模的清理和消毒，灯塔派遣的队伍随之进入，开始设备的抢修工作。

今天，安折原本打算继续听新闻，但这一天林佐要值夜班，他就只好提前下班了。

夏天的 6 点钟，天空还很明亮，只西方天际慢慢泛上一层薄薄的灰蓝。安折刷卡，伊甸园大厦的玻璃门缓缓滑开，他走出去，柯林同样提前下班，也走了出去。

现在不是常规的下班时间，路上行人稀少，安折穿街走巷，抄近路走向摆渡车站。他和柯林相看两厌，因此即使要走一条路，也一前一后隔着很远的距离。

世界原本异常安静，然而就在即将穿过这条小街，踏上宽阔的马路时，他身后忽然传来一阵急促的脚步声。随后，余光里的一片白影就越过了他——是个矮小的白色身影，安折蹙眉望着——那是个小女孩，他确信。

他班里的孩子，男孩和女孩打扮、长相都很相似，但同样是五六岁的年纪，眼前这个孩子无疑是个女孩——她有着格外纤细的身体，披散着及肩的黑色头发，穿一条白色的小纱裙。

前面就是马路，有车在上面开着，安折道："小心！"

恰逢一辆汽车呼啸着越过马路，女孩像是被吓到了，猛地停了下来，她急促地喘着气，回头看安折，目光惊恐，又好像很惶然。

安折道："需要我帮忙吗？你是伊甸园的人吗？"

不料他的话一落地，女孩绷紧的状态反而加剧，她猛地一甩头，朝着马路直直冲过去！

安折快步跟上。

——就在此时，街道拐角处出现一道黑色身影，动作干脆利落，直直拦在女孩面前，女孩脚步一顿，那人俯身将她抱了起来，往回走几步，女孩剧烈挣扎了几下，但根本挣不脱。

刚刚赶到这里的安折："……"

四目相对。

安折："……您好。"

陆沨："你好。"

安折想问他是不是驱散中心收复了，但是此时此刻他还有更重要的话要说，并且已经酝酿了一个月。

那天在列车上，陆沨心情不好——其实他的心情也没怎么好过，而安折推测出了原因——这个世界上很少有人能理智地看待上校。

结合上校刚才在危险的马路上舍身救下小女孩的举动，那句话更加有理有据。

"上校。"他道。

陆沨似乎微微挑了一下眉："怎么了？"

女孩还在挣扎着，她目光无神，头发凌乱，看起来有些不对劲。陆沨胡乱拍了拍她的后背，手法很生疏，但起码用意是好的。

于是那句话再次被佐证，安折看了看小女孩，又重新看回陆沨，真诚道："您是个好人。"

上校这次是真的挑了挑眉，唇角微微有一点笑意，这不是什么真诚的微笑，倒像听见安折说了什么显而易见的假话。

下一秒，他一手制住小女孩，一手拿起了通信器："7号路口，目标已抓获。"

——说罢，还淡淡看了安折一眼。

安折："……"

第 16 章

“我没有因为那些事讨厌你。”

安折站在原地。

傍晚的风吹起了他的头发。

他看着一个带有伊甸园标志的银色汽车斜刺里猛地拐过弯来，停在他们面前，里面匆匆下来一个穿白色工作服的男人，他从陆沨手中把小女孩接走：“谢谢帮忙。”

陆沨神色淡淡：“以后小心。”

男人回到车里：“这次是意外。”便不再说话，男人拉上车门，车子迅速启动，朝着伊甸园的方向疾驰而去。

陆沨转回来。

安折觉得，自己有一点生气。

然后就见陆沨淡淡看了他一眼，不咸不淡道：“我是个好人？”

安折终于知道该怎么形容自己的心情了。

他觉得陆沨欺骗了他的感情，如果蘑菇也有感情的话。

他不想理这个人了，转身越过他往路上走。

没走几步，肩膀就被人按住了。

“带个路。”陆沨道，“我不知道怎么回居住区。”

安折问：“你不认得路吗？”

陆沨答：“很多年没回来了。”

安折想了想，他说得也有点道理，上校不是在深渊，就是在城门口，可能至少有七年没在主城待过了。而他自己已经在主城待了一个月，对回去的路还是熟悉的。

于是他问：“你住在哪里？”

陆沨似乎想了想，从胸前口袋里拿出一枚蓝色 ID 卡给他。

安折接了过来，上校的卡连花纹都和他的不一样。

他目光下移，卡片背面烫金字体镀着一串号码。

3124043701。

安折：“……”

回忆了一遍自己的新 ID 号，他面无表情道：“我带你去。”

上校好像是注意到了他的表情：“不愿意？”

安折：“愿意。”

——于是他带着陆沨坐上了主城内的免费摆渡车。车内两边都有座位，两个座位相连，他坐在靠窗的位置，陆沨坐在他身边。陆沨这人长得不错，再加上挺拔利落的审判庭制服，在人群里非常显眼，因此他们上车的时候，里面所有人都朝这边看了一眼。

安折道：“终点站下车。”

“谢谢。”陆沨道，“你住哪里？”

安折：“我住在你附近。”

陆沨：“好。”

原本伊甸园工作人员的居住区就在这儿附近，但安折是后来加入的，被分配到的军方居住区离这里很远，摆渡车走走停停，将近四十分钟后到达终点站，他才下车。

伊甸园的幼崽们看起来很乖巧，但实际上并不是，尤其是在他们问东问西的时候。一整天下来，安折会有一段时间没精打采——比如现在。

以往，他会选择靠在车上打盹一会儿，但今天陆沨在旁边，他觉得还是保持清醒比较好。

于是，安折选择托腮望窗外的风景——双子塔、伊甸园，以及其他形形色色的建筑和结构。两个月了，身处人类的城市里，他还是觉得像做了一场梦。

看着看着，安折的眼皮就渐渐垂了下去。

再然后，他失去了知觉。

柔和的机械广播响起："终点站到了，请乘客们有序下车，下次再见。"

陆沨看向靠在自己肩膀上的安折。

夕阳余晖透过车窗洒了进来，他睫毛的末端泛着金色的光泽。安折的睡颜很安静，只有一起一伏的轻轻呼吸是唯一的动态。他看起来毫无攻击性，对外面的一切也没有任何警惕与戒备，像个还没长大的孩子，陆沨觉得他就这样睡下去也不错。

但随即摆渡车就放缓速度，逐渐停下，车上的人们纷纷站起身，脚步声响在过道里。

安折睁开了眼睛。

他发现自己睡得比之前的任何一次都要舒服一些。

他目光缓缓地往旁边移动，看见了黑色的衣料与银色的徽记。

他一个激灵，直起身子来，看见陆沨正看着他，眼神并不算冷漠，好像没有因为刚才发生的事情而生气。

陆沨道："走吧。"

安折揉了揉眼睛，他睡得快，清醒得也快，跟着陆沨走下了摆渡车。晚风带了一丝微微的凉意，他指向前方一栋建筑："24 号建筑在那里。"

陆沨说了一声简短的"谢谢"，然后往那个方向走去。

安折跟上。

走到一半，陆沨道："把我带到这里就可以了。"

安折没说话，继续跟着他。

04 单元，陆沨按下了 37 层的电梯按钮，于是安折随着电梯也升上了 37

层。01 单元或 02 单元这种简单的选择自然不需要别人指路。

安折看着 01 号门上那个之前被撕掉的封条的痕迹，想，这位上校到现在还不知道他的恶劣行为早已经被识破了。

他的对门邻居，01 号，门上的封条在一个月前就已经被撕开，他亲眼见证的。这说明那时候陆沨已经在这里住过一晚，根本不存在不认识路这种可能。

而陆沨竟然谎称他一点都不认识路，要他带路，这说明——陆沨完全就是在捉弄他，让他付出没有价值的、多余的劳动。

可惜，当他看到陆沨的 ID 卡时，这人的谎言就不攻自破了。

正在这个时候，他听见陆沨道："你很负责。"

这个人真的认为自己是在尽职尽责给他带路——安折的神情随着这个念头变得更加无情，他看向陆沨，陆沨也看着他。

安折学着陆沨的样子，冷漠地转身，来到 02 号门前，将自己的蓝色 ID 卡贴在感应处。

感应处发出一声清脆的"嘀"声，并亮起绿灯，紧接着"咔嗒"一声，门锁自动打开。

安折回头，望向陆沨。

陆沨短暂地怔了一下，然后道："好巧。"

安折面无表情。

"怎么了？"陆沨眼中好像有点探究的意思，但仅仅是一秒后，他就好像想通了所有事情，眼中的神情全部变成笑意，唇角也扬起来。

"没有骗你，"他道，"一个月前我在主城开了一夜战前会议，就去外城了。"

安折："封条。"

"是军方知道我回主城，派人来打扫过。"陆沨道。

安折："哦。"

但他并不打算再相信这个男人。

他转过身去，回家。就在此时，陆沨的门忽然发出一声尖锐急促的“嘀——”。

他转过头去，见陆沨正在刷卡，而感应器上明明贴着正确的卡片，却红光大闪。

陆沨蹙起眉来。

安折狐疑地看着他。

就见陆沨拨打了一个号码，简单阐述了目前的状况。

话筒那边传来解释声。

挂掉电话，陆沨看着安折的，道：“三年前主城的 ID 卡升级过，我的没有及时升级。”

安折想，他可能真的错怪了陆沨。

但是，但是——

主城的路根本不复杂，而且建筑上都有显眼的编号，只要坐上摆渡车，就连他这只蘑菇都知道什么时候该下车。

一时之间，他摇摆不定。但最终，看在孢子的面子上，他还是道：“那你……先去我家？”

陆沨欣然应下。

将审判者大人请到沙发上，再给他打开电视，安折就进了厨房。

进厨房前他问：“你吃饭了吗？”

陆沨说，没有。

安折说这句话的本意是暗示他可以下楼去集体食堂吃饭，但陆沨的回答有隐藏的含义——意味着他今天要做两个人的饭。

安折多切了两个土豆。主城的集体食堂供应食物，也供应原料，这一个月间，他逐渐习惯了自己煮汤——会比食堂里的浓郁美味一些。

将土豆和小块熏肉放入锅中，倒进清水，再加上牛奶，他开了火，盖上锅盖，回到客厅里。

新闻里正在播报驱散中心修复工作顺利进展的消息。

而陆沨正在沙发上看他的课本，似乎心情不错。

这个人心情好的时候就会欺负别人，心情不好的时候就不爱搭理人，比如一个月前在列车上的时候，他好像根本不愿意和自己说话。

被欺骗感情的冲动情绪消退后，他已经冷静下来，在厨房切土豆的那段时间里，他认真思考了自己和陆沨的关系。

找到孢子的关键在于和陆沨建立良好的关系。

和人类建立良好关系的前提是弄明白他的喜好。

于是安折坐到陆沨的旁边，他看见陆沨正在看课本中一首描写秋天景象的小诗。

陆沨："你教这个？"

安折："我还在学。"

陆沨的主动提问更让他确认了这人心情不错。

于是他道："上校。"

陆沨放下课本看向他："怎么了？"

"之前，在列车上的时候，"安折微微垂下眼，低声道，"您好像不愿意理我，我做错了什么吗？"

陆沨深深看了他一眼。

"没有。"他淡淡道，"是我的问题。"

安折："这样啊。"

陆沨："你很在意吗？"

安折："……嗯。"

短暂的沉默后，陆沨伸出手。

他的手指在安折脖颈的皮肤上停留片刻，然后向下，将他挂在脖子里的那枚弹壳取了出来。

安折抬头望向他，带着一点惶然，陆沨什么时候发现了弹壳的存在，他不知道。

"我杀掉了黑市的老板娘，那时候你在她旁边。你在她手下做事？"

安折摇摇头："我只跟着肖老板。"

"3260563209，在城门口。"陆沨继续道，"是你队友还是男朋友？"

安折答："朋友。"

陆沨握住他颈间的弹壳，道："这个是谁？"

安折没有说话，他不能说，但沉默也是一种回答。

沉默后，陆沨并没有问到底，将弹壳重新塞回他的领口。

"我杀过很多人。不过最近几次大规模杀人，你都在场。"他道，"这种情况下，你还能说出我是一个好人，让我很惊讶。"

安折回想了一下，发现事情确实是这样。

第一次见面，陆沨杀了范斯。第二次见面杀了杜赛。那天晚上，异种混进城中，他还杀了另外七十三个人。

一个月后，自己又站在隔离墙内，目睹审判日的进行，无数声枪响。

最后，在离开外城的列车上，在他身边，陆沨下达了炸毁6区的命令。

陆沨杀了很多和他有关系的人。

不过，这并没有妨碍他认为陆沨是个好人。首先，他知道陆沨判断异种非常准确。其次，即使他被陆沨认出是异种然后杀死，或者6区被炸毁的时候，他也是其中的一员，好像也没什么可说的，入乡随俗，他来到人类基地，就要接受人类的规矩。

但陆沨是执行死刑的那个人。

"你因为这个……难过吗？"安折问。

"没有。"陆沨看着他，道，"我知道我在做什么。"

"那……"安折只说出了一个字。

那是因为什么有情绪的波动？

但陆沨仿佛看出了他心中所想。

"我没有违背过原则，"他道，"但是没有人来判定我的对错。"

安折想起年轻审判官瑟兰对他说过的那些话，他问："你不确定杀的人的对错吗？”

“不，我确定，”陆沨看向窗外，他绿色的眼瞳像冰封的冻湖，空旷遥远的寂静，“我只是有时候会想……我做出的那些选择。我究竟在审判什么，最后谁又会审判我？”

安折并没有彻底听懂他的话。人类在疯掉的时候或许会说一些别人听不懂的胡言乱语。

但他又觉得自己懂了。

望着陆沨，他道：“我没有因为那些事讨厌你。”

顿了顿，他又补充：“你没做错。”

陆沨看向他，长久地沉默，久到安折产生了错觉——那双眼睛里不是冰封的冻湖，而是温柔的冷水。

暮色缓缓降落在这个房间，陆沨伸出右手，揉了揉安折的头发。

安折微微垂下眼，被审判者摸头的感觉很奇妙，他觉得陆沨现在处于一个很柔和的状态。

如果是因为他之前的话安慰到了这个人的话，他还觉得挺开心的。

于是他对陆沨笑了笑。

然后就见陆沨的目光恶劣起来，原本摸他头的手指往下，掐了掐他的脸。

——安折觉得这人还是心情差的时候好一些，起码不会随便欺负人。

他逃离陆沨：“我要去看锅了。”

陆沨：“嗯哼。”

安折回到厨房，发现水果然已经开了，泡沫拥挤着浮上来，几乎要冲破锅盖。这些天来他已经掌握了足够的煮饭技巧，他将透明锅盖掀开，白色的水汽蒸腾，泡沫迅速消退。熏肉已经在滚水中被泡开了，土豆小块的边缘也变得圆润，少量的牛奶使汤色微微发白，扑面而来的鲜咸气息中又似有似无带着一丝宽和绵长的甜香，是安折很喜欢的一种味道。

他拿过一旁的汤勺，用勺底碾着已经煮软的土豆块，那些小块在搅拌和碾磨下渐渐溶化在汤里，这锅土豆汤肉眼可见变得更加浓郁。

不知道什么时候陆沨也来了厨房，倚在门框边，并淡淡道："要我帮忙吗？"

安折当然不指望上校大人熟悉厨房里的工作，他道："不用。"

但陆沨也没走，他只是在那里看着安折，然后目光移向厨房，环视了一圈这个不大的空间。

最后，他的目光停在水槽上的银色水龙头上："漏水？"

安折："嗯。"

厨房的水龙头从他搬进来的第一天就漏水，无论拧得多紧，都会有水滴下来。白天声音不明显，到了晚上，万籁俱寂，连远方双子塔的灯光都熄灭的时候，一下又一下的滴水声在整个房间里回荡，有时会扰乱他的睡眠——扰乱睡眠倒在其次，重要的是这样一天天下来，他恐怕要多付水费。

却见陆沨脱下外套搭在一边，挽起制服衬衫的袖口，抬手关掉了水管上方的黑色水闸——那是安折的身高够不到的地方。

接着，他把水龙头拧下来了。

安折默默看着他的举动，他觉得陆沨此举只有两个可能，一是想把他的水龙头彻底破坏掉，二是想帮他修理这个东西。

他在理智上觉得是前者，但情感上更愿意相信后者。

就在这时候，门被敲响了。

陆沨正将水龙头大卸八块，头也不抬道："去。"

他的语气理直气壮得仿佛他才是这个房间的主人。

真正的主人安折放下勺子，走到玄关处开了门，是个身穿军方制服的士兵。

那人环视了一圈客厅，道："陆上校让我来这里。"

他嗓门很大。

就听厨房里传来陆沨平静的声音："这里。"

士兵走到门口，军靴一并行了个礼："陆上校，我是后勤处人员，疏忽了您的ID卡问题，是我们工作的失误——”

他的话突然顿了顿，目光移向陆沨手里的水龙头零件，表情像是见了鬼，然后才继续：“……对此，我们表示真挚的歉意和——”

“少废话。”陆沨冷冷打断了他。

士兵道：“……我为您送来了新的ID卡。”

“谢谢。”陆沨看都没看他一眼，双手将两个零件重新装在一起，道，“放下吧。”

水槽旁堆了一些土豆皮，旁边是菜刀。

水槽里是水。

上校手里是水龙头零件。

士兵举着ID卡，一时之间，竟然不知道该放在哪里。

安折只能小声道：“给我吧。”

接好ID卡后，就是送客。

门口，那个士兵又瞧了厨房里的上校一眼，又看向安折，他刻意压低了声音，但因为嗓门本来就大，压低后声音也不小：“……上校在干什么？”

安折道：“修水龙头。”

“审判者还会修水龙头吗？”士兵狐疑地瞧了瞧他，“那你和他是……”

安折：“现在是邻居。”

士兵：“以前呢？”

“以前……”安折想到他们两个曾经睡过对方的床，道，“算朋友吧。”

士兵嘴角不自然地扯了扯：“……呵呵。”

他好像不信。

可能是陆沨很少拆别人的水龙头吧，安折平静地送走了士兵。

——他回到厨房里，就见水龙头已经被安回原来的位置。

陆沨拧开了水闸。

水龙头滴水不漏。

“哇。”安折道。

看着那个水龙头，他一边觉得审判者也并不是每时每刻都高高在上不搭理人，一边又觉得这个人好像什么都会。

他道："你好厉害。"

他的声音还是那么软，娇气得很。土豆汤的香气已经彻底蒸腾出来，伴随绵密的水汽铺满整个房间，陆沨不动声色道："你也不错。"

土豆汤彻底煮好后，安折将它分盛到两只碗里，并配上两包作为主食的压缩饼干。陆沨的心情看起来很愉快，但安折食不知味，他绞尽脑汁，想要从陆沨口中获得一些关于灯塔的消息，因此问了陆沨不少问题。

"你接下来做什么？"

"等安排。"

"你会在双子塔工作吗？"

"可能会。"

"灯塔和军方经常联系吗？"

"不经常。"

"博士在灯塔工作……你和他很熟吗？"

"不熟。"陆沨面无表情。

显而易见的冷漠让安折打消了继续问下去的念头，但就此停止好像显得更加可疑，于是他继续问："今天那个小女孩——"

下一秒，陆沨看向他。

"不该问的别问，"他淡淡道，"吃饭时不要说话。"

安折失望地闭嘴了。

直到晚饭结束，他连任何关于孢子的信息都没有得到，但是，审判者对他的态度又似乎好了许多。

安折打开门，送陆沨回去。

陆沨道："再见。"

安折也道："再见。"

就见陆沨把新的 ID 卡贴在感应器上，绿灯亮起，门锁顺利打开。

陆沨推开了门。

接着，他忽然不动了，整个人仿佛静止。

这种表现对于上校来说，是非常罕见的，于是安折悄悄探出头，将目光移向了他房内。

这一看，他也顿住了。

房间不是空的。

正对着门口的沙发旁有一只打开的巨大行李箱，沙发上端正坐着一位身穿黑色制服的军官。这位军官有着黑色的头发与绿色的眼睛，正冷冷看着门口。

站在门口的陆沨转过头，如出一辙的目光看向安折。

安折："……不是我。"

真的不是他。

审判者的人偶，自从他被抓获起就再也没有见过，他还以为这个万恶的东西已经和 6 区一起炸成碎片了，怎么会出现在陆沨的家里？

正在这时，陆沨的通信器响了，对方嗓门很大，是那个之前来送卡的后勤部士兵："上校，您回到房间了吗？新的 ID 卡能够正常使用吗？"

"谢谢，能。"陆沨道，"但我想知道，我客厅里的人偶是怎么回事。"

"人偶？"那名士兵先是微一疑惑，随即恍然大悟，"之前审判庭紧急撤离的时候抢救重要资料和物品，负责抢险的士兵看到了这个，认为它可能是重要的军事用具，于是一起带过来了。我们不知道怎么处理，就放在了您房间里。"

陆沨重复了一句："重要的军事用具？"

"是这样的，我们虽然在主城，但也知道外城中有一些反对审判庭的反动组织存在，我们判断仿真人偶或许是审判庭诱敌的道具，何况它的制造成本看起来就很……"那人滔滔不绝。

陆沨一言不发。

那人终于发现了不对劲："上校，我说错了吗？"

"没有，谢谢。"陆沨挂断通信。

挂断后，他对安折道："过来。"

安折感到很绝望，他之前的案子还没定罪，只是突发蠕虫攻击才得以从监狱里出来，现在赃物又出现了，审判者难道又要旧事重提，给他定罪吗？

他走了过去。

陆沨粗暴地把人偶从沙发上拎起来，装回行李箱内，将行李箱向安折一推，安折不明所以，按住了拉杆把手。

陆沨："送你了。"

安折："……"

第 17 章
“它像蜂巢。”

握着把手，安折木然道：“我现在没有犯猥亵罪吗？”

“没有，”陆沨转身回卧室，道，“猥亵罪成立与否取决于受害人的意愿。”

这个人还有脸把自己称作受害人。

安折已经看透了这个男人。将箱子拉回家后，他把它放在房间最不起眼的角落里，他不会让里面那个陆沨见到太阳了。

此时电视里新闻已经播完，变成明天的天气预报，甜美的主持人声音道：“基地所在的平原将迎来罕见的大风天，请大家关好门窗。”

安折最初做蘑菇的时候是害怕大风的，因为风会把蘑菇吹坏。后来他折断后身体发生变化，才渐渐不怕风了，反而喜欢被风吹着的感觉。

洗漱后，回到卧室，他看了一会儿课本。夜色逐渐深沉后，安折打算睡觉。

这时，他耳边响起一种低沉的怪声。

绵长的、起伏的，像是回荡在最狭窄的峡谷里的那种风声。有时候，是非常低沉的呜呜声，有时候又陡然尖厉起来，像是外面的风声，又像是响在整个房间里，却找不出声音的源头在哪儿。

他并不是第一次听到这种声音，之前在这个房间的许多个晚上，低沉遥远的声响伴随着厨房里滴答滴答的滴水声，诡异地和谐，这两种声音的组合常常让他错觉自己还在深渊——山洞外，风从密林深处吹过来，植物或动物分泌的黏液与涎液滴在长满苔藓的石头上，有时候，风和山洞的构造会产生一种奇异的共鸣，四面八方都是低沉的鸣响，像是某种生物的呓语。

但今晚的声响比之前任何时候都要大，安折终于能够确定声音的源头就在自己的房间里。

他蹙眉，闭上眼仔细感知着周围，除了窗外的风声，那种声音，在自己身体附近的声音——

他猛地睁开眼，从床上起身，赤脚站在地板上，拿起桌上的手电筒，打开，半跪下去，撩开床单，将手电光照向床底。

一个黑漆漆的圆形洞口出现在他眼前——就在床靠着的那面墙壁上，和地板的相接处。

洞口有人的头颅大小，像个人为的管道口，里面黑洞洞的，什么都没有，什么都看不到，他感到有风从里面吹出来，困扰他一个月之久的声音正是管道里传来的风声。

对着那个洞口打量了半分钟，安折放下床单，爬回床上，人类的房间总是有一些奇奇怪怪的构造。他今晚得早睡，明天是个很重要的日子。

*

你们的身体
还挣扎着
想要回返。

而无名的野花
已在头上开满。[2]

安折看着白楠在试卷上默写下一句诗，今天是这群幼崽的结业考试，他

2 选自诗歌《森林之魅》，作者是中国现代诗人穆旦，创作于1946年。

负责巡察考场以防作弊。

昨晚那种低沉的声音也在教室里回响着，但所有人都好像习以为常。安折在教室角落的不起眼处也发现了一个那样的洞口，看来这是人类建筑里常见的东西，他之前没有注意到，是因为白天太过嘈杂，盖住了这种声音，而今天，外面的大风使得洞里的风也变大了。

越过白楠的位置，他往前走。纪莎的试卷上一片狼藉，满是涂涂改改的痕迹，只有英文题上零零散散填了一些工整的单词。安折看了看，似乎也没做对几个。

大部分幼崽的情形都和纪莎一样，另外一部分连涂涂改改的努力都没有做出，面前的卷子几乎空白。当然，还有极少的七八个幼崽，他们的试卷完成得很好。

安折边走边看，他来到了教室的角落里那个名叫司南的冷漠幼崽旁边。

——司南的卷子已经全部完成了，而考试刚刚开始半个小时，他比其他所有人做得都快。

此时，他没有检查，也没有发呆，而是用黑色的笔在试卷的空白处画画。

说是画，其实也不恰当，那是一些无规律的黑色线条，它们混乱地纠缠在一起，像深渊里的藤蔓，有种突破纸面的疯狂。等到一个半小时的考核结束，癫狂的线条已经铺满了整张试卷，只有答题处还能看得出字迹。

收完卷子，生活老师把幼崽们带回寝室，安折将卷子抱回办公室，林佐和柯林都在里面。林佐刚刚改完数学与逻辑课的试卷，见安折进来，将卷子接了过去，道：“你和柯林登分。”

安折乖乖应下，来到柯林旁边。柯林念出幼崽们的名字和成绩，安折将成绩录入电脑的表格中。

“司南。”柯林念，“100。”

安折将成绩录入，他轻声道：“他好厉害。”

数学与逻辑课的试卷他看过了，加减乘除已经是里面最简单的内容，那些几何题和逻辑题，安折自认为不一定能做出来。

此时，正在批改语言与文学试卷的林佐道：“司南是非常罕见的天才。”

安折：“嗯。”

“但是我不打算让他升入 A 班。”林佐道。

经过这一个月的生活，安折已经知道幼崽们升学的规律。

生活老师有一张加减分的表格，上课时也有一张，这些加减分的记录加上平时大大小小的考核成绩，最后再加上结业考试的分数，就成了幼崽的最终成绩。这个班里成绩最优越的前几名幼崽将升入 A 班，继续接受主城的教育，长大后根据各自的特长进入主城的各个机构。其他幼崽则进入军方基地接受训练和考核，一个月后，军方也会根据情况挑选出十几名 B 类幼崽继续培养，这些幼崽长大后就会成为军方的士兵。其余的幼崽则被划分为 C 类，送到外城等待外城居民的领养，无人领养者则继续在外城分配的区域过集体生活，从此成为外城居民。

但林佐说他不打算让司南进入 A 班。

安折问：“为什么？”

“他的性格有问题。”林佐道，“他也不适合进入军方，他个人缺乏情感，同时对基地怀有仇恨，不能为主城服务。伊甸园也认同了我对他的评估结果。他会被划在 C 班，以后麻烦你们两个了。”

安折：“……好的。”

“他是个很奇怪的孩子。”林佐又道，“生活老师告诉我，他晚上会频繁惊醒，有时候会颤抖，但查不出病因。我听三岁前照顾他的育儿师说，他失去过一个朋友，可能留下了心理阴影。”

一个上午过去，最终成绩计算完成，包括白楠在内的五个幼崽被挑走，他们和其他班里脱颖而出的幼崽们一起被送入伊甸园的 7 层接受教育，林佐则轮转到 3 层，开始带新的一级。安折和柯林正式成为剩下的幼崽们的带班老师，他们的任务是把幼崽们带到军方基地，看管他们接受军方的训练和考核。

主城的效率很高，下午，他们就乘坐摆渡车到了城市一侧的一个军方训练场，和他们一起的还有其余班的幼崽们。

训练场的风很大，带起细沙来，但幼崽们情绪很激动，在空旷的场地上跑跑跳跳——军方负责筛选幼崽的人员即将过来接管他们。安折和柯林闲了下来，他们只需要在旁边看着就好。

并肩坐在铁质长凳上，柯林突然说话了——安折和他这一个月都是互不交流。

“我愿意放下一点对审判者的仇恨了。”他道。

安折看向他，发现他的目光穿过层层建筑群，望向远处伊甸园露出的灰色一角，那是一种很冷的目光。

“因为整个主城都像审判者一样冷漠无情。”望着那里，柯林道。

安折问：“为什么？”

“你看到伊甸园了吗？”柯林道，“它像蜂巢。”

伊甸园是一个巨大的六边形建筑，确实和蜂巢有相似之处。安折没说话，柯林自顾自说了下去。

“伊甸园是蜂王，每年制造出上万的孩子，从三岁开始就让他们接受困难的考核，以便筛选出智商最高的一小部分，让他们留在主城，以后搞科研，或者做别的什么。这些孩子对主城有用，是雄蜂，所以能得到主城优越的生活条件。”他道，“其他的，都是工蜂，被分配到条件简陋的外城。基地控制着食物和水的供应，工蜂们只能成为佣兵，去野外拼命，给基地带回物资，才能活下去。那些物资又被基地用来造福主城。”

他冷笑一声：“这就是整个基地运作的方式，对主城有价值的人才是人。他们炸毁 6 区，一点都不会心疼，因为外城的人本来就是他们丢掉的东西。”

安折道：“可是主城只够很少人生活。”

柯林转头向他：“你觉得他们做的是对的吗？”

迟疑了一下，安折点了点头。

“你觉得他们做得对，是因为你活下来了，你站在这里，你站在主城的立场上。”柯林情绪激动了起来，胸脯剧烈起伏几下。

“人类利益高于一切，所以他们做什么都是对的。”他道，“但死掉的那些人，被他们炸死的那些人，你的亲人、朋友，他们做错了什么？他们不是人类吗？”

安折没说话，他并没有因为柯林的质问而感到困惑。深渊里也有群居的生物，经过他长期的观察，对一个单独的动物来说，活着是最重要的事情，但对于群居的一群动物来说，整个群体的延续更重要。他倒也不觉得柯林是错的，只不过这个人可能更适合生活在弗吉尼亚基地。

柯林望着他的眼睛，最后道：“我知道了。你根本没有感情。”

他们的对话就此停止。

安折把目光重新转回幼崽们身上，幼崽们比柯林可爱得多。

然而此时的幼崽群里一片混乱，有人打起来了。

安折站起来，走进幼崽群，柯林也过来了。

打架的是司南和另一个强壮的男孩。司南眼睛有点红，把那个男孩死死按在地上。

“放开他。”柯林道，“司南，扣分了。”

司南仍然没有放开那个男孩，柯林只能上前强行分开了他们，成年人的力量毕竟比孩子大很多。

司南冷着脸站在一边。安折低头看着他，问：“你们怎么了？”

司南没说话，倒是另一个男孩大声道：“你晚上说梦话，就是喊了莉莉的名字！莉莉早就被带走关起来了，反正你找不到她！”

安折看到司南握紧了拳头。

莉莉，听起来是个小女孩的名字。

他问：“莉莉是谁？”

司南这次终于回答了他：“我朋友。”

“她在哪儿？”

“伊甸园。”司南冷冰冰道。

安折想起了林佐说过的“他失去过一个朋友”，他猜出了这场争执的原因，那个男孩提起了司南的伤心事。

“不生气了。”他半跪下来，和司南平视，轻轻拍了拍他的肩膀，“我让他以后不再提起这种事情。”

司南的神情没有变化，他明明是个幼崽，却有种不同于其他所有幼崽的冷漠。

安折只能摸了摸他的头发，站起身来。训练场上幼崽们乱成一团，而身边的柯林正在教育另一个幼崽，他的教育比安折成功多了，只要说出“扣分”两个字，幼崽就会立刻听话。

安折得到启发，对司南道：“下次不许打架了，要扣分的。”

司南嘴角翘了翘，道：“反正你们不想让我留在主城。”

——在别的幼崽连话都说得磕磕绊绊的时候，这个幼崽什么都知道。

安折感到无助，但是没有人能帮他。

就在这时，他余光里一辆黑色汽车停了下来，里面走出三个人。

安折望过去，和其中一个人对上了目光。

他眨了眨眼睛。

陆沨也看见了他，他微挑了一下眉，朝这边走来。

安折问：“你也来这里？”

“开个会，”陆沨道，“你怎么了？”

安折声音里带了点无助又求助的意思：“有两个孩子打架。”

“各打一顿就好了。”陆沨道。

他这话让安折不由自主地笑了一下，他俯身对司南道：“下次打架就要打你了。”

陆沨看着他。

“你这么好说话，”他凉凉道，“他们不仅会继续打架，还会打你。”

安折：“……”

他调整表情，努力让自己看起来凶一点，假如有陆沨十分之一的凶，他教育幼崽就会一切顺利。

陆沨看着他，勾了勾唇，将目光移到司南身上。

目光陡然停住。

“离他远点。”下一刻，陆沨冷声道。

安折不明所以，几乎是反射性地听了陆沨的话，后退两步。

陆沨上前两步，隔在安折与司南中间，他戴好手套，扼住司南的下颌，强制他看向太阳。

阳光刺目，司南的瞳孔收缩。

“他有问题。”陆沨反手扣住司南，“联系灯塔。”

第 18 章

“纪博士, 你动摇了。”

“初步感染，感染进程 20 个单位，13 个动物性靶点，指向节肢类变异。”博士拿着厚厚一沓报告单走过来，往陆沨面前一放，“你怎么走到哪里，哪里就有异种？”

陆沨拿起报告单。

博士抱臂道：“你竟然没有当场击毙他。”

“我不熟悉小孩的感染特征。”陆沨道。

“那不杀了，留给我当样本吧。”

“随意。”

“节肢类变异，没什么可说的。”博士看向他手里那沓报告单，“准备开会吧，主城竟然出现感染了，还是伊甸园的孩子，我已经上报了，不是小事。”

“节肢类。”陆沨淡淡道道，“和之前的外城事件有联系吗？”

“外城虫潮事件今天刚出了最终调查结果，定性为繁殖季压力下变异昆虫的一次集体行为。”博士声音很低，神情严肃，“但是我们不知道它们到底是通过怎样的方式联合在一起，又是否有指挥者角色存在。”

“但是……主城从上到下固若金汤，外面的东西进不来。”他深呼吸一口气，边闭眼思索，边道，“即使主城出事，也该是灯塔的异种样本越狱了。为什么是伊甸园的孩子？”

陆沨将报告单看过一遍，看向安折。

——作为司南的老师，安折有责任和他们一起来到灯塔。

“他去过哪里？”陆沨问。

“一直和其他孩子待在一起。”安折道，“昨晚我下班的时候，他们正在一起看新闻，睡觉。今天上午在教室考试，下午在基地。”

陆沨道：“联系他的老师和生活老师。”

安折应了一声。

给林佐打完电话说明事态后，他想了想，道：“我可以去问他……他很聪明。”

陆沨“嗯”了一声。

于是安折走到玻璃密封门前——作为被感染者，司南和其他人隔离了，他现在的所在是个银白色的实验室。

实验室里，一个很小的身影。司南一个人坐在银白色解剖台上，微微低着头，他仍然是那副表情，似乎外面发生的一切都和自己没关系。

安折身后传来响动，陆沨的通信器疯狂响着，足见事态的严重性，仅仅在这两三分钟间，已经有三拨人来这里找他，他对博士说了一句什么，起身往走廊外去了。

门内门外有传声装置，安折拿起通话仪：“司南。”

司南看向他。

“你知道自己怎么了吗？”安折问。

司南点了点头。

“那你知道原因吗？”安折道，“你在伊甸园遇到了什么奇怪的东西吗？”

司南乌黑的眼瞳直勾勾地看着他，那目光似乎要把他穿透。

这一刻安折忽然明白为什么异种和人有肉眼可以辨别的不同——那样的眼神，就像一只，一只……不同于人的东西。假如这样一双眼睛存在于深渊的一只怪物身上，那么他丝毫不会感到违和。

长达一分钟的沉默后，司南道：“没有。”

“再想一下。”安折努力引导着这个幼崽，“你昨天去做了什么？一直和班里的同学待在一起吗？”

司南只是用那种漆黑的目光看着他，无论安折问什么，他都不再开口。

就在这边陷入僵持的时候，博士的通信器也响了，安折看过去。

博士按下了免提，林佐的声音传过来，他的语调很平稳，但语速极快，安折知道这是人类强作镇定的表现。

“我们调取了三天以内的全部录像，他一直和其他人在一起。上厕所和偶尔自由活动时间会离开监控范围，这是正常情况，离开时间最长不超过三分钟，他只能在我们这一层的走廊里活动。”林佐道，“伊甸园没有任何异常，他会不会是在去训练基地的路上或者在训练基地被感染的？我听说孩子的感染暴发速度会比成年人快得多。”

“很抱歉，林先生。虽然孩子的感染速度快于成年人，但根据他组织细胞的形态变化程度，被感染至少是十五到二十小时之前的事情。”

林佐那边沉默了一会儿，道：“这样的话，他确实是在伊甸园被感染的——但是伊甸园的其他孩子和老师都很正常，没有出现任何感染的迹象。”

“请您不要恐慌。”博士道，“我们正在等待上级的进一步命令。最迟3点钟，灯塔就会和审判庭联合对那段时间在6层活动过的孩子进行感染筛查，请您准备配合工作。”

林佐道：“好。”

“谢谢理解，如果没有别的事情的话——”博士道。

林佐：“等等。”

博士：“您有别的线索吗？”

“不是线索，但希望对您有帮助。”林佐道，“司南一直是个很奇怪的孩子……他的智商非常高，但精神状态一直非常……游离。我是看着他长大的，我确定他的认知或者感官和其他孩子有不一样的地方。”

“谢谢告知，我会研究的。”博士道，“审判者回来了，我们即将出发，见面后细谈。”

林佐道：“好的。”

陆沨走回房间。

“怎么样？”博士问。

“伊甸园和训练基地已经戒严了。”陆沨道，“正在清点人数，我们十分钟后出发。”

“好。”博士道。

陆沨抬眼看向实验室里的司南：“你们怎么样了？”

博士耸了耸肩。

陆沨向前走去，站在安折旁边。

司南的眼珠缓缓转向陆沨，这时安折发现他原本边缘清晰的黑眼珠隐隐有向外晕散的趋势，是放射状的，像蛛网向外延伸的蛛丝。

陆沨道：“十个小时。”

安折怔了怔，他知道陆沨的意思——十个小时内，司南就会从一个人类的幼崽，彻底蜕变为没有理智的怪物。

他试图再和司南沟通，喊了一声他的名字。

却见司南的目光死死停留在陆沨身上不动，陆沨回视。

司南张了张嘴。

孩子稚嫩的嗓音，却用冰冷的语调一字一句吐出了五个字。

“你们都会死。”

陆沨笑了笑。

他从安折手中拿起通话仪。

“没有人不会死。”他道，“人类会活着。”

说罢，他将通话仪挂回原处，转身走开。

安折比较了一下，论起冷冰冰的表情和语调，还是上校更胜一筹。

几个科研人员接管了司南，隔断门升起来。博士道：“这个孩子很怪。”

陆沨：“我调人审问。”

博士：“有劳。”

就在此时，那种风声又在安折耳边响起。他环视四周，在天花板和墙壁的交界处发现了一个同样隐蔽的圆洞。

“陆沨，”安折轻轻拽住了陆沨的袖角，“那是什么？”

陆沨循着他的目光往天花板看去，淡淡道：“通风口。”

安折眨了眨眼睛。

“没见过？”博士道，“外城没有，因为外城是后来才建成的。”

博士向来愿意向人解释知识，于是安折继续问：“它是做什么用的？”

“送风。”博士的回答很简单，接着，他解释道，“主城建设的时候，磁场还没彻底消失，人类的工业能力还在巅峰期，为了建造一个能最大限度抵抗宇宙辐射和太阳风的基地，所有建筑的墙体都是普通建筑的四五倍厚，材料是特殊材料，全封闭式，靠通风系统提供干净空气。”

“主城能活下来，通风系统至少能领一等功。”他笑了笑，“人造磁极建成后，各种变异开始。驱散仪还没有发明出来的时候，昆虫无孔不入，主城在通风系统的入风口和出风口增添了三层过滤和绞杀系统，保证没有一只虫子能通过通风口飞进来。”

“所以说，无论怎样，只要我们控制好城门口人类的进出，主城就是绝对安全的。”他一边在电脑上敲下一封邮件，一边近乎自言自语道，“到底为什么会出现感染事件？这根本说不通，而且伊甸园其他孩子都没事。”

说到这里，他动作顿了顿，看向陆沨：“我听说伊甸园昨天逃出了一个女孩。”

“我问过了。”陆沨道，“那个女孩一切正常。”

博士的眉头蹙得更深，在键盘上噼里啪啦地敲下一些信息。

陆沨看着电脑屏幕："你在和地下城基地联系？"

"最近发生的一系列事情，我有点……害怕。"博士深呼吸一口气，道，"我想知道北美那边的怪物进化到什么程度了。不过我们两个基地间的应急频道从来都是听天由命，几乎注定不会等到结果。"

说罢，他点击发送，这时安折看到他又将同样的文件发送给了另一个备注为"研究所"的收件人。

"好了。"博士关掉界面，道，"我去协调仪器。"

陆沨："我先去伊甸园。"

灯塔的走廊长而白，被冷光照亮，走廊里有茶水间，他们推门出去的时候，两个穿白大褂的研究员正在茶水间接吻，听到外面的脚步声后，其中一个抱着另一个一转，身影隐没在茶水间深处。

这一场景似乎引起了陆沨的反感，他微蹙眉，道："你们的纪律呢？"

"没有办法。"博士道，"我们研究得越多，就越失望。灯塔现在从上到下蔓延着及时行乐的气息，你不能拿军队的纪律要求我们。我自己有时候也会感到绝望。"

陆沨没说什么，转角处，他带着安折走向和博士不同的方向。

接下来的一个下午安折都盲目地跟着陆沨，原因是他不知道自己该去哪儿——他只能算是伊甸园的临时工，因此没有接到任何命令或指示。不过，陆沨被他跟着，似乎也没有感到不悦。甚至，这人挨个排查伊甸园孩子的时候，还让他去大厅休息一会儿。

于是安折留在走廊大厅的沙发上看书，他对面的墙壁上又是"人类利益高于一切"的血红色标语。下午4点的时候，博士也带人来到了伊甸园，他精神有点萎靡，带着几名手下在大厅启动了检测仪器。

瑟兰被陆沨派来配合博士的工作。

年轻审判官看到大厅中央的仪器，微微蹙眉："只有一台？"

"不然呢？"博士道，"另一台留在主城入口，接收回城的原外城佣兵。”

“也就是说整个基地目前只有两台仪器？”瑟兰道。

“宝贝儿，你对我们目前的工业生产能力有什么误解吗？”博士道，“检测仪这种高精度大型仪器，两台已经是极限了。”

瑟兰：“抱歉。”

“没事。”博士道，“你们先过一遍，我们再用仪器慢慢筛查。”

瑟兰认真道：“审判庭并未针对孩童进行过特殊训练。”

博士：“我相信审判者的眼力，他一定能揪出来别的感染体。”

说话间，陆沨的脚步传出来。

“5、6、7层排查完毕。”陆沨正在对通信器说话，“未发现疑似感染者。”

安折看见博士调试仪器操纵杆的手颤了颤。

陆沨走过他身边：“这边交给你们了。”

博士的脸色不知为何有些苍白，他道：“好。”

说完，又道：“灯塔异种样本多，伊甸园出现感染，我怕灯塔也出事。可以向统战中心申请借调审判庭驻扎吗？”

陆沨问：“我的权限等级？”

博士道：“你和我同权限。”

陆沨：“好。”

他走到电梯口。

安折默默目送他。

——就见这人回头看了他一眼。

那眼神里写着“过来”。

安折放下手中的书，乖乖跟上去了。

——就在这时。

“陆沨。”博士突然道。

陆沨没有回头：“怎么了？”

安折微微转身，看见博士正望着这边，他蔚蓝色的眼瞳里有一丝茫然无措的神色，眼眶微红。

“一百年前，人们受伤后只有百分之三十的感染率，轻微的抓伤和刺伤根本不会导致变异。但是这些年来，情况一直在恶化。尤其在今年，感染率陡增，你也知道，连一个针眼大小的伤口都能感染。我一直在想，是否会有这样一天，我们什么都不做，基因也会错乱，变成异种。”

陆沨没有动，也没有说话，“叮”的一声响，电梯到达，银色的厢门平滑打开。

博士的声音微带颤抖：“伊甸园没有怪物也没有异种，这个孩子的感染是无缘无故发生的，我们至今不知道造成感染的东西是什么、它靠什么传播。灯塔抓不到那个病毒，也不知道怎么防御。假如那些东西已经像一场流行病一样爬到了我们身边……最脆弱的孩子因为个人体质首先感染。”

他喘了一口气，道：“那我们到底要怎么办？”

“纪博士。”陆沨声音冷寒，“你动摇了。”

说罢，他右手按住安折肩头，带他头也不回地向电梯走去。

*

到达居住楼下，从陆沨车里下来后，安折道：“谢谢。”

“不谢。”陆沨道，“你怎么吃饭？”

“自己煮。”安折道。

“土豆汤？”

“嗯。”

陆沨问：“你喜欢？”

安折认真思索了一会儿。

“喜欢。”他道，“但我也没有钱买别的。”

“看出来了。”陆沨道，“今晚请你吃别的。”

安折：“为什么？”

陆沨淡淡道：“感谢你带我发现异种。”

这话听起来没错。陆沨是因为他才注意到司南的。

于是安折得到了在食材区挑挑拣拣的机会。对照基地给出的菜单，他最后买了番茄、土豆和冷冻牛肉。牛肉的价格非常贵，并且旁边特别标示即将停产，他犹豫了一会儿要不要买，但在他犹豫的时间里陆沨已经把卡刷了。刷卡机上显示的余额让安折感受到了人与人的差别。

食材旁边有简易的做法说明，安折并不会做别的东西，于是仍然是煮汤。

煮着煮着，安折发现了一件事情。

他站在原地，默默注视着锅中微微翻腾的水面。

汤已经很浓稠了，土豆也彻底软化，番茄酸甜绵软的气息和牛肉的香气混合在一起，是和土豆汤不同的一种味道，非常鲜美。

但是……

陆沨看向他："怎么了？"

"我……"安折抬头看向他。

但陆沨那双绿色的眼睛望着他，隔了一层白色的雾气，倒也显得不是很凶。

"我……"安折道，"我好像做多了。"

"多了？"陆沨走到他身边，微倾身，看向锅内。

真的多了，安折知道。

东西放多了，水也放多了。

他做土豆汤的时候，为了让土豆更软一点、汤更浓一点，喜欢加很多水，然后慢慢把这些很多的水煮成很少的一份汤。

但是，现在的这道汤，好像和土豆汤的原理不同——再煮下去，食材就要散掉，然后变成一锅相互混杂的不明物体了。

他估计了一下，这些汤就算是三个人吃，也绰绰有余。

陆沨道："是多了。"

安折努力思考，终于得出补救措施："我可以请柯林上来吃。"

陆沨转头淡淡看了他一眼。

从那淡淡的一眼当中，安折敏锐地捕捉到了一丝陆沨的情绪，煮多了汤看起来似乎成了一个严重的错误。

陆沨道："瑟兰住 3202，给他送一份。"

安折按响 3202 的门铃后，瑟兰很快从里面打开了门。

"是你？"他似乎微微惊讶。

安折把保温壶递给他："我煮了汤，送你一份。"

"哇。"瑟兰道，"谢谢你。我正要出门吃晚饭。"

安折把汤交给他，道："不客气。"

瑟兰又道："你……为什么送给我？或许上校会喜欢。"

安折一时间不知道怎么回答。

最终，他道："上校也有的。"

瑟兰笑道："我猜也是。所以是上校告诉你我住在这里的？"

安折点了点头。

瑟兰带安折进门，将保温壶放到客厅桌上后，他从抽屉里拿出一个粉色包装的什么东西——看起来像是人类的零食。

他把它塞到安折手里，道："请你吃糖。"

安折道："谢谢。"

瑟兰道："主城住得还习惯吗？你在哪一层？"

安折："我在 3702。"

"我的天。"瑟兰笑了笑，"好巧。"

此刻外面狂风大作，瑟兰房间里也传来管道呜呜的风声。

安折看向声音的源头。

"通风管本来是关闭的，但夏天风大的时候会整体开启一段时间，避免管道内部过于潮湿，这段时间都会响，声音太大了，有时候从小住在主城的人都会被吵得睡不着，不用怕。”瑟兰语气很温和，说完，又笑了笑，道，“不过上校大概安抚过你了。”

安折感到迷惑。

首先他没有感到害怕，不需要安抚，其次陆沨根本没有安抚过他。

他说：“他没有。”

瑟兰道：“……可能他忘了。”

安折觉得瑟兰把陆沨想得太善良，而把他们两个的关系也想得太好了。

他回到 3702，上校竟然纡尊降贵亲自摆好了碗筷——但遗憾的是，即使已经送出了一份，剩下的还是有点多。

某位上校冷冰冰的绿眼睛看着他：“你可以。”

安折：“我不可以。”

陆沨：“你不能浪费基地的资源。”

安折用勺子舀起一小块牛肉，努力咽了下去，他吃掉自己的那份后，被陆沨强迫去面对锅里剩下的那些，现在已经吃掉一半了。

陆沨语调平淡：“继续。”

安折又吃掉一块土豆，以及一勺汤。

他觉得不行。

人类的食量是有限度的，即使这份汤非常好吃。

他会坏掉的。

他抬头，看向陆沨。

——却见这个人看着他，眉眼微微扬起，神情带着一丝不动声色的愉悦。

安折：“……”

他早该知道的。陆沨的目的根本不是为基地节约资源，他的快乐建立在欺负他之上。

他蹙起眉，有点生气。这次他态度坚决，道：“我不吃了。”

陆沨：“浪费粮食罪。”

安折反驳：“那你也犯了。”

陆沨抱臂睨着他，似乎将他上下打量一遍后，道：“聪明了。”

安折听出他的意思了。

他发誓，下次这个人再来吃饭，他就要切一块自己的菌丝进去毒他，他不打算再理这个人，便将勺子撂下。

但陆沨反而笑了笑。他伸手，将余下那些汤放到自己面前。看来审判者要为他自己脱罪了，安折观察了一会儿他的表现，决定勉强原谅这个人。

晚饭结束后他送陆沨出去，上校晚上还有电话会议要开。

走到门口，陆沨似乎突然想起了什么。

他从制服胸前的口袋里拿出一个半透明的小盒，扔给安折。

“睡不着可以用。”他道。

回到自己房间后，安折拆开了这个盒子。是一对白色伞状橡胶防噪耳塞。

他思索再三，仍然在陆沨到底是好人还是坏人间摇摆不定，最后暂时将这个人定义为一个多变的人。

外面的风还在持续加大，洞里的鸣声隐隐约约尖厉起来，确实是会让人类难以入眠的程度——但是他不打算戴上那对耳塞，至少现在不打算。

安折站在他的床前。今天的一整个下午，他都在想一件事情。

假如他不能在灯塔自由活动，那么究竟到什么时候才能找到孢子?

曾经他觉得这是无法克服的难题，但是现在他有一条路可以走，这座城市的所有建筑通过通风管道相连。

他转头看向房间的窗户。

窗户很小，只有两个课本并起来那么大，旁边有两扇金属推拉窗门。他走到窗前，用力将推拉门向内拉，咔嗒一声，窗门严丝合缝闭上，这样就没有人能从外面看见房间里了。

菌丝。

菌丝从安折身体里蔓延出来。他的衣服与颈间的弹壳吊坠一同滑落在地，发出轻轻的一声响。而与此同时，一团雪白的菌丝从领口处钻了出来，滚进床底，与那个漆黑的洞口静静对视。

身为蘑菇的时候，安折对外界有模糊的感知，视觉和听觉融为一体，嗅觉和触觉无法分辨，不再是画面或声音，而是一种特异的感触，人类的语言无法形容这样的变化。

洞口有细密的金属丝网，三层，足以阻挡所有小型或大型的昆虫。

但它挡不住一只柔软的蘑菇。

第19章

他并不是个缺乏耐心的蘑菇。

一根雪白的菌丝伸了出来，轻轻搭在金属网的表面上。然后，它从金属网格细小的缝隙间钻了进去。

——是安全的，至少在这里，没有什么具有杀伤力的武器，仅仅是网格的阻隔。

第一根菌丝穿过三层网格栅栏到达管道内后，剩余的菌丝也向前移动，它们聚拢在一起，因为过于柔软和灵活，呈现出一种近于液体的状态。雪白的潮水无孔不入，漫过三层金属网，在它们后面重新合为一体。一根向前延伸的管道出现在安折感知里，管壁整体是光滑的，但某些地方已经出现斑斑点点的锈迹，铁锈的气息蔓延开来，像血液的味道。有风正从管道的尽头吹进来。

安折向前移动，他的菌丝像触角贴着管壁，向前平缓流动，这条管道是直的，拐过一个直角弯后，仍然直来直去，他继续向前，前方出现一个十字路口。一条横着的稍粗管道与他现在所处的管道相连。

风变大了，气流的走向也错综复杂，预示着这个庞大的管道系统也如同一个曲折的迷宫。

安折在原地短暂地犹豫了一下，他伸出一根长长的菌丝，留在管道里，然后继续向前——他决定用这根菌丝标记自己的路径，这样，无论去了哪里，他都能沿着这根菌丝原路返回。

做下这个决定后，安折安心了许多，他径直穿过那个十字路口，沿着原来的方向前行，又是一个直角弯后，前方出现隐约的光亮。

安折来到了光亮的源头——另一个通风口。熟悉的新闻播报声传来。可想而知，他来到了别人家。

“历时一个月，主城召回在外佣兵共计一万两千人，正式进入恢复期。在预计时长为十年的恢复期内，主城的科研力量将全部投入感染源头的调查……”

“叩叩叩。”规律的敲门声响起。

安折本来就是误入此处，他没有窥探别人隐私的想法，打算离开，但是下一刻，他就暂时打消了这个念头。

开门声响起。

“陆上校。”一道女声响了起来，语调很利落。

陆上校。

这里是陆沨的房间。

安折悄悄从通风口出来，往外面挪动了一下，以使自己听得更清楚，他对陆沨的生活确实有些好奇。

然后，他就听见了熟悉的冷冷声音：“你好。”

“您好，陆上校，我是伊甸园21层的工作人员。”

伊甸园。

安折竖起了耳朵——假如现在的他有耳朵这种东西的话。

陆沨：“什么事？”

“是这样的，”那个女性笑了笑，“首先，恭喜上校从外城归来。其次，我代表我的上级询问上校，目前是否有向伊甸园捐献精子的意愿。”

陆沨的回答非常干脆且无情：“没有。”

“那太遗憾了。如果以后有意向的话，请您务必联系我们。您的基因非常优秀，如果不能得到有效利用的话，是整个基地的损失。”

“谢谢。”陆沨的语气并未因为她的夸奖而有所缓和，他道，“还有别的事情吗？”

“陆夫人种的花开了。”那名女性道，“她托我顺路送您一束。主城的工作非常繁忙，夫人嘱咐您注意休息，照顾好自己。”

短暂的沉默后，陆沨道：“她的身体还好吗？”

“一切正常。”

“谢谢，”陆沨的声音低了一些，道，“代我向她问好。”

他们的对话到此为止，房门重新关闭后，房间里不再有别的动静。

天气预报报道，大风天气仍然持续，气温将降低。

声音戛然而止，想必是陆沨关了电视。然后，脚步声逐渐靠近，陆沨回到了卧室，在书桌前坐下。几声纸张的翻动声后，房间陷入寂静，只有陆沨的呼吸声。

安折很想从床底下伸出几根菌丝来，看看上校在做什么，但他不敢。最终他还是缓缓地从通风口原路返回了。

在十字路口，他选择了风吹来的那个方向，拖着那根纤细的用来标记路径的菌丝继续前进。

冰凉的、血液味的风吹着他的菌丝，管壁上连接着其他管道口，每个管道口都连接着另外的复杂的管道结构。与此同时，前方又出现了一个交叉路口——仅仅是这么短的一段路径，已经能够让安折意识到整个系统的复杂。他没有路线图，只知道灯塔的大概方向，他能想象到经由管道进入灯塔的难度。

但他可以一直找，他并不是个缺乏耐心的蘑菇。

几个转弯后，安折已经彻底分不清方向，他也无法意识到时间的流逝，只知道沿着风吹来的方向一路行进时，管道口会越来越宽，风也会越来越大，他猜测，这是因为自己找到了通风系统的主干。有时他担心自己的菌丝会断掉，但没有办法再加固或多留一根了，菌丝对于蘑菇来说就像人类的血液，失血过多会导致死亡，他不能把它们用完。

有时候，前方会出现金属网，或者一些锋利的仿佛能割碎一切血肉与关节的涡轮，这时候他就会小心翼翼地沿着刀口滑过去，以免菌丝被割断。

安折不知道自己走了多久，只有风声和菌丝漫过锈蚀管壁的那种细微的沙沙声陪伴着他。

他的前方是无限延伸的黑色管道，后面也是，这种感觉让他回到了丢掉孢子的那段时光——漫无目的地游荡在深渊各处，或许明天就能找回它，或许永远都不会。

当管道直径有两人高的时候，安折感受到前方亮起模糊的红光。他往前去，小心翼翼越过一个大型涡轮——然后猝不及防从管道口掉了出来。

他掉在坚硬粗糙的金属地面上，被昏红的光照着，安折看向四面八方——这里不再是管道的内部，而是一个空旷宽敞的圆柱形空间，有伊甸园的大厅那么大，风和红光一同从上方灌进来。太高远了，安折感受不到那里。

于是他那雪白的一团在地面上拉长，菌丝收拢变为人类的身体和皮肤，很冷，于是菌丝在他身上蔓延，密密织出一袭宽松的白袍，挡住了外面冷沉的寒意。

安折赤脚踩在金属地面上，抬头往上望去。

一个巨大的涡轮倾斜着置于整个空间的最上方，占据了他的视野。涡轮周围亮着暗红色的激光光幕，和外城城墙上的类似，安折知道这是人类防御武器中的一种，一旦有生物想要强行越过它，就会立刻触发警报。

目光穿过涡轮的铁齿，安折看到了外面的天空，极光仍然闪耀着。这个地方与外界相连，他意识到这就是通风系统的入风口，涡轮启动后，外界的空气就会源源不断被卷进来，往四面八方的管道中输送。

安折收回目光，往前看，在这个圆柱形空间的中央，有一个长方形的金属工作台——可能是整个系统的操作台，他走上去，却发现事实并不是这样。

这个金属台上，焊着三个长方形的小盒，借着光线能看到小盒旁边有斑驳的字迹，似乎是镀上去的。

安折微微俯身，擦去浮灰与锈迹，看清了那些密密麻麻的字迹。

——是一封信。

致后来者：

我是北方基地地下通风系统工程建造负责人康景澜。通风系统设计用时一年，建造用时九年，造价每公里 1.1 亿元。

反对者曾因为基地建设的难度与所耗人力物力的巨大而建议延缓工期。但我们经过讨论，认为地磁减弱情况一旦持续恶化，十年之内，人类经济必然崩溃，五十年之内，幸存人类必然彻底丧失重工业研发与生产能力，生产资料与科研重心全部倾斜至医疗领域，我们没有时间了。

所幸，今年地下通风系统与地上基地一同顺利建造完成，人类同胞从此能够生活在基地的严密保护当中了，这是我唯一感到欣慰的事情。宇宙辐射下，尽管处于严密的防护下，我仍然身患多种癌症与免疫性疾病。我向基地要求将自己的骨灰安葬在通风系统的核心，这样，每一代工程师进入系统维护时，我都能知道基地仍然安全，人类这一伟大的物种仍然存续。

愿你们有光明的未来。

此致

敬礼

2030 年 6 月

这是骨灰盒。

所以，这个盒子里装着一个人类曾经的躯壳，它是个坟墓，而这些遗留的字迹是这个人类留给后来者的书信，或许称作墓志铭更为恰当。

安折往右边看去，它的右侧是一个形状几乎一样的被焊死在台面上的盒子，旁边也有镀字，一封口吻相同的信。

致康景澜先生，致后来者：

我是北方基地地下通风系统工程维护负责人廖平安。通风系统每半年进行一次检修，每两年进行一次整体维护，目前正在以完美状态运转。

正如康先生所料，地磁减弱情况非但没有好转，反而于2030年12月彻底消失。幸运的是，不久后人造磁极计划成功，地球再次处于磁场的保护下，人类不再因为辐射暴露而罹患疾病。不幸的是，宇宙辐射造成细菌、真菌、病毒的感染与变异，人类迎来了一场前所未有的浩劫。作为浩劫的经历者，我目睹了人类生存领域的收缩、经济体系的崩溃，与工业能力的逐渐丧失。基地将人类剩余的所有产能投入到军工生产、军事基地的建设与基地的扩张上，源源不断的枪支、弹药、核武器、飞机、装甲、坦克被生产出来。我不知道基地的用意何在，也不知道这一行为是否加速了人类资源的枯竭，只能希望基地另有深远的用意。

在这场浩劫当中，我不幸感染了致命的细菌，在生命即将结束的时候，我仍然对基地的未来感到无尽的恐慌，因此选择与康先生同葬此处，等待下一代工程师报告平安。

愿你们有光明的未来。

此致

敬礼

2052年11月

接下来是第三个骨灰盒与墓志铭。

致康景澜先生、廖平安女士，致后来者：

我是北方基地地下通风系统工程维护负责人杨烨。通风系统每半年进行一次检修，每两年进行一次整体维护，目前正在以完美状态运转。

我必须要告诉两位前辈，在这个时代，通风系统不再作为基地无数基础设施中的一种而存在，而是在守护人类安全这一事业上发挥了无比光辉的作用。2053年，全球生物变异开始，人类基地以军队为主要力量、平民佣兵为协助力量，投入到了宏大的保卫战争当中。在缺乏资源与工业建设能力的情况下，上一代留给我们的坚实的军方基地与强大的军事武器发挥了难以想象的作用，确保了剩余人类的安全。而通风系统经过改造后变成基地主城的防御工事之一，保护人们免于昆虫类怪物的入侵。

目前，北方基地仍然安全，军方与佣兵队伍不断从外界带回怪物样本，从人类废城中回收科研设备、文明资料与其他必需物资。基地的科研力量则集中在感染原理的研究与人类族群的繁衍上，前者暂时没有找到方向，而后者已经初步攻克，大批新的生命降临，人口数量开始回升。虽然环境仍然恶劣，但我相信一切都会好转。

我在基地的庇护下，死于幸福的老年疾病。

愿你们有光明的未来。

此致

敬礼

2104 年 1 月

安折认真读完，再往旁边看，一片空空荡荡的，没有别的盒子了。2104 年，已经是很遥远的一个年代。或许下一代工程师不久也会躺在这里，墓志铭上讲述新近发生的故事——外城沦陷，或者别的什么。

此时此刻，四面八方又响起宏大的呜咽声，浩荡的夜风从入风口吹进来，安折打了个寒噤。强风如同不可抗拒的洪流，让他几乎睁不开眼睛——他将胳膊肘放在眼前抵抗烈风的吹拂，微微低头。

就在这时，他身上忽然一痛。

一段雪白的菌丝在风中，在他的余光里，飘了起来，白影微闪，转瞬间消失不见。

安折猝然回头，他先前特意留下的那根用来标记路线的白色菌丝在地面上只拖曳出短短一截，在风中颤动。是狂风吹断了他的菌丝，断掉的那部分，不知道被风卷去哪里了。

他瞳孔骤缩，望向来时的方向，六个漆黑的洞口并排列开，一模一样。

第 20 章

陆沨这个坏东西。

昏红的光里，那六个圆形的漆黑洞口像昆虫的复眼，正在注视着他。

安折下意识后退了一步，身后撞上金属台面，刹那间身体不稳，他的手按在了墓志铭上。墓志铭上镌刻的字迹带来凹凸的触感。不知道为什么，这个冰冷的、孤零零伫立在空荡大厅里盛放着死者骨灰的金属台却让他感到安全。

安折轻轻舒了一口气，试探着向前走，来到了那一排洞口前。

他依次分别爬进这六个管道的入口，可是仍然找不到任何一点菌丝的痕迹，它太细了，崩断后会向后收缩，最后被风吹起来，不知道黏在了哪个角落里，而且，这个地方也太暗了。

安折茫然望向四周，在这个圆柱形空间的四面——他的前方、后方、左手边、右手边，都各有六个管道入口，一共二十四个，通往不同的方向，这儿就是整座城市通风系统的源头。

他知道自己有两种选择——赶在天亮之前找到回住处的路，明天晚上再来尝试，或者……或者干脆不回去了。

他可以从此放弃人类的身份，让安折这个人在主城里失踪，而作为蘑菇的安折将长久游荡在地下管道里，不分白天与黑夜。只要他在自己干枯之前逛得够久，就能潜入灯塔。

风更大了，安折轻轻抖了一下，他知道自己将要做出的那个决定关乎今后全部的命运。

可是，即使决定要回去，又真的能回去吗？

安折不知道。

望着来时方向的那六个洞口，他咬了咬牙齿，爬进了中间偏右的那一个——他不确定这条到底是不是原来的路。

只能用命运来决定命运。

其实用菌丝的形态爬进洞口会更方便一些，但是这里住着三个人类前辈，他不想让他们看到有异种进来。于是，直到彻底进入管道里，安折才重新变回一团菌丝。

菌丝加快了速度，顺着风的方向移动着，风也从后面推挤着他。安折转过几个弯，也经过了许多个交叉路口，现在他只想尽快游到一个连接着人类房间的管道口——如果这个房间有窗户就更好了，他可以偷偷从窗口翻出去，趁着夜色找到最近的摆渡车停靠点，悄悄贴在车底，夜间摆渡车会把他送到靠近 24 号建筑的终点站，然后他就可以溜回自家的楼道，只要夜色够深，就没有人会发现。

就这样毫无章法地走了好久，当通风管越来越细的时候，前方终于出现了一点微茫的光亮，他来到管道口。

——这是一个位于天花板上的通风口。

安折从管口往下看，出现在他视野正中央的是一个圆柱形的透明容器，里面是微微混浊的液体，液体里漂浮着一个肉色的东西，很小，像两只人类的拳头那么大，一根透明的管子一端连接着这团肉色的东西，另一端连接着一个形状复杂的装置。

一种特殊的感觉在这个装置里面升起，安折不能描述确切的感受，只知道，容器里面装着的是一个有生命的物体。

他忽然愣住了。

他知道了。

这是个幼崽。

不，一个胚胎，人类的胚胎。

再往旁边看，又是一个同样的装置。不止如此，整个宽阔的房间里，密密麻麻摆满了这样的东西。他的视野有限，感知不到这究竟是多大的一个房间，但他知道，基地一年能诞生五千到一万个幼崽。

所以，这里不是别的地方——他误打误撞，竟然来到了伊甸园。

安折松了一口气，伊甸园是他熟悉的地方，但同时他又感到更加棘手——他知道人类对自己的幼崽多么爱护，伊甸园里几乎所有地方都被摄像头覆盖，并且有人员 24 小时看管，没有人能伤害到幼崽们。

想到这里，他又生起气来。

如果蘑菇的世界有摄像头，他的幼崽又怎么会被陆沨挖走？

但仅仅三秒后，安折就发现了自己逻辑的错误之处，即使有摄像头，也不能阻止陆沨把孢子挖走，事情的关键不在于摄像头，而在于陆沨这个坏东西的存在。

……不对。

事情的关键是他现在怎么出去。

第 21 章
那你也不知道《玫瑰花宣言》了。

“嘀——”

“嘀——”

“嘀——”

不知道是哪里，仪器单调地响着。但整个房间里还有另一种声音存在。

“咚咚。”

“咚咚。”

“咚咚。”

这声响像极了人类的心跳声，但并不是真的，因为它弥漫在整个房间里，四壁的墙角似乎有播放声音的装置。

就在这个时候，脚步声从房间的尽头传过来，是两个人类，他们一边走，一边交谈，似乎在记录什么。

过了一会儿，简短的对话声响起来。

“4 区正常。”

“6 区正常。”

“113 号停止发育。”

“继续观察。”

“334 号异常增殖，必须销毁。”

“334 号移植太早了。”

“没办法，上次打的报告没批，上级决心要用高出生率来抵消高异常率了。”

“近两年来胚胎的异常率一直在变高，这根本不是高明的决定，胚胎在母体里至少多待一个月才能保证顺利发育。”

“母体的花期太短了，延长时间的话，出生率不够。”

“为什么会这么难？”

“乐观点，孩子的整体数量在增加。”

脚步声逐渐远去，只有弥漫在整个房间里的心跳声依然响着。房间里的光是昏暗柔和的，是一个安稳的巢，或一个巨大中空的器官，那有力的心跳声就像一种生命存在的证明。

安折缓缓退出这个管道，他感到自己的身体有一点难受——这个地方仿佛有什么奇异的波动在影响他的身体。但好在看到人类的房间布局后，他终于重新找回了上下左右的认知。他得往靠近楼外的地方去。

又在管道里转了许多圈，他找到了许多个通风口，这些通风口都通往一个又一个方格小房间，现在似乎还是人们熟睡的时间，每个房间里都睡着一个人，他没办法钻出床底去看，但听得见呼吸声，很细弱，是幼崽们的呼吸声。而窗户是密闭的，房间的上方有亮着红光的摄像头，他没办法通过这种房间逃出去。

于是又过了很久，安折才成功找到一个位于走廊天花板上的通风口。

他小心翼翼地从这里出来，身体在天花板上平展开，攀着天花板在走廊里移动——摄像头是往下照的，捕捉不到天花板上的画面。

伊甸园每一层的布局相似，他认出这应该是处理杂务用的一条走廊，存放室内清洁工具、生活物品、食品和杂物的仓库都在这里。

他微微激动起来，按照规律，在走廊的四分之三处会有一扇门，通往一个不大不小的露台——偶尔晾晒东西用的，有时候工作人员会在那里抽烟。

很快，安折顺利找到了那扇门，他努力伸出菌丝，从门缝里淌了进去。

外面的天是亮的——竟然已经是白天了。

但安折还没来得及仔细思考，注意力就完全转移了。

空旷的露台上，水泥砌出的围栏上，站着一个很小的白色身影，是个穿白裙子的女孩。她背对着安折，面对着外面，正缓缓张开手臂，身体往前倾斜——她马上会掉下去的。

安折的人形显现出来，他往前几步，抓住了那个女孩的肩膀，把她从围栏上抱了下来，放在地上："你——"

那个女孩回头。

安折愣住了。

他见过她，就在两天前，她从伊甸园跑向外面的马路，被陆沨拦住，最后又被伊甸园的工作人员带走，他不会认错。

这时她看了安折一眼，那是近乎无神的一眼，没有安折班里的孩子们那样明亮的色泽，有那么一瞬间安折觉得这个女孩是一具没有生命的人偶。他知道自己现在的形象并不普通，披着菌丝织成的外袍，或许像个披着床单出门的人类——但是正常的人类并不会披着床单出门。

可是这个女孩却像什么都没有看见一般，她好像不觉得安折的打扮多么特殊、安折的出现多么突兀。她也似乎没有认出他，或者，她根本不记得这个人的存在。三秒后，她又缓缓转回头看向前方。

此时正是清晨，极光刚刚隐去，浓白的雾气漫过深灰的城市，像起伏的波浪一般涌向灰蓝的天空，在这个角度，视野的一半都被不远处的圆柱形磁场发生器所遮挡，它比所有建筑物都要大要高，像一座山、一座海雾中的孤岛，或者连接天空与地面的旋梯。路灯和天际的晨星一起闪烁着，但在这样一个巨大的形象面前，它们黯然失色。

而那个女孩子抬头望着上方无限的天空。

"我没有想跳。"她的声音很稚嫩，但吐字很清晰，"我是想飞。"

安折道："会掉下去的。"

她道："我知道。"

她的语调也平淡，不像这个年纪的孩子。早晨的风吹过来，她白色的裙子、黑色的头发被吹拂起来，那是一种异乎寻常的纤细和柔软，外面的女人和女孩们没有这种东西——杜赛身上也有这样的特质，但这个女孩身上的更加明显。

安折站在她身后，他刚才保护了一个人类的幼崽，他也为此付出了代价，至少，他的存在在这个女孩眼里暴露了，现在他处在极度的危险中，不能露出任何破绽。

他道："你为什么在这里？"

"有几个时间，监控会乱掉一会儿，他们还没有发现。"女孩道，"我出来看天。"

"自由活动时间也可以看天。"安折道，"你在几层几班？"

他认真履行一个老师的职责，不能让幼崽待在这么危险的地方。

她道："我在伊甸园。"

安折问："你在伊甸园的几层几班？"

"我不在几层几班。"她却道，"男孩子才在那里。"

安折耐心地给她解释："班里也有女孩子的。"

他的班里就有很多女孩子，譬如纪莎——虽然她们的打扮和其他男孩子差不多，并不像眼前这个女孩一样穿着裙子，留着及肩的长发。

"那些女孩子不是女孩子。"她转头看向安折，"20层以上的才是真的女孩子。"

安折问："为什么？"

"你连这个都不知道吗？"她道。

安折："我不知道。"

对于这座人类基地，他确实知之甚少。

女孩子的脸上首次出现了平淡以外的表情，她的唇角翘起来，带着隐约的得意："那你也不知道《玫瑰花宣言》了。"

安折问："那是什么？"

女孩转过身去，趴在栏杆上，太阳隐隐约约在天际升起来了。

“那你不会也不知道细菌感染吧？”她道。

安折：“知道。”

对于那场致使世界上百分之九十的人类死亡的灾难，他还是知道的。

“只有基因优秀的人能活下来。”她道。

安折：“嗯。”

对烈性的变异细菌，人类的治疗手段是无效的，只能凭借与生俱来的免疫力逃过感染，一个人的基因注定他能抵抗这种疾病，他就可以活下来。

“那些人活下来后，发现世界上很少有活着的小孩子出生。”她伸手梳了梳自己的头发，停了一会儿，像是在组织措辞，然后才道，“在感染后，活下来的那些女孩子，她们的生育能力都有缺陷。只有其中很少的一些缺陷比较少。”

安折没有说话，她皱了皱鼻子，继续道：“科学家会给她们做基因测试，60 分以下的，完全失去了那个功能；60 分以上的，有可能生下正常的孩子。然后，就有了《玫瑰花宣言》。你是男孩子，宣言和你没有关系。”

安折问：“宣言是什么？”

“我刚刚背过其中一部分。”她道，“你要听吗？”

安折：“嗯。”

她语调平静，背道：“人类四基地生育能力评分 60 及以上两万三千三百七十一名女性零票否决通过如下宣言：我自愿献身人类命运，接受基因实验，接受一切形式辅助生殖手段，为人类族群延续事业奋斗终生。”

“就是这样。”她道，“所以我在 20 层，你们在下面，现在你知道了。”

“谢谢。”安折道，“但你还是要注意，不能再来这么危险的地方。”

“我不会跳下去的。”她道，“我每周都会来，你不是也来了吗？”

她再次看向安折：“我想看天，所以来这里，你为什么来？”

安折：“我找不到回去的路了。”

“我知道路。”她道，“我有秘密通道。”

安折想了想：“我也没有衣服穿。”

“我也知道洗衣房在哪里。”她道。

安折问她："那你可以告诉我吗？"

她却没直接回答，而是道："你是下层的学生吗？"

安折："我是老师。"

"你答应我一件事。"她的眼睛好像有神了一些，对安折道，"答应我一件事，我就去给你找衣服，然后带你从秘密通道出去。"

安折问："什么事？"

"你在6层找一个叫司南的男孩子，告诉他，我被打了追踪剂，以后不能出去和他一起玩了。"她道，"下周这个时候，你再来这里，告诉我他说了什么。"

安折沉默了。

那个女孩看着他，问："你做不到吗？"

"我……"安折和她对视，她眨了眨眼睛，这时候才像个正常的孩子。

最终，安折道："我可能做不到。"

她道："找得到的，他就在6层。"

安折没说话。

她却像是有点急了，推开露台的门，道："我去给你拿衣服。"

安折没来得及叫住她，她白色的裙摆就消失在了门里。

如果她说的司南是安折知道的那个司南，那么他已经不在伊甸园了，而是在灯塔。可是安折不知道，如果他真的告诉她这个消息她会怎么样，他知道人类的情绪会带来痛苦。

于是直到女孩出去又回来，拉着他穿过幽深无人的空旷走廊，最后在杂物堆里一扇半开的小门前停下来，他都没有想好措辞。

"如果你能进去，就能下到一楼。"她指着门道。

那扇门是半开着的，严格来说，因为年久失修而不再被严丝合缝地关着，而是松开了。但是链状的生锈的金属门闩还一边挂在门上，一边嵌在墙里，使得它只能打开一个很小的缝隙，只够一个孩子侧身钻进去。

安折道："我试试。"

他走到门前，微微倾身。

一个成年人是不可能从这里通过的，但是，他毕竟是只蘑菇，衣物遮蔽下他的身体短暂变为菌丝的状态，失去人类骨骼的限制后，他很容易就进去了。

“你的身体好软。”女孩道。

“我也有一件事情，”安折道，“你可以不告诉别人我来过这里吗？”

女孩说：“如果你下周再来这里——”

她的声音戛然而止。

“莉莉？”一道女声响起来。

“你又来这里了。”那道声音带着轻微的责备。

安折往旁边躲开，他听见莉莉道：“对不起，夫人。”

“这次是我找到了你，”那个被称作“夫人”的女人语声温柔，“如果是他们，你又要被关起来了。”

莉莉道：“我以后不会了。”

接着就是脚步声，她们似乎在往外走，安折透过缝隙往那边看，见莉莉被一位身着雪白长裙的夫人牵住了手，身影在昏暗的走廊里渐渐走远。

莉莉的话没有说完，但他知道她想说什么，他似乎和莉莉达成了一个协定，下周他要再次来到这里，告诉她司南的回复。

他心事重重，看向四周——四周一片昏暗，潮湿的气息扑面而来，他隐约看见墙皮斑驳脱落，长满灰绿色的霉菌斑，地面上落满了灰白色的粉末碎屑——这是个狭小陡峭的楼梯间。而且，很显然，不知道多少年没有被使用过了。

安折找到了楼梯扶手的位置，沿着它一点一点往下走，没有窗户，比夜晚还要黑，这个地方比起管道来好不了多少。

每一层有 20 个台阶，安折一边走，一边数着层数，当他下到 6 层的时候，楼梯间的小门有了一道和 20 层差不多大小的缝隙，他从里面出去了，到达了 6 层的杂物间。

明亮的灯光照着他，莉莉给他的衣服是伊甸园人员的制式服装，雪白的衬衫——和他之前的打扮没有任何不同，他走出去，在走廊的挂钟上看了一眼时间，7 点钟，他从伊甸园去训练基地上班的话——已经迟到了。

于是安折下楼，加快脚步走向门口。大厅里“人类利益高于一切”的血红色标语在雪白的墙面上尤其扎眼，身穿白色制服的工作人员在光亮的地面上走动，远处传来孩子的声音，一切都和幽深曲折的管道内部不同，他感到自己重新活了一次。

大厅的玻璃门打开，迎面撞上了一个人。

安折：“……”

陆沨。

陆沨侧后方是瑟兰。

他看见陆沨的眼睛眯了起来，从这个动作里他感受到了一丝危险的气息。

果然，陆沨沉声道：“怎么在这里？”

面对这人，安折的菌丝都要炸起来了。

他现在不该在伊甸园，该和柯林一起在训练基地。

“我……”他仰头看着陆沨。

而那双冷冷冰绿的眼睛注视着他，意思好像是“你可以开始编了”。

安折道：“……我走错了。”

真的走错了，在整座城市的地下彻底迷路。如果没有碰巧来到伊甸园里，或者没有及时找到那个露台，他可能继续被困在那个地方，然后失去作为人类的身份，再也不能出来了。

而……

而陆沨这个坏东西，从此以后也和他没有任何关系了。

他微微垂下眼，不知道为什么，他竟然觉得此时的上校不像以前那样可恶了。

就听瑟兰温和道：“今天该去训练基地上班，你没反应过来已经换了地方吗？”

安折没说话，太阳从远方人造磁极的背后升起来，金色的曦光照在陆沨制服的银扣上。

他的声音有点哑：“而且要迟到了。”

陆沨没说话，但并没有开口刁难他。安折觉得以陆沨对他智商的认识，瑟兰的那个理由有足够的说服力。安折往旁边移动了一下，试图绕过陆沨，离开这里。

身侧忽然传来陆沨的声音：“我送你。”

陆沨开车开得很稳，而且快，速度至少是摆渡车的两倍以上，在训练基地门口停下的时候，车内显示屏里的时间刚刚到早上7点25分，离上班要求的时间还有五分钟，没有迟到。

只是从陆沨车上下来的时候，安折觉得那些同样来训练基地上班的人都看了他一眼。

反正被看也不是第一次了，安折来到门口的刷卡闸机前，陆陆续续有人走过来，用ID卡刷开闸机，进入里面。

安折顿住了——他发现了一件事。

身后传来了脚步声，他回头，看见陆沨站在他后面很近的地方，挑了挑眉，正看着自己。

安折：“……卡也忘带了。”

就听陆沨轻轻“啧”了一声。

两根修长的手指扣着蓝色ID卡，放在感应器上，“嘀”的一声，闸门打开。

是陆沨用自己的ID卡帮他刷开了闸门。

同时，上校带着淡淡嫌弃的嗓音在他耳畔响起。

“笨死了。”

第 22 章

“跟我去灯塔。”

即使是蘑菇也知道这三个字不是什么好话。

但安折竟然无法反驳。

他走过了那道门，岗亭处的门卫目睹了这一幕，一副敢怒不敢言的样子。

安折理解他们。

审判者这一职位，虽然军衔不是最高的，但在杀人这件事上，权限是最高的，谁都不愿意得罪陆沨。

——他也是。

于是安折道：“谢谢上校。”

“不谢，”陆沨道，“下午去请个假。”

安折：“……啊？”

陆沨似乎漫不经心地撩了撩眼皮，淡淡道：“跟我去灯塔。”

安折：“去做什么？”

陆沨：“纪博士有事找你。”

安折有点怀疑这句话的真实性。纪博士为什么要找他？

有那么一瞬间他怀疑这是陆沨想要逮捕他进入灯塔的理由，可是他觉得自己上午的表演天衣无缝，连瑟兰都主动为他说话。

安折突然意识到，在瑟兰眼里自己好像也不是很聪明。

但他即使不是个聪明的人类，也是个理智的蘑菇，去灯塔反而是他求之不得的事情。

他道："好。"

陆沨淡淡"嗯"了一声，转身离开了。

*

孩子们被军方教官带着训练的时候，安折坐在一旁的长椅上陪着，等教官需要人帮忙——比如打分、计时之类的活——他会被叫过去。

没有别的事情可做，办公室也没有任何他感兴趣的读物，他只能拿一本介绍各种武器的操作指南看看。

柯林没和他坐在一起，而是坐在旁边一条长椅上。他去结交新朋友了，是隔壁班教语言与文学的老师，一个二十岁左右的男孩。

此时安折手中摊开的书页上详细介绍一架型号名为"PL1109"的大型战机，这是当年磁场混乱时期人类科技的杰作，具备顶级辐射屏蔽外壳、顶级的引擎与发动机，以及全基地独一无二的独立巡航系统，能在无磁场状况下准确定位航向。

——听起来很厉害，但安折对它实在没有任何兴趣，甚至因为一夜没睡，开始打起瞌睡来。

他的右手边，柯林与那位语言与文学课老师的寒暄已经结束了，他们互通了姓名，开始攀谈，谈话内容被风吹到了安折耳朵里。

"你喜欢主城吗？"柯林问。

安折敏锐地察觉到，柯林又要开始传教了。

"为什么不喜欢？"那个男孩道，"主城给了我们安稳的生活。"

他似乎也是一个健谈的人，这句话刚落，下一句就续上："我们来主城也有一个月了吧，你觉得怎么样？"

"谈不上喜欢。"柯林道。

"为什么？"那个男孩道，"不用当佣兵出去送死，以前想都不敢想的事情。我每天都在谢谢我母亲逼我读完了三门课程，虽然她主要是想让我读完语言和经济，以后考去供给站，就不用去野外讨生活了。"

柯林沉默了一会儿，问："你母亲呢？"

“死在野外了。”他道，“他们俩领养我没几年，我父亲就没回来，后来她也没回来。”

“抱歉。”柯林道。

“没事。”那个男孩笑了笑，“看习惯了。你呢？”

“我母亲被审判者杀死了，父亲……我们去主城的时候他留在6区。”

“抱歉。”那个男孩也说了一声。

对彼此经历的交换好像迅速拉近了他们两个人的关系。短暂的沉默后，那个男孩看着训练场上的孩子们，抱臂枕在脑后，叹了口气：“在外城待久了，都忘了咱们小时候也都是从主城出来的。”

“我记得还挺清楚的。”柯林，“五六岁的时候我想当个生物学家，我的成绩也不错，但还是没能留在主城。”

“我小时候还想当军官来着。”男孩道，“最后考核的时候摔了一跤，军方没要我。”

柯林道：“命运无常。”

“想开点。我们的资质不够，即使留下来也会难受的。”男孩叹了一口气，“留在主城也未必能高兴，我听说有人想去整理学习人类档案资料，结果因为数学天赋优秀，只能一辈子在灯塔里计算弹道。你想想，你想当生物学家，结果基地觉得你更适合当语言学家，让你去翻译文献，多难受。换成我，我就猝死了。”

“这就是我不喜欢基地的原因。”柯林道，“它像台冷血无情的机器。”

“你得把自己想成一个小零件，你的基因就是你的型号，决定了你在哪个板块干活。”

柯林难得笑了笑：“你很好玩。”

男孩道：“我们学语言的比较会比喻。”

“但是人不是零件。基地打着‘一切为人类利益服务’的旗号，却一直在丧失人类的特质。”

“不然还能怎么样？咱们不能白吃基地的饭，得发挥点价值。”男孩站了起来，他看着前面的孩子们。

“我真喜欢小孩。”他忽然笑得很开心，道，“我太喜欢这份工作了，说不定哪一天，我教的孩子里就有个绝世天才，能拯救全世界了。”

他转而自言自语：“那我得好好备课了。”

安折托腮好奇地看着他，又看回柯林。

柯林没再说话。安折想，他这次没能成功找到战友。

在外城的时候，柯林举着“反对审判者”的标语。假如在主城，他又会举什么？安折觉得可能是“反对人类分类”或者“我们想要自由”之类的。

他的思绪渐渐混乱，越来越困，他努力集中注意力去看军事图鉴，草草翻过战机部分，又看武器部分，不同当量的炸弹、铀弹、氢弹，随随便便就能把一株蘑菇炸成碎片。但他并不怕，人类和深渊里的东西不同，人类是一种有规律可循的生物，只要他遵守规则，就能活着。

——他就这样度过了一个上午。中午的时候，孩子们训练完了，几个幼崽磕碰到了，另外几个幼崽觉得训练太难了，他们都不去吃饭，就在长椅旁围着他哼哼唧唧。

安折一边轻轻给一个幼崽贴好创可贴，一边安慰旁边一个觉得训练太难的短发女孩：“加油哦，训练通过以后就可以当军官了。”

女孩道：“我不能直接被淘汰吗？”

安折：“不能的。”

他想，即使不能留在主城，也应该好好训练。不然，等他们长大了——假如那时候外城恢复了运转，体能不好的孩子没有人领养，没有佣兵队愿意要，又考不上城务所或者供给站的文职，就只能去地下三层，无论是男孩子还是女孩子。

他在那里待了一个月，知道那里的人过得不好。

于是他道：“你们都要好好训练。”

那个女孩抱着他的胳膊道：“可是当军官后也要天天训练。”

安折摸了摸她的头发，想了想："但是有好看的制服。"

一个男孩看了看训练场上的士兵，说："丑死了。"

"他们的军衔还不够高。"安折认真对他道，"等你升级到……上校那种，很好看的。"

"真的吗？"幼崽问。

"有那个人穿的那么好看吗？"又有一个幼崽道。

安折问："哪个？"

幼崽指了指他身后。

安折转头。

——侧后方两三米远的电线杆上靠着某位身穿黑色制服的上校，离得这么近，幼崽们居然不怕他。

或许是因为此时这位上校正看着安折，微微扬起的眉梢带着那么一点愉快的意思。

安折："……"

刚才说的话大概都被听到了。

*

在陆沨的车上，安折睡着了。

他醒来的契机是直觉感受到危险，然后一睁眼，发现车已经停在灯塔的门口，而上校已经打开他那边的车门，正居高临下地打量着他。

"你昨晚没有睡觉吗？"上校的声音冷得能够结冰。

安折还处于失智的状态，他揉了揉眼睛，让自己清醒，然后下车。

——结果，因为困得东倒西歪，他没站稳，整个人往前栽到了陆沨身上。

一双有力的手臂扶住了他，安折终于站稳了，没有摔倒，但也清醒了不少。

灯塔内部，一如既往地安静而繁忙。他们走在1层的走廊上时，正有四个士兵抬着两具覆盖着白布的尸体路过，瑟兰跟在他们身边，脸色略微有些苍白，看到陆沨的时候，他简单说了一句："实验事故，暴露了。"

陆沨略一颔首，带安折上了通往10层的电梯。

纪博士在10层走廊中央站着："你们来了。"

陆沨道："什么事？"

"借你家小可爱用一用。"博士转向安折道："跟我来。"

安折并不认为自己成了陆沨家的所有物，但他还是跟上了。

博士带他来到了那个熟悉的实验室——司南被关起来的地方。

透过透明的玻璃气密墙，安折看见了司南。

但那也不是司南。

安折走到玻璃墙前。

里面是一只黑色的——黑色的昆虫。

它比司南原本的体型大了一些，有半个成年人的身体那么大。

头部顶端两只黑色的复眼，在灯光下流淌着暗银的光泽。两只复眼之间，头顶上，伸出一对细长的触角，背部拖着半透明的长长翅膀，它的腹部细长，覆盖着一些深灰色的绒毛，同样的绒毛也覆盖在它的螯肢上。

像一只蜂。

此时此刻，它正在这座透明的囚笼中乱飞乱撞，身体不断地撞击着玻璃墙，似乎想要逃出，但它的胸腹、四肢又在不停地摇晃、颤抖，像是正承受着莫大的痛苦。

"它的情况异常，脑电波也和数据库中的以往记录有很大出入，我怀疑它还保有一部分人类的意识，并且，他正在与异种的本能进行抗争。"博士道，"但是我们任何人都无法与它进行有效的沟通，所以想请你来试试。"

安折就这样重新站在通信器前。

"司南。"他道。

司南的鞘翅翕动，摩擦出沙沙的声响，他似乎什么都没有听见，仍然在整个空间里胡乱飞舞。

但安折确信，有一个瞬间，那双长有复眼的头朝他这边看了一眼。

“司南，”他道，“你记得莉莉吗？”

沙沙声静止片刻，然后，这只灰蜂更加猛烈地撞击着玻璃墙。

他看着司南，轻轻道：“你有什么想对她说的吗？”

司南的翅膀疯狂震颤，但他已经失去人类的发声器官，呈现给博士的只有电波图上毫无规律的波谷和波峰。

纪博士道：“电波有变化，他听得懂。莉莉是谁？”

安折的目光微微茫然。

他和莉莉的对话是无人知晓的秘密，但是现在别无他法。

一个小时后，实验室的门被轻轻敲响。

安折转头。

映入他眼帘的首先是一袭雪白的裙摆。

“陆夫人？”纪博士声音微微讶异，“您怎么来了？”

安折抬起头，进入门内的是一位优雅温和的女士。

她有黑色的长发，在脑后松松挽成髻，戴着淡蓝色的口罩。安折只能看见一双温柔的黑色眼睛。

她的体态微微丰满，这让她的气质更加慈和。

而她右手牵着的那个女孩正是莉莉，身旁则一左一右跟着两个伊甸园的工作人员。

“伊甸园最近三个月的畸变率升高，我必须亲手将报告递交给灯塔，请他们再做定夺。”她道，“恰好接到灯塔想要莉莉协助某项工作的申请，我顺路将她送过来。”

纪博士道：“麻烦您了。”

“这是一次破格外出，”陆夫人将莉莉交到纪博士手上，“请善待她。”

“请您放心。”

他们交接完毕，陆夫人缓缓转头。

房间一侧是陆沨，他从实验室门被打开后就看向了她。

“你也在这里。”她道。

陆沨微微垂眼，道：“母亲。”

“看来是很重要的研究。”陆夫人看着他。

此时他们一个在房门口，一个站在房间里对角线的角落，目光相触，陆夫人神态温柔，陆沨目光平静。

安折目睹这一幕，一种直觉告诉他这场对视中有一些不为人知的暗流涌动，但他看不懂。

大约十秒钟后，陆夫人道：“我该走了。”

两个工作人员中的一个搀住她转身，他们两个把她保护得密不透风。

脚步声远去，纪博士关上门。

“今年是陆夫人为伊甸园工作的第三十五年了。”他的目光似乎怅惘，“她真是一位伟大的女性，你怎么不和她多说两句话？”

陆沨望着那扇紧闭的银色大门：“我们很久没有见过面了。”

“那更应该和她多说几句话才对，难道这些年在审判庭的工作已经让你冷血无情到了这个地步？”纪博士道，“记得我小时候还帮你弄乱了 20 层的监控，让你能经常跑去见她——夫人给我的糖很好吃。”

“纪博士，”陆沨淡淡道，“少说话对你没有坏处。”

纪博士耸了耸肩。

三秒钟后，他又突然道：“我那时候做得真是天衣无缝。你说，这么多年过去了，监控修好了没？”

陆沨看着莉莉，又看向正看着莉莉的安折，道：“看来没有。”

——莉莉已经趴在玻璃墙上。

她望向玻璃墙里面的蜂状异种，总是无神的瞳孔里破天荒出现一种见到新鲜事物的欣悦：“这是蜜蜂吗？”

那只灰蜂趴在玻璃墙壁上，与她相对，它的动作终于静止了，然而片刻后又陷入痛苦的抽搐中。

“它看起来很疼。”莉莉看向安折，她显然认出了他，问他，“是你要我过来看蜜蜂吗？”

安折低声道：“它是司南。”

莉莉愣了愣，就在安折以为她要露出悲伤的神情时，她却突然笑了起来。

“司南，”她隔着玻璃墙，对那只灰蜂道，“你会飞了。”

她的眼中没有恐惧，没有陌生。她没有见过怪物杀人的场景，也没有接受过远离异种的告诫。蜂与人在孩子眼里没什么不同。

她甚至没有因为司南突然变成了一只蜂而感到惊讶——大概是因为，在幼崽的眼中，整个世界就是这样变幻莫测。

“又乱了，”博士看着仪器，“但是刚才有三秒钟，它的电波极其接近人类。”

纪博士拍了拍莉莉的肩膀：“莉莉，帮我们一个忙。”

莉莉问：“什么忙？”

“司南的意识正在和蜜蜂的意识战斗，或许你能帮他清醒过来，你能一直陪他说话吗？”

“能，”莉莉道，“能把我也变成蜜蜂吗？”

“如果你也变成了蜜蜂，伊甸园会枪毙我的。”博士道，“如果你能和他交流就更好了，我们得知道他到底是怎么被感染的，那个感染源就在伊甸园里，但至今没有被找到。只有尽快找到它，才能确保主城的安全。”

“好，”莉莉把手贴在玻璃墙上，“那你们给我报酬吗？”

纪博士温声道：“你想要什么？”

“我不想待在20层，”莉莉把脸颊贴在玻璃上，“你们可以救我出来吗？”

“抱歉。”博士道，“这超出了我的能力范围。”

“好吧，我猜到了。”莉莉重新看回那只灰蜂，“我会努力的。”

她确实进行了整整一个下午的努力，但司南的状况时好时坏，仅仅有几次给出了正常的反馈，但根据纪博士的说法，情况比之前好多了，他决定明天继续邀请莉莉过来。

而博士另有其他繁忙的研究任务，莉莉又不爱和其他人交流，所以在接下来的几天里，安折也要在灯塔陪莉莉和司南沟通。

晚上 7 点，莉莉作为孩子，体力和精力已经耗尽，她被送回伊甸园，安折也可以下班了。

中午在车上睡着，被陆沨凶了一次，这次他吸取教训，清醒地度过了全程，清醒地下车，清醒地和陆沨搭乘同一辆电梯到达 37 层。

同样，他也清醒地面对着自己的房门。

紧闭的房门。

一秒，两秒，三秒。

直到陆沨微微带笑的嗓音在他身后响起："怎么不进去？"

安折深吸一口气。

昨晚贸然钻进管道是他这辈子做过的最错误的两个决定之一，另外一个决定是 2 月 14 日晚上去那片有风的旷野打滚。

他很后悔。

上校当然明白他所面临的困境，他淡淡道："主城城务所可以补办 ID 卡，时长三天，自己找地方住。"

说完，他从容地刷开了自己的房门，走了进去，并作势关门。

就见对面的安折转身看着他，眉头微蹙，轻轻咬着下嘴唇，一副纠结的模样，似乎在思考着什么。

但陆沨没有说话，只淡淡地看着他。

时间静静过去。

就见安折竟然转身按下电梯按钮。

"那我去找瑟兰吧。"

第 23 章
"是因为你不能动摇吗?"

上校的房间是一个仿佛没有人住过的房间。

——和他在外城城防所的那间休息室几乎一模一样。

至于安折为什么知道上校房间的样子，是因为在电梯门打开的那一刻，他感到周围过于冰凉。

——再一转头，就对上了陆沨的目光。

上校抱臂倚在门框上："回来。"

安折扁了扁嘴。

其实他和瑟兰并不熟悉，当他按下电梯按钮的时候，甚至想好了如果瑟兰不在家或者对他的请求面露难色，他只能转而寻求柯林帮助的尴尬场景。

他看回陆沨，突然有点难过——他觉得有点委屈。这个人明明知道他在基地什么朋友都没有。

陆沨也看出了他的不对，道："怎么了？"

安折垂下眼，却不知道说什么，他其实想开口留在陆沨的房间，但又害怕遭到上校的拒绝。

他听见陆沨轻轻笑了一声。

"逗你的。"陆沨走过来，拉他走进电梯，"先去吃饭，晚上跟我睡。"

晚饭是在公共食堂吃的，这顿晚餐并不好吃，而且对面的陆沨点的还是一份蘑菇汤。

但是，如果是和陆沨一起睡的话……当然会比和瑟兰睡好一点，更远远好过和柯林睡，安折把这归结于他终究还是只熟悉陆沨一个人，并且此前也两次和这个人有过借宿的交情。

在上校的浴室洗完澡后，他把自己擦干，然后裹着一条雪白的大毛巾迅速上床，拥着被子坐到床的最里面——他没有睡衣。

上校的房间里，一应用具似乎都比他的房间里完善，这可能是军方给他的特殊待遇。

但是，无论怎样特殊的待遇，被子都不会多出一条，枕头也不会因此多出一个。他自觉把枕头从床中央放到了外侧。

这时他的目光被床头的一簇红色所吸引。

——那里有一只简单的玻璃瓶，瓶中插着三枝鲜红色的花，茎秆带刺，枝叶墨绿，两朵已经盛放，另一朵还是个饱满的花苞。

这是安折第一次在人类的基地里看见植物，这座钢铁制成的城市似乎不允许人类之外的任何生物存在。

花的香气幽幽飘浮在空气里，就在此时，原本在客厅里听属下汇报工作情况的陆沨结束通话，回到了卧室。

这时陆沨注意到了他看往花束的视线。

“我母亲的。”他道。

安折问：“陆夫人吗？”

“嗯。”陆沨淡淡道。

他的视线也停留在那三朵花上，过了很久，他看向外面。

窗外夜色深沉，黑影憧憧，六角形的伊甸园在人造磁极旁遥遥矗立。

安折顺着他的目光看过去，伊甸园这样看起来确实和蜂巢相像。他的思绪忽然动了动，看回床头那三枝鲜红的花，对这种颜色和形状他有一点熟悉，来自久远时光前安泽对于某本画册的回忆，一种人类文明还繁荣时常见的植物。

“玫瑰……”他喃喃道。

“是玫瑰。”陆沨淡淡道。

他班里的孩子们自由活动时，会玩一些过家家和模拟种花的游戏，用不同颜色的彩纸做花朵。但是，看来伊甸园里是有真的玫瑰花的。

“伊甸园会种玫瑰花吗？”他道。

陆沨的回答很简短：“不会。”

就在安折认为他的答案到此为止时，陆沨又开口了。

“她喜欢植物，但基地没有。”他声音很平静，“我十六岁的时候在野外训练，收集了一些种子，灯塔认定安全后送给了她。”

“然后夫人种出来了？”安折道。

陆沨说：“嗯。”

安折忽然想起了一个月前在陆沨办公室橱柜里看到的密封的植物种子，他想，陆沨一定很重视他的母亲。今天在灯塔，陆夫人要去提交一些报告，她看起来像个科研人员。于是他问：“陆夫人是科学家吗？”

陆沨过了一会儿才回答他：“算是。”

就在这时，陆沨忽然道：“你认识伊甸园的女孩。”

安折点了点头，陆沨已经见过莉莉了，他没什么可隐瞒的。

“知道多少？”

安折猜想上校是在问他对伊甸园的了解程度，他回忆莉莉说过的那些话，道：“知道《玫瑰花宣言》。”

就见陆沨望着窗外，似乎在回忆往事。

他道："据说她十二岁的时候，因为智力上的天赋……基地认为比起生育，她投身科研工作会给人类带来更大的贡献，她被送到灯塔学习。"

安折："好厉害。"

他对智商超群的人类总是抱有好奇。

"但后来她主动申请调回伊甸园，承担生育责任，同时研究胚胎离体培植的改进技术。"

安折："然后呢？"

"没有然后，"陆沨道，"现在仍然是。"

安折回想陆夫人的模样，即使她今天戴了口罩，但仅仅是一双眼睛，也给他留下了很深刻的印象，他道："她很美。"

陆沨说："谢谢。"

回想今天白天的情形，安折又问："你和她关系不好吗？"

陆沨："不好。"

安折眨了眨眼："为什么？"

他觉得陆沨明明很在意自己的母亲。

"她一直以为我在统战中心，但其实最后我选择了审判庭。"陆沨语调平淡，"或许是因为我杀的人太多吧。"

安折问："她不能接受吗？"

"是我自己不愿意再维系和她的感情。"陆沨拿起枕头，丢去安折那边。

安折抱住枕头看着陆沨，奇异地，他明白他在说什么。

审判者为了永远正确，永远清醒，永远冷漠无情，必须将自己完全放逐——放逐，这个词突兀地出现在安折的脑海里。

"伊甸园和审判庭在做相反的事情。"他道，"是因为你不能动摇吗？"

"闭嘴。"陆沨倾身过来，把枕头从安折怀里抽出，又把安折的头抬起来，把枕头垫在他脑袋下面，“眼睛都睁不开了。”

安折陷在柔软的枕头里，意识渐渐模糊，他是真的困了，今晚一直在强打精神。

彻底睡过去之前他看见陆沨拿起了一只银白色箱子，这是他们离开灯塔时一位工作人员给陆沨的，安折不知道那是什么东西，他觉得自己也没必要知道。上校做事总有他的理由。

*

安折叠好的衣物放在一旁，衣领处落了一些灰白的尘屑，无论是训练场还是灯塔，都没有这种东西，但陆沨知道伊甸园的监控在那段时间内存在小范围的混乱，因而无法追溯安折的行踪。

陆沨的目光从它们上面收回，手指按下手提箱的按钮。银色的手提箱打开，白色的寒气丝丝缕缕地散出来，冷冻层里是一支细长的注射针剂，碧绿色。

手提箱旁边放着他的枪。

他的目光在这两件物品上稍作停留，转而看向安折，手指扣在枪柄上。

就在这时，安折翻了个身，轻轻靠在他身旁。

他睡着了。

像一只很小的动物团在雪白的被子里，露出奶白色光滑的脖颈与肩膀，眉头舒展着，睫毛微微卷翘，呼吸一起一伏，均匀又平静。

他的手指在被子下露出了一节，轻轻蜷起来，但又是非常放松的姿态，没有一根神经是紧绷的。他睡在这里，毫无警惕与戒备，就像睡在一个……全心信任的安全的地方，他相信在这里没有人会伤害他。

陆沨忽然想起两个月前的一天。

那一天是他们第一次见面，安折望着他的眼睛，对他说：“他没有受伤。”

对辩驳与抵赖他早已经看惯，质问和愤怒是他每天都要遇到无数次的东西。

但他第一次看见那样的一双眼睛，他没有质问，也没有不解，只是哀伤。哀伤中又有天真的平静，仿佛只要他开口说出一个理由，他就什么都接受，什么都原谅。

在此之前他没有理会过任何人的抗辩，但那一次，他挑开覆盖尸体的白布，露出那人的伤口。

人的动摇始于第一次心软。

第 24 章
“你对它做过什么?”

安折做梦了。

他好像站在黑水横流的深渊上方，面前是无边无际的空旷世界。危险的气息像一只手攫住了他，远方黑暗中一定有什么东西在注视着自己，他喘不过气来。

他觉得危险，下意识环视四周，并向后退了两步，在危险的注视里，他想找什么人，或者靠近什么人来获取安全感。

于是他的手不安地动了一下，轻轻抓住陆沨的袖角。

他呼吸微微急促，像是害怕了。

陆沨合上银色冷箱的箱盖，将空掉的一次性针管丢进了床头的垃圾桶，并把枪放回床头触手可及的地方。

他做完这一切，安折原本有些急促的呼吸已经平复下来，但漂亮的眉仍微微蹙着。

他的脖颈一侧沁出了一颗微小的鲜红血珠，不过三分钟，那血珠就凝固成了一个红色的小点，是个针孔，但被注射进去的东西不会对他的身体造成这个血点之外的任何损伤。

他整个人像个皮毛柔软的小动物，一种脆弱的安逸，好像很容易被摧毁得彻彻底底，又好像很容易就能够被保护得滴水不漏。

陆沨面无表情地看着他，良久，他伸出手，指尖停留在安折眉心温热的皮肤上，像蜻蜓停在水面上——那双蹙起的眉缓缓舒展开，不过三分钟，他又像最开始那样安然睡着了。

*

安折醒来的时候整个房间已经亮了，是上午八九点时那种亮度，对迟到的恐慌让他彻底清醒过来。

——然后他发现昨晚他用来裹住自己的毛巾已经散开，往下滑落不少，离开了他的肩背。

而他的手紧紧抓着某个人类的衣角，整个人靠在这个人类的身上，脸贴着他的肩膀。

假如这个人是瑟兰，安折会用符合人类礼仪的方式给他道歉。

假如这个人是柯林，安折会立刻火速离开。

但是这个人是某位经常凶他的陆姓上校。

安折悄悄松手，然后抬头，看向他。

但是陆沨这次居然没有凶他。

这个人伸手，拉起被子把他露在外面的手臂和肩头重新盖好，然后淡淡道："8 点半了。"

今天安折的工作地点仍然是灯塔，但工作内容十分枯燥无聊。而陆沨今天好像也没有正经的工作，一直和他待在一起，整个实验室的画面可以概括为司南看莉莉，莉莉看司南，他看莉莉，陆沨看他。

半天下来，司南的情况居然出现了稳定的好转，脑电波平稳的时间从短暂的一两秒提高到了能持续稳定四秒，在这短暂清醒的时间内他会有规律地敲击玻璃墙，像是在告诉莉莉他一直在。博士听到结果，很高兴，说自己暂时走不开，让他们自行继续。

而在司南完全失去神智的那些时候，莉莉会和安折说一些话。

"我还是想飞出去。"她道，"外面好大。"

安折问："你们不能出去吗？"

"不能的，他们说外面太危险了。"莉莉道，"我小时候，求他们放我出去五分钟，但他们不答应。我每天都和他们生气。”

“夫人就会安慰我，不要和他们计较。她说，整个基地都是伊甸园的孩子，孩子有时候会任性，有时候会反过来伤害他的母亲，但都是可以理解的。更何况，我们吃的东西、住的地方、用的电，都是基地的东西。”莉莉叹了一口气，但这个动作由一个还在幼崽的年纪的小女孩做出来，未免有些不合时宜。

安折摸了摸她的头。

“只有陆夫人可以去外面，她是科学家。”莉莉继续道，“我也想当科学家。

“我听她们说，以前胚胎至少要在体内生长五个月才能取出，很痛苦。但夫人和灯塔的研究组一直在研究缩短这个时间，现在只需要一个月。”

安折静静地听着她说话。

就在这时，陆沨的通信器响了，他接起来，安折隐约听见对面在说一些“样本”“生长”“核实”之类的话。

挂断通话后，陆沨对他道：“我出去一下。”

安折：“嗯。”

等陆沨的脚步声在走廊里远去，莉莉忽然往他这里靠了靠，用一种神秘的语气道：“陆上校是夫人的孩子，你知道吗？”

安折看向这个女孩，两天的接触下来，她活泼了许多。

他说：“你连这个都知道吗？”

“因为我聪明。”莉莉微微扬起下巴，“她们只会睡觉，但我什么都知道。”

对于她之前说的那些话，安折并没有太大兴趣，但是提到陆沨，他又升起了一些好奇，他问：“你都知道什么？”

“夫人的通信器里一直存着上校的照片，我见过。”莉莉在椅子上晃荡着小腿，道，“她们说，上校才是夫人真正的孩子，因为他没有用机器辅助培育。”

安折想，陆沨和陆夫人的关系确实很特殊，伊甸园的孩子们并不知道自己的父母到底是谁，唯一从出生起就伴随他们的只有ID卡的号码。

就听莉莉继续道：“好像有两个原因，第一个是上校那时候状态不稳定，不适合体外培养。另一个，大家也只是猜想。”

安折问：“是什么？”

“夫人在伊甸园外面待过，后来，她也要去灯塔开会，要和外面的人交涉，她能出去。我猜，夫人和外面的人相爱过，说不定，陆上校就是夫人和她的爱人的孩子。”

讲到这里，莉莉托腮看着安折：“你是陆上校的爱人吗？”

安折思索了一会儿这个词语的含义，然后摇了摇头。

“那你缴纳过精子吗？你好像已经成年了。”莉莉道，“虽然你没有爱人，但说不定你已经有孩子了。”

“没有，”安折蹙眉，道，“但是……”

“但是什么？”

安折缓缓摇了摇头，没再说话。

他没有人类意义上的孩子，但他有他的孢子——他不知道现在在哪里的孢子。

贸然向陆沨询问，他害怕暴露自己异种的身份。

继续进入通风管道寻找，又随时有迷路和暴露的危险。

他唯一知道的是，根据陆沨的手册，孢子大概率就在灯塔里——而他现在身处灯塔，面对那些复杂的权限门和保密实验室，根本不知道该怎样去找。

明明他和孢子可能已经离得很近了。

在灯塔的这两天，每次想到这个，安折都感到难过。

莉莉道：“你不高兴吗？”

安折："嗯。"

他不是一只完整的蘑菇，一只不完整的蘑菇无论如何都高兴不起来。

就在这时，轻轻的叩击声又响起来，司南恢复神智了——莉莉立刻抛下他，去司南面前了。

安折更加沮丧。

就在这时，走廊里响起脚步声，陆沨和博士一起回来了。

博士正在和陆沨说话："你对它做过什么？"

陆沨问："我能对它做什么？"

"它一直像死了一样毫无动静，直到你频繁待在灯塔的这两天，它突然开始生长，我觉得不是巧合。

"而且，它被泡在营养液里，一直无规律地悬浮，为什么你到了培养舱旁边，它就漂过来靠近你？"

陆沨冷淡回复他："这不是你们该研究的吗？"

"你首先得提供足够的信息给我们，你和它有什么特殊的联系？"

"我把它取下来，封存，送进灯塔。"陆沨的语气逐渐冷淡，这是他不想再继续这个话题的征兆，"没有了。"

"这是个重点项目，你得配合那边的研究。"

"随意。"

声音逐渐近了，他们两个回到了实验室。博士走回仪器旁边，陆沨从安折背包里拿出那本《基地军备图鉴》翻看，打发时间。

回想他们刚才的对话，安折逐渐感到一丝狐疑。

他缓缓看向陆沨。

陆沨感觉到了他的目光，从书页上抬头，和他对视。

安折看着他："你去做什么了？"

陆沨淡淡看他一眼，却并没有正面回答问题，而是：“嗯？”

安折见他好像不大愿意回答，但想想可能得到的线索，他还是鼓起勇气，道：“有东西靠近你……”

陆沨挑眉：“没有东西靠近我。”

安折道：“刚才博士说——”

“我去看了个项目。”陆沨的语气漫不经心，“没有别的。”

安折要被这个人气死了。他想问陆沨去看了什么项目，这个人话里话外却在说他没干什么。

“有个实验室喊他，”博士回到监测仪器前，“正常工作，配合完他就回来了。不过可能接下来还得去几趟。”

说罢，博士开始专注研究之前司南的录像。

陆沨的思考方式难以琢磨，没有抓住重点就算了，博士竟然也答非所问。安折没有得到任何消息，他坐在莉莉身边，心神不宁，既因为没有得到答案而感到沮丧，又痛恨自己因为怕暴露身份而不能问得太明显，他甚至动了等陆沨再去就跟踪他的心思。

就听旁边的陆沨淡淡道：“专心工作。”

安折：“……”

下午5点，到了莉莉该回去的时间。她回去后，司南也不再清醒地敲墙，而是开始在囚室里乱撞。安折把今天的情况简单记录了一下，博士告诉他，可以回去了。

安折看陆沨。

陆沨道：“我留在这里。”

博士道：“今晚他值班。”

安折：“……哦。”

灯塔里进行着各种各样的实验，其中一大部分还和异种的研究有关，有时操作不当或者出现意外事件，就会有工作人员被感染，因此有审判庭的人员在灯塔常驻。

想到这里，他忽然感到事情有些难办。

他没有 ID 卡，回不了自己家，而陆沨如果不回去的话，他更是没有地方可去。

想到这里，就见陆沨从制服胸前口袋里拿出 ID 卡给他：“自己回去。”

安折接过去，道：“谢谢。”

博士：“啧。”

安折：“你在这里吃晚饭吗？”

陆沨继续看军备图鉴，淡淡道：“嗯。”

安折问：“吃什么？”

“隔壁实验室和伊甸园联合新发明的压缩营养冲剂，”博士一边敲键盘一边道，“暂时只供灯塔内部使用。”

说到这里，他敲键盘的力道加重了几分：“是我这辈子吃过的最难吃的东西。”

安折站在原地，思索了片刻。

他意识到通风管道是无用的，灯塔也是无用的。真正和找到孢子这件事有关系的只有陆沨。

他对陆沨道：“要我给你带饭吗？”

陆沨抬头看他，清冷的一双眼，看不出情绪。

安折看见他也恰好翻到“PL1109”战机那一页。

陆沨不回答，安折小声道：“那我给你带。”

“啧。”博士又发出了声音，“我也要。”

陆沨：“你没有。”

博士转而看向安折：“我想喝番茄汤。”

安折：“可能没有。”

他并没有说谎，居住区域的食材供应除了土豆，每天都不一样——具体要看伊甸园当时的产出情况。

不过，今天的食材里确实有番茄。

对不起啦……

安折在盛放番茄的货柜前站住，犹豫了一会儿。

——然后他转身，转向对面放着蘑菇的保鲜柜。

他记得昨天和陆沨一起吃晚饭，陆沨在当晚公共食堂供应的同样清汤寡水的三份汤——土豆汤、番茄汤和蘑菇汤——中选了蘑菇汤。虽然他的选择让安折感到些许不适，但……

他原地纠结了两分钟，最后取了两份蘑菇。

基地培植的这种蘑菇是灰白色的，有圆滚滚的菌柄和柔软的伞盖。他经常来这里买东西，食材区的工作人员已经认得了，道："今晚做蘑菇？"

"嗯。"安折问，"还需要什么材料吗？"

在工作人员的指导下，安折带着鲜肉和一份调料包回去了。他刷的是陆沨的卡，原本购买这些食材所需的数额会让他感到巨大，但是和余额一比，竟然显得微不足道了。

安折拿起了刀，深吸一口气，开始切蘑菇，蘑菇很软，被轻轻一切就分成两半了。而蘑菇汤的耗时也比其他汤短很多——滚开的水烫熟小块新鲜鸡骨肉后，将配料包放进去，再加入蘑菇，不一会儿，轻盈鲜香的气息就浮出了水面。安折盖上高压锅锅盖，设定好时间后，离开了厨房。

他没什么事情做，就给上校房里的玫瑰花添了水，整理了一下房间，打开了客厅的电视。

现在正是播放新闻的时间，画面出现，安折居然看到了一个熟悉的身影。

——哈伯德，那个曾经在肖老板处订做人偶的佣兵队长，他曾经帮肖老板获取了陆沨的信息。

当时，如果不是他已经带队又去出任务了，恐怕犯罪的人里还要加上他。

"目前佣兵召回工作正在顺利进行，今天上午，AR137 佣兵队全员回归基地，这是除基地军方外唯一能够执行六星级任务的队伍，他们带回了珍贵的样本和外界的最新消息，我们的记者采访了 AR137 的队长哈伯德先生。”

画面上，哈伯德穿着野外装备，刚刚从装甲车上下来。一个记者正在采访他。

“哈伯德先生，欢迎回来。”

哈伯德道：“谢谢。”

旁边一个工作人员正在指引他们检查血液，并道：“主城欢迎你们。”

“谢谢。”哈伯德道，“基地的情况让我很惊讶。”

记者道：“您的回归日期比其他佣兵队稍晚一些，是中途遇到困难了吗？”

“没有。”哈伯德的回答很简短，“信号不好，刚收到召回消息。”

记者笑了笑：“请问您从哪片区域回来？”

“深渊外围。”

“那里的情况现在怎么样？”

“怪物形态更加多变。”

“深渊确实是非常可怕的地方，您从那里带回了什么呢？”

“标本。”

“感谢您对基地的贡献。”记者道。

“不客气。”

安折觉得哈伯德在话少这件事上恐怕可以和陆沨一较高下，但他的眼睛没有陆沨的好看。

画面切回新闻主持人：“据我们所知，回归的佣兵队伍核算功勋后将归入军方编制，继续为基地服务。”

这条新闻播完，接下来就是几条无关痛痒的消息，主城里每天发生的值得报道的事情并不多，大多数时间，主持人都在播报灯塔科研取得的新进展，专业名词和术语很多，让安折昏昏欲睡。

厨房的高压锅“嘀——”了一声，把安折解救了，他打开盖子，浓郁的香气扑面而来，汤已经熬得很浓了，雪白的蘑菇在汤里若隐若现。他试着喝了一口，感到满意，快乐地把三人份的汤装进保温壶里，打算带去灯塔。

但就在走出厨房门的下一刻，他愣住了。

新闻画面上，是银色的实验室，四周都是复杂的机械，而在实验室的中央是一只圆柱形的玻璃水箱，里面盛放着淡绿色的清澈液体。

而这个一人高的水箱里，只在最中央静静漂浮着一团很小的白色东西。

安折睁大了眼睛，三步并作两步来到电视屏幕前——恰恰在这个时候，镜头拉近了，给了那团白色的小东西一个特写。

雪白的松软的一团，它的主体就像漂在水里的一团云朵，大小和今天煮饭时用的那几朵蘑菇一样。

除此之外，细小的雪白菌丝也舒展开来，泡在水里，随着它在水中漂浮的轨迹轻轻晃荡着。

安折几乎连呼吸都停止了。

他绝对不会认错自己的孢子——虽然它比起离开自己的时候好像长大了一点。

安折抬手，他的手指有一点颤抖，贴在电视冰凉的屏幕上，仿佛他正触摸着那只玻璃水箱的表面，而那团雪白的东西只和他隔着一层玻璃墙。然而下一刻，新闻播报员的声音就打破了这个错觉："四个月前，由审判庭采集的异常真菌样本被列为一级观察对象，菌类作为一类特殊的真核生物，此前从未出现过脱离物种基本形态的变异，因此，灯塔认为该样本具有宝贵的研究价值，或许通过对样本的研究，能够揭示生物感染变异的进程和原理。"

安折蹙紧了眉头，他的孢子果然被拿去做研究了。

随即，新闻播报员又道："据研究人员告知，此前四个月内，该样本一直维持半死亡状态，然而，就在最近两天内，它竟然恢复了活性，体形有所增长，这是一个令人振奋的消息……"

安折心脏怦怦跳。

——他知道孢子也认得他。

不然，为什么偏偏在他一直待在灯塔的这两天才开始长大？孢子感应到了他，它一定也想回到他这里来。

播报员继续道："实验室联系了审判庭，确认样本的生长方向与原主体类似。"

与此同时，画面上，孢子晃晃荡荡朝着一个方向漂过去了。安折想，这一定是他所在的实验室那个方向，孢子想去找他。

下一秒，玻璃水箱旁出现了一个人影，他的身体在画面外，只有一个模糊的倒影，不知道是什么人。

安折想让这个人离他的孢子远一点。

情况恰恰相反，这个人伸出手，指尖轻轻触着水箱表面，手指修长，骨节很优美。安折蹙眉，这只手的形状他很熟悉。

这个人的袖子他也很熟悉，银色的扣子也是。

安折磨了磨牙齿，他确认这个试图碰孢子的人毫无疑问就是陆沨那个坏东西。

然而，就在此时，孢子漂漂荡荡来到那个坏东西面前，它雪白细软的菌丝伸出来，隔着水箱轻轻碰了碰他的手指。

安折："……"

第 25 章

一道灿烂的银河。

安折眼睁睁看着他的孢子伸出菌丝和陆沨隔着一道玻璃墙触碰，甚至当陆沨的手离开的时候，菌丝往下垂落，那模样甚至隐约带着一丝失落。

看到孢子这样的表现，安折也觉得有点难过，仿佛他刚刚亲身经历过。陆沨抬手的时候他不想要他靠近孢子，可他放开的时候又想让他留得久一点。

就在这短暂的一秒之间，镜头切换成一位身穿白大褂的研究人员，他说这份样本史无前例地呈现出一种感染变异上的惰性。

“经过四个月以来的分析与研究，样本的提取物不会对任何生物造成感染，同样，当我们用变异生物提取物感染该样本时，也没有观测到它的结构发生任何改变。”研究人员道，“灯塔认为这可能是我们克服变异的突破口。”

安折握紧了保温壶的把手，人类说他的孢子是克服变异的突破口，这说明孢子会被保护得非常严密。

最后，播报员用积极的语气给这条新闻做了总结，并称基地的未来是光明的，感谢科研人员的付出。

新闻时间结束，接着是天气预报，根据灯塔观测，最近三天内基地所在区域将迎来大幅度升温，提醒各个区域——尤其是灯塔实验室与伊甸园作物繁育基地——注意应对。

安折无心再听，他离开了家门，坐上摆渡车。一路上他都在思索到底应该怎样接近自己的孢子——首先，他要知道那个实验室确切的位置，然后观察研究人员的工作规律，一般情况下，研究人员不会二十四小时待在实验室内。如果他能在没有人的时候通过通风管道进入实验室，再想办法把孢子收回体内——

那他就可以想办法离开人类基地，返回深渊了。

实验样本被偷走，人类一定会追查到底，除了逃出去，他好像别无选择。

想到这里，安折茫然转头，透过摆渡车的玻璃看向这座夜色中灯火通明的城市。极光已经升起来了，绿色的光芒在夜空中漫卷，飞速变幻，就像时间的流逝一样。

广播声响，双子塔到了。

安折抱着保温壶下车，用陆沨的 ID 卡刷开门，进入大厅，上楼。银色长廊里，每个实验室都灯火通明，不同的仪器发出不同频率的声音，来来回回，此起彼伏。他找到博士的实验室，但是只有纪博士和他的助理在里面。

“你来了。”博士抬头看了一眼他，道，“陆沨等会儿回来。”

“好的。”安折将保温壶放在工作台上，拧开，给博士盛了一碗。保温装置的性能很好，汤是滚烫的，浓郁的香气随着蒸腾的白雾散发出来，布满了整个实验室。

“天哪，”博士拿起他递过去的餐具，“你真好。”

安折笑了笑。

博士问：“你不吃吗？”

安折道：“我等他回来吧。”

博士：“啧。”

“我不等他。”博士道，然后，他又看向助理：“继续放。”

助理道：“好的。”

安折看向博士面前的电脑界面，最中央的窗口在播放司南的录像信息。这个窗口下是另一个窗口，被盖住了一部分，能看见邮件发送列表，博士又分别给“地下城”和“研究所”两个收件人各发了一份邮件。

他的目光转回录像中的司南——那只灰蜂。莉莉在漫无边际地和他聊天，她上一秒还在说：“你会有蜂蜜吗？”下一秒就变成：“是做人好玩还是做蜜蜂好玩？”

他道：“它变大了。”

而且是很容易察觉的变大。

博士吃掉一块鸡肉，眯起眼睛看着屏幕：“确实。”

助理适时道：“增重 10 千克。”

博士：“它吃了什么？”

助理：“未进食。”

博士道：“又是这样。”

“不该在吃饭时间考虑这个问题，”他道，“本来很高兴的。”

安折问他：“怎么了？”

“异种的变化和生长，不仅违背了生物学已有的定义，还一直在挑战能量守恒定律。”博士看着司南，道，“生物从外界摄取能量，转化给自身。但是人类变成异种，体型可能出现十倍的增长，肌肉质量也比人类好许多倍，那些能量从哪里来？人类的血肉作为培养皿，提供不了那么多，它们简直是无中生有。”

安折没有说话，他没有这些知识，但深渊里的那些生物确实都非常巨大。

“算了，”博士叹了口气，道，“我们的知识体系全盘失效，也不是一天两天的事情了。”

他继续投身于那碗美味的蘑菇汤，但目光仍然停留在屏幕上。

等他快要喝完的时候，安折道：“你还要吗？”

博士没回答，安折看向他的眼睛，发现他正死死地盯着屏幕。

“回放。”他道。

助理将视频回放到一分钟前。

莉莉已经说累了，倚在玻璃墙边："你别撞墙了，好疼的。"

又道："虽然一直说话好累，但是灯塔比伊甸园好玩。"

就在这时，司南恢复了短暂的清醒，布满绒毛和棘刺的螯肢轻轻敲了一下玻璃。

莉莉道："你醒啦。"

螯肢轻轻震颤，又连续敲了几下。

博士蹙起了眉头。

"0.5 倍速，再重放。"

画面放大，速度放缓，集中在它敲击玻璃的动作上。

"第一下与第二下敲击间隔相同，长时间停顿后再次敲击，再次长时间停顿，"博士拿出一个笔记本，用圆珠笔在上面迅速标点，"这次停顿后连续敲击三下，间隔相同。"

说着，他在纸上记录下"2、1、3"三个数字。

这段视频播放完毕，博士道："下一段清醒记录。"

助理开始调整进度，他看起来是博士的学生，问："您怀疑它借助敲击频率传递消息吗？"

博士道："这绝对不正常……但他只是个六岁的小孩。"

他看向安折："你们的数学与逻辑课都有什么课程？"

安折道："算数、几何和推理。"

"会给他们讲课外故事吗？"博士道，"比如无线电码之类的。"

"不对。"他又道，"他没有进入 A 班，不会有那么高的智商。"

安折道："他的试卷是满分，不能进入 A 班是因为心理因素。"

博士点点头表示知道，开始看下一段视频。这段录像里司南清醒的时间很短暂，他迅速敲了两下，间隔和之前都不同。

博士在纸上画下两个距离极近的点："下一段。"

下一段中，司南又是相同的时间间隔，敲了七下墙壁。

再下一段——这段录像里它清醒了整整五秒，录像的前半部分里，它的表现和第一段录像惊人地一致——两下，一下，三下。当第三次敲击完成，他停顿了不短的一段时间，然后紧接着迅速落下两次。这段录像就像第一段和第二段的拼接。

博士在笔记本做下记录，视频继续播放，在第五段视频里，他又连续均匀地敲击 7 下。此后所有清醒的片段里，他的敲击都维持着这样一个循环，直到 5 点，莉莉被伊甸园的工作人员接回。

博士的笔记本上记下了这样一串数字。

2、1、3、1、1、7、2、1、3、1、1、7、2……

助理道：“要不要找数理方向的人来解密？”

“不用，”博士道，“他想传递的信息很短，不会难……让我想想。”

安折蹙眉看着那串数字，人类是通过语言来交流的，他不知道数字怎样承担传递信息的功能，除非这些数字里隐含着一些文字。

“2、1、3……”博士紧蹙的眉头似乎松开了一下。

安折犹豫了一会儿，道：“是 b、a、c 吗？”

“字母表，”博士迅速在纸页上写下 b、a、c 三个字母。安折看着他之前的记录，2、1、3 过后，司南又连续敲了两下，所以应该是 bacaa，第六次敲击是七下，7 在字母表中对应字母 g。

和他的思路一致，博士写下 b、a、c、a、a、g 六个字母，却在连续的两个 a 下画了横线。

助理道：“这两次敲击的间隔很短，是另一种语言表达。”

“11。”博士突然道，“两次短促敲击，不代表两个分离的 1，而是十位数 11。”

11 对应的字母是 k，于是那串字符又变成 backg。

博士道：“他的英文怎么样？”

安折：“也是满分。”

外文在语言与文学课里几乎占了百分之五十的内容，这些孩子长大后如果进入灯塔，查阅人类文明的文献资料对语言能力的要求很高。

“back，”博士说出一个单词，然后将字母 g 前移，放在最前面，眯起眼睛，“go back，很简洁的表达，换成其他语言，不会那么短。而且……”

助理道：“而且在莉莉的理解范围内，如果她能注意到，就会明白。”

博士点点头：“他想让她回去，这意味着什么？”

录像仍然在持续，莉莉无精打采地对乱扑乱飞的司南道：“博士说基地现在很危险，你要帮我们，不然大家都会变成怪物，很可怕的。”

助理：“如果他们是很好的朋友，那么说明伊甸园是安全的地方，而他知道或预知外界很危险，所以才会让她回去。”

“但这个男孩恰恰是在伊甸园感染成了异种。”博士沉吟一会儿，“难道说第一个异种出现在伊甸园，继而审判庭的调查中心转移到那里，反而是声东击西的策略？”

助理道：“要开会讨论吗？”

博士看了一眼实验室门口：“陆沨怎么还没回来？”

他拿出通信器拨号，那边却传来忙音，助理说：“可能进了信号屏蔽的实验室。”

安折敏锐地察觉到了机会，见缝插针问：“他去做什么了？”

“还是下午那个项目，”博士道，“他们认定上校可以促进一个样本的生长，非要他过去带孩子。”

安折不假思索：“我可以去找他。”

博士笑了笑，看他：“你们俩感情真好。”

“也行，你把他带回来，顺便吃饭。”博士道，“那个实验室等级很高，是军方和灯塔联合的，电梯上 13 层，过廊桥，找 D1344 房间。”

安折：“好的。”

他转身离开实验室——显然陆沨现在又和他的孢子待在一起，说不定这个人就在玻璃水箱旁边很近的地方，或者又伸出手和孢子玩相互触碰的游戏。他不知道为什么会发生这种事情，但他绝对不相信“陆沨促进孢子生长”这种鬼话，孢子被挖走的时候还没有成熟到能够自己生长的地步，只有在他身体里或者身边才会长大。

电梯到达，里面还有两个人，是两个研究员，他们正在谈论最近的天气。

“大风后升温，最近的天气非常极端。”

“夏季到了，也算是正常的，基地比起升温更怕降温。”

“确实如此。”

“但是我听说这是因为磁场强度的波动。”

“人造磁极的问题吗？”

“隔壁实验室观测到了几次异常波动，我们的东部磁极没有问题，大家一致认为是西部磁极在人工调整频率。”

“哇，”那个研究员笑了笑，“地下城基地的科技有了新进展吗？”

“我猜是，不然没有人敢动磁极。他们已经联系统战中心，申请开启强频率短波通信与地下城基地通话了。”

“一切都在变好。”

一切确实都在变好，他就要见到自己的孢子了——电梯门打开，安折走了出去。

连接灯塔和统战中心的两座建筑的廊桥很宽，两边的墙壁是透明的，由玻璃或者其他材质制成。

D1344 实验室很好找，他敲响了门。

一个女声道：“请进。”

安折一进门就看见了中央的玻璃水箱——和新闻上的一模一样，而那白色的一小团——

白色的一小团旁边是身穿黑色制服的陆沨，他把手指放在水箱上，孢子又在晃晃悠悠地过去找他——然后这个人移开手指，又把指尖放在很远的另一个位置。

然后，孢子慢吞吞地转移了方向，又往新位置去了。

等它快要追上，陆沨再变位置，存心不让它碰到。

安折看着这一幕，他气得快要忘记呼吸了——而陆沨看起来不动声色，其实他完全是愉快的，他好像从欺负玩弄孢子中找到了乐趣。

就在这时，陆沨抬头看见了他，挑了挑眉。

安折环视四周——复杂的仪器和监控设备、十几个研究人员，这注定他只能远远地看孢子一眼。

不，他还能做另一件事——把这个欺负孢子的人带走。

他走到水箱旁边，可恨的是，孢子并没有往他这边靠近，而是依然在陆沨附近徘徊。

陆沨的语调很轻："怎么了？"

安折语气很不善，道："你该回去吃饭了。"

陆沨看着他的那双眼里似乎有一点笑意，玩弄孢子竟然让这个人获得了这么多快乐。

就见陆沨走到他旁边，然后对一位研究人员道："我走了。"

研究人员："请您明天务必也要来。"

安折咬牙切齿，他最后看了一眼营养液里无助地漂浮着的小孢子，实验室的门就在他面前无情地关闭了。

他和陆沨走在走廊里。

他道："你明天也要来这里吗？"

陆沨："嗯。"

安折："你是在玩样本吗？"

陆沨："配合研究。"

安折不会信他的鬼话，他没说话，他们转过一道弯，来到通往灯塔的廊桥上，两旁是城市的夜色和天际的极光。

陆沨却好像感受到了他的情绪："你不高兴？"

安折不说话。

陆沨停下步子，看向他。

安折转头看外面的极光，整个世界好像安静了一秒。

就在这时——

安折的瞳孔骤缩!

那一刻他浑身上下都传来一阵刺痛，光太强了，他下意识闭上眼，漫天极光在刚才的一个刹那爆发出亮如白昼的光芒，像一道划破天际的绿色闪电。

下一刻陆沨抱住了他的肩膀，重重的力道拉着他往下一跌，他整个人被压在地上，然后两人在地上滚了一圈，这一切都发生在零点几秒之间。

安折没撞疼，陆沨手臂护住了他，他睁开眼睛，发现自己被带回了走廊内。

陆沨拉他起来。

安折的脑袋嗡嗡响，他望向廊桥外，怔住了。

极光在消散——所有的极光。

刚才那一刹短暂的爆发后，它们像退潮的海水一样逸散在夜空中，颜色在短短十秒之内变淡，然后彻底消失了踪影。

一道灿烂的银河横亘在蓝紫色的夜空里。

他从未见过这样的一幕，然后他目光下移，整座人类城市灯光乱闪，与银河交相辉映。

走廊灯疯狂明灭，实验室里传来混乱的声响，几个研究员跑了出来。

陆沨把安折拽回看不见外面的地方，对着匆匆跑出的研究员沉声道：“——磁场呢？”

第 26 章

等极光再亮的时候，上校就回来了。

“应急电源已开启。”

“紧急内部通信频道已开启。”

“应急防御已开启。”

“通风系统已开启。”

“辐射防御窗口已落下。”

“请各部门原地待命。”

走廊内，杂沓的脚步和喊声里，广播开启，不再是机械声音，而是换成了人类女声。

随着声音落下，沉闷的“哐哐”声在四面八方不断开启。安折再次望向廊桥，冰冷的钢铁幕墙猛地落下，遮挡住了所有窗口，它看起来很厚——他想起了诗人的话，磁场一旦消失，来自宇宙的射线和太阳风会立即袭击地球表面。

于是他知道刚才陆沨拽着自己离开廊桥，是离开宇宙辐射可能到达的范围——而主城作为人类科技巅峰时代的建筑，墙体的厚度和特殊材质能够防御辐射的袭击。

统战中心大楼的灯光在疯狂明灭之后，再次稳定地亮起光来，只不过这一次的灯光比先前弱了许多，呈现一种有气无力的惨白。

最近的实验室传来研究人员拨通通信的声音，他太急了，声音很大，整条走廊都能听见。

“D1342请求增大供电量！仪器不能停转！”

另一间实验室也传来声音：“D1343请求紧急供电，否则珍贵样本即将失活。”

他们的请求由谁来接听、能不能得到满足，安折不知道，他望着D1344的方向，下意识抓住了陆沨的袖角。

陆沨低头看他，道：“没事。”

安折点了点头。

广播继续播报。

“请装备中心、城市防御所、应急反应部、后勤供给处负责人员前往统战17楼第一会议室。请不要乘坐电梯，使用应急通道上下楼。”

“请灯塔磁场观测处立即联系统战中心。”

“请灯塔磁场观测处立即联系统战中心。”

广播声音开到最大，余音在走廊里层层回荡。

安折看向陆沨：“我们回灯塔吗？”

“我等命令，”陆沨看向廊桥那头，仿佛在思索着什么，视线又回到安折身上，“别乱跑，跟着我。”

安折道：“好。”

就听广播道：“请指挥处、联合参谋部、审判庭、作战中心负责人前往统战14楼通信中心。请不要乘坐电梯，使用应急通道上下楼。”

跟着陆沨一进通信中心的大门，安折就听到了里面的人声。

“北方基地呼叫地下城基地，听到请回答。”

“北方基地呼叫地下城基地，听到请回答。”

“北方基地呼叫地下城基地，听到请回答。”

通信员戴着一副硕大的黑色耳机，正在说话，他面前展开十几块显示屏，一些曲线和参数跳跃着。

然而，这个通信频道里只有他在说话，对面传来的只有空洞的电流噪声。

大厅的中央是一个身穿黑色军装的中年男人，他五官冷峻，神情威严，肩章上的标志代表他是一位军方中将。

看到陆沨进来，他对这边微一颔首：“你来了。”

和陆沨前后脚进来的还有一些军人，军衔与所属部门不等，但神情都是一样的冷峻肃穆。

通信大厅里有椅子，他们散开坐下，安折安静地坐在陆沨旁边。

那位中将接了一个通信，短短三十秒后，他挂断，对大厅里的军官们道：“接灯塔磁场观测处通知，五分钟前全球磁场强度骤降到0，但我们所保护的东部磁极未发生任何异常。”

“很显然，是对岸的西部磁极出现了重大故障。”

安折听着中将的话，他知道磁极对于人类的意义。

磁场保护着地球上的一切，一旦失去它，宇宙射线和太阳风长驱直入，短期内带来的将是整个世界的严重干旱、暴露在外的人类受到辐射，患上种种恶性疾病，继而死亡或变异。而如果长期没有磁场的保护，整个地球的大气层都将被太阳风吹散，那时，这个世界将变成一片死亡的荒漠。

而人类制造出的两个磁极一个位于北方基地，另一个位于地下城基地，二者共同维持着覆盖全球的弱磁磁场，不可分割，一旦其中一个出现问题，另一个也将失去作用。

它们之间也不需要多余的交流，每天晚上，极光出现在天空中，都是在告诉对方，我们仍然存在，仍然安全。

现在极光消失了。

这时，一旁调试设备的人员道：“报告。人造磁场消失，电离层紊乱，短波通信不可行。”

中将眉头紧锁，三秒的沉默后，他道：“不惜一切代价，开启甚长波通信。”

“是！”

在人类失去卫星以及地面中继站的年代，远距离通信变得无比困难，只能通过无线电——无线电短波通信通过大气层中的电离层传播信号，然而人造磁场毕竟弱于原本的地磁，通信原本就很不稳定，现在磁场完全消失，电离层彻底紊乱，通信更是困难。

——甚长波通信则不同，它是对地的，以大地和海水作为介质，稳定可靠，但启动成本高，而且只能用最古老的电码来传递消息。

与此同时，它是单向传递。这意味着除非对方这时恰好也开启了甚长波通信，否则双方无法交流。

消息一层层传递下去，终于，通信中心接到反馈消息，甚长波通信装置已开启。

发报员拿起了仪器，不同间隔和长度的电码发出单调的“嘀”声，被依次输入进入系统，然后上传至通信频道。

“北方基地呼叫地下城基地，听到请回答。”

长久的静默。

“地下城基地是人类四基地中设施最完善的一个，很难想象它会遇到灾难。”一位军官道，“但愿只是设备的故障。”

他的话音刚落，刺耳的电流噪声突然从接收装置里响起！

沙沙声，刺啦声，混乱得仿佛来自无垠的宇宙，又像一只巨大的怪物濒死的鼻息。

房间里所有人都屏住了呼吸，直到二十几秒过去。

“嘀。”

“嘀嘀。”

“嘀，嘀——”

电报声响起，发报员的身躯整个颤了颤，几乎是扑在工作台上，迅速记录。

五分钟后，中将问：“他们说了什么？”

发报员脸色苍白，嘴唇颤抖，他看着那张记录信号的纸张，道：“他们说……地下城基地……遭遇异种联合入侵，损失惨重，正在……抵抗，正在抢修磁极。”

“弹药储备已经不足五分之一……热核武器储备耗尽，兵员不足，请求……”他咬了咬牙，道，“请求支援。”

一片沉默。

沉默往往意味着正面临至关重要的抉择。

救，或不救。

“还能联系到地下城基地吗？”有声音打破了这沉默。

“没有回信了。”

“第一会议室的会开完了。现有资源下，若保证全城生存，能够维持三到十天。”

“不保证全城生存呢？”

“只保证双子塔与伊甸园资源供应，维持十五到三十天，未考虑气候因素。”

“极端情况下核心人员转移进入伊甸园地下避难所，可考虑长期生存。”

“还有一点希望。”

又是沉默。

终于，有人道：“救不救？”

中将的目光在房间内环视一圈。安折听了召集开会的广播，他知道此时这个房间里全是指挥处、参谋部以及作战中心的最高级别军官，不同于在第一会议室开会的那些后勤与城防人员，他们全是要上前线的。

只不过，连安折都知道，这次的前线会是怎样一个危险的地方。什么东西会让设施最完善的人类基地濒临沦陷，甚至连人造磁极都无法守住？

或许等援军到达那里，那里已经成为一座死城。或许还没有到达目的地，队伍就在风暴中坠机，坠落在大地上或者太平洋里。再或者，北方基地用自己的军备储存帮助了地下城基地，以至于下一次异种联合攻击这里时，失去反抗的能力。

长久的静默里，安折听见身边的陆沨道：“我去。”

中将看着他，良久。

“你是最好的人选。”他道。

安折看着陆沨，他知道中将为什么说陆沨是最好的人选。

在同一片大陆的不同区域，怪物和怪物之间尚且存在巨大的差异，而北方基地和地下城基地整整隔了一个太平洋，那里的怪物习性与战斗方式可能是完全未知的。

谁能最大限度适应这种未知？

——常去深渊的人。深渊的怪物混乱又疯狂，几乎所有变异的模式在它们身上都有迹可循。

这时另一名军官道：“我擅长指挥大型联合作战，申请前往。”

“AR137 的队长，”陆沨道，“通信员，请询问他是否自愿前往。”

“哈伯德先生同意前往。”

散会了，离开这里时，中将叫住了陆沨。

“审判庭的工作由谁来承担？”

“我的副官。”

“他可以吗？”

“可以。”

出去后，瑟兰走过来，审判庭的工作区域就在这栋大楼里，他低声道：“上校。”

陆沨淡淡应了一声。

暗淡的灯光下，瑟兰的眼眶有些发红。陆沨离开了，他还有很多事情要准备。

瑟兰让他留在审判庭的办公室里休息。中途安折借口出去，他爬上13楼，D1344门口还亮着灯，里面有研究员的说话声。他们说，时间紧迫——正因为时间紧迫，所有研究都要争分夺秒完成。安折低下头，他身为蘑菇的身体过于脆弱和柔软，终究无法贸然闯进。他回到了一楼大厅。

大厅里人来人往，瑟兰来到了他身边。安折没有说话，他静静目睹着这一切发生。繁忙的来回走动的人群，不断响起的广播，明灭的灯光与时断时续的电流供应。这一切都发生得很快，人类的命运像天空的极光一样变幻无常。

夜晚11点，装备中心消息，任务已完成。

夜晚12点，后勤供给处消息，任务已完成。

凌晨1点，PL1109检修完毕，战机编队启航。

沉闷的轰隆声响从远方传来，地面指挥需要开阔的视野，隔离墙升起来，炽热的射线和狂风扑面而来，所有人后退到大厅深处的安全区域。远方一排光芒遥遥亮起，安折努力往那边看，机翼、机首的灯光勾勒出战机巨大的轮廓，三架PL1109战机以及一整个飞行编队平稳行驶而来。

PL1109，安折知道它。人类科技的杰作，全辐射屏蔽外壳，无须磁场指引的独立巡航系统，人类对于将要到来的灾难早有预言与准备，只是没有人知道这预言与准备效果究竟如何。

而他也终于知道基地的路面为何全部修缮得如此平滑、坚固、宽阔。与城市中心紧紧相连的军事基地，巨大的缓冲带，随处可见的停机坪、跑道……一百年前的人们倾其所有打造了它。这一切不是为了美观或规整，而是因为这座人类基地的主城的一切都是为了应对可能到来的战争，

另一道闸门打开，几个身穿黑色作战服的军官走了出来。

在几个人中间，安折一眼就看到了陆沨——这人的身形挺拔削直，线条干净利落，不同于审判者的制服那种高高在上的优雅与冰冷，虽然形制相似，但作战服显得随性一些，这放大了他身上那种坏东西的特质。

但安折今晚不打算称他为坏东西，陆沨是个很好的人类。

陆沨朝他走了过来，臂弯里搭着他原本的审判庭制服外套，瑟兰接了过来。

“跟着瑟兰，别乱跑。”陆沨看着安折，道。

他又对瑟兰道：“看好他。”

明明是很简单的几个字，安折却觉得从里面听出了威胁的意思，好像他一旦乱跑，就会遭到惩罚一样。

他蹙了蹙眉，抬头看着这人。

陆沨伸手胡乱揉了揉安折的头发。

他的目光不像平时那样冷漠或恶劣，安折甚至觉得这眼神有点柔和。

这个人打定主意要去地球另一端的地下城基地了。安折觉得自己该说些什么，譬如让他注意安全或照顾好自己之类的话。

他张了张嘴，又觉得上校大概习惯了这样的生活，他好像能处理好一切事情，无须叮嘱。

最终，安折只道：“……我今晚煮了蘑菇汤。”

再好的保温壶，放到现在，汤也不如滚烫的时候好吃了。

陆沨眼里笑意淡淡。

“谢谢。”他道，“回来再给我做。”

那双眼睛——夏夜丛林最深处的萤火微光那样色泽的眼睛，看着安折。

他似乎微微俯身，有一个瞬间，安折觉得陆沨想要靠近他，但那种感觉稍纵即逝。

“可能回不来。”陆沨声音微哑，道，“照顾好自己。”

安折“嗯”了一声，他看着陆沨转身，头也不回地离开这里，走入临时搭建的登机廊桥。

这是第几次看着陆沨的背影远去，他记不清了。他不知道这个人为什么总是能够一直往前走，他可以毫不犹豫地对同胞开枪，也能随时牺牲自己的生命。

外面，沙尘暴随着大风一同到来，夜色掩盖了它们，使得飞舞的尘灰与沙砾像无边无际的夜雾——就在这苍茫的夜色与月色里，发动机的嗡鸣声响起，通体漆黑的 PL1109 战机平稳起航。

它展开的翼翅像一只巨大的飞鸟，在安折视线里越来越远，越来越高，越来越小，化成一个微不可见的黑点，最后消失在那道横亘天际的灿烂银河中。

一声遥远的轰响，是音爆声，战机再次加速。

安折彻底找不到它了。

所有人都抬头望着无垠的夜空，大厅里，一片肃穆的沉默。良久，人们才各自散去。

安折仍然站在那里，轻轻的脚步声在他身后响起。是瑟兰。

“我有时会想，上校为什么会选择我作为接任者，他认为一个审判者应该具有什么样的特质和准则。”瑟兰道，“现在我想，和人们所以为的相反，不是冷酷，而是仁慈。”

“人类利益高于一切，不是对一个人的仁慈，而是对人类整体命运的仁慈，这才是永不动摇的信念的来源。”瑟兰的声音很轻，也微哑，“我衷心希望一百年后的人们不必面对我们现在面对的一切，如果那时候还有人类存在。”

安折没有说话，他仰头望着繁星遍布的夜空—— 一片无边无际的灿烂汪洋。

瑟兰将军装外套披在他的身上。

“等极光再亮的时候，上校就回来了。”

第 27 章
“那你们的关系很复杂。”

虽然错误，仍然正确。

审判庭工作大厅与训练区域相连的走廊侧面墙壁上，一面写着“人类利益高于一切”，另一面写着这样一句话。

这句话的下方是一排银色相框，迎面而来的第一个相框是空白的，再往前走，第二个相框里是一张黑白照片，是一位眉目英挺端正、年约三十的军官。他身着审判者制服，相框下的墙壁上镌刻着他的生卒年月，享年三十六岁，死于七年前。

下一个相框，仍是一张黑白照片与生卒年月。安折往前走，接下来的照片与生卒年月都类似，他们生活的年代逐渐前移。于是安折知道了这是历任审判者的留影，而最外面那张空白的相框毫无疑问是留给陆沨的。

想到这里，安折微微顿住了脚步，一种难以形容的重量压在他的心脏上方，如果可以，他希望陆沨的照片不要那么快就被挂上——就如同今晚，陆沨登机的那一刻，他希望这个人能留下来，留在安全的地方。

但是陆沨有他的选择。

跟着瑟兰，他继续往前走，照片长廊的尽头出现了一个奇异的场景。

灰白色的墙壁上有一块长方形的区域偏白，和相框一样大小。白色区域的四角有钉痕，看起来这个地方曾经也有一个相框，但被人取下来了。而在其下方，原本印绘姓名与生卒年月的地方像是被刮去，只留下一些斑驳的痕迹。安折努力辨认，只能看出这是一串以大写 P 开头的字母。

瑟兰见他在这里驻足，解释道：“据说这是第一任审判者和提出《审判者法案》、建立审判制度的人。”

安折问：“他的照片被拿掉了吗？”

“嗯。”瑟兰说，“他最后对审判者制度的合理性产生怀疑，背叛了基地。”

安折点了点头，人类的心思难以琢磨，他没有追问。

瑟兰将他安顿在一间休息室里。地磁消失，一切都陷入混乱，后勤部门和应急反应部门想必一片兵荒马乱，而基地的其他居民人心惶惶，只能先睡下，等待军方接下来的避难安排。

楼上脚步声杂沓，隔壁，瑟兰在和人通话，像是在安排审判庭的后续工作。

漆黑的房间里，看不到外面，安折只能听到自己的心跳声。莫名其妙地，像是有奇异的感应，他抬起头，望着黑暗的深处，那种感觉难以形容——他好像感受到一种浩大的波动。他、瑟兰，所有人，整个人类基地以及这个世界上所有的一切，都是那个难以描述的波动中微不足道的一部分，随着它的波动震颤、变化，振荡出细微的涟漪。幼崽们的课本里有个词叫“命运的洪流”，他觉得很贴切，唯一不贴切的地方是，那种波动好像真实存在于整个世界的周围，并不是虚无的比喻或想象。

就在这时，他的通信器响了，是博士的通话。

博士问他：“陆沨起飞了，你在哪里？”

安折如实告诉了他。

“安全就好。”博士道，“我刚开完灯塔的应急会议，先回实验室休息一晚。你也好好休息。”

安折：“好的。”

博士似乎在爬楼梯，过了一会儿，他才又道：“我在想司南上午的表现。他提醒莉莉回伊甸园，难道预知了磁场的消失吗？不同物种的感知器官不同，某些生物对磁场有感应。”

安折说：“可能吧。”

想了想，他又道：“但是好远。”

他当然知道每个物种都不一样，深渊里，有的怪物听觉极其敏锐，有的能嗅到上千米外猎物的气息。但如果说司南在北方基地感应到了地球另一端的地下城基地正在遭受异种的入侵，这好像有点说不通，异种之间又没有长波通信的能力。

博士没有回复他，对面只传来不均匀的呼吸声，安折想，他或许在走路。

但三分钟后，博士仍然没有回复，只是呼吸声越发急促。这声音响在黑暗里，没来由地有点令人不安。

安折问：“博士？”

仍然没有回音。

安折蹙眉，就在这时，他听见对面博士的语速极快：“让瑟兰接电话。”

安折迅速走出休息室，瑟兰接了通信，喊了一声“博士”后，眉头紧锁，迅速说了一句：“我马上过去。”

——紧接着，他拿起桌上的枪，叫了几个人，大步往外走去！

安折看了一眼他去的方向，选择跟上。但那些人的速度太快了，他爬楼梯的速度太慢，迟了一步。

等他来到博士实验室所在的那条走廊时，就听见深处传来一声枪响，随即是躯体倒地的声音。

博士就站在走廊的中央，安折走到他身边。

“我……远远看见他走路姿势不太对。”博士大口喘着气，瞳孔微微扩大，脸色苍白，一副惊魂未定的模样。安折往前看，只见瑟兰刚刚收起枪，倒在地上的那个人赫然是博士的助理，这个人今天下午还和博士一起工作，帮他反复核查司南的录像视频。

瑟兰对博士道：“确认感染。是实验暴露吗？”

感染？

安折立即想到了这个地方唯一的感染源——司南。

“不可能。”博士道，“他没有打开玻璃罩的权限，接触不到异种。”

瑟兰道：“我进去看一下。”

“不，”博士的声音陡然拔高，“别过去。”

瑟兰停下脚步，看向博士。

“你记不记得我曾经说过，假如有一天，我们根本不用接触异种，就会被感染？”博士声音颤抖，道，“太反常了……得做好最坏的打算。”

瑟兰蹙眉：“怎样佐证您的观点？”

“没有办法佐证。”博士摇了摇头，“但是，你们也知道，把怪物的组织液注入实验动物的尾部，同时，在动物的头部就能够观测到基因的改变。那些组织液根本没有参与体液循环，动物的全身基因就已经发生变化。既然这种事情都能发生，那么不接触怪物而产生感染为什么不能发生？”

说到这里，他全身忽然颤抖了一下。

“瑟兰，”他声音完全哑了，道，“楼下，楼下全是活体异种样本，那里至少有一百个工作人员。”

瑟兰神情凝重：“我马上下去。”

“保护好自己。”博士道，“射程范围内，离那里所有活的东西越远越好。”

他没有说异种，也没有说人类，而是说“活的东西”。

瑟兰点了点头，他们动作极快，分散下楼。

寂静的走廊里，只剩下安折和博士两个人。

博士似乎脱力，靠在冰冷的墙壁上，安折扶了一下他。

静默里，博士忽然开口。

“你不怕吗？”

安折摇了摇头。

博士看着他。

“你身上好像有一种……这个时代的人们没有的东西。”博士说。

安折没有说话，静静听他继续说。

他的眼神久久停留在安折身上，然后他轻轻喘了一口气，嘴唇微微颤抖一下，像是获得了什么非凡的灵感，然后他开口：“你天真得……好像是个旁观者。”

他道：“大家都活在恐惧里，但你很平静，和所有人都格格不入。”

说到这里，他似乎笑了笑：“我知道陆沨为什么喜欢和你在一起了。”

安折看着博士，博士年轻的面庞上透露出淡淡的憔悴，他好像有点累了。安折开口道：“我有什么能帮到您的吗？”

“谢谢你。”博士看着他的眼睛，尾音微颤，“你……安全地活着，就可以了。”

安折想了想，道：“我会努力的。”

他没再说话，走廊里回荡着博士的自言自语：“没有肢体接触，也没有空气传播，那种事情真的会发生吗？”

没有人回答他。

但是，楼下清晰地传来了一声枪响。

随即是第二声。

第三声。

声音不停，在楼体内久久回荡。

随着一声又一声枪响，人类用于解释这个世界的理论体系彻底宣告崩溃。

博士的手握紧了安折的胳膊，他的手指在颤抖。

“……为什么？”

*

枪声停了，楼下零零散散地走上来几个人，瑟兰殿后。

“这些是没有被感染的？”

瑟兰回答：“是。”

安折听博士询问这些幸存者今天的行踪，饮食、饮水和呼吸，结果都没有问题，全都是灯塔统一供应，就连空气都是通风系统送来的，假如其中任何一个有问题，整个灯塔就会沦陷。但他们有个共同点，从磁场消失到现在的这段时间里，他们全都没有近距离接触过实验样本，有的一直在办公室整理数据，有的去别的楼层参加会议，刚刚回来——譬如纪博士本人。

而被感染的工作人员也有一个共同点，他们全都是近距离接触过异种的人——这种接触并不是真正的接触，而是与怪物或异种在空间上的距离较近。譬如一位研究员的助理，他整个下午都在小办公室里埋头撰写代码，拟合某种数据模型，却仍然被判定已经发生基因感染——唯一可疑之处是，在与他一墙之隔的实验室里圈养着两只爬行类怪物。

瑟兰请示了军方，以异种研究中心所在那一层为轴心，上下三层全部要进行封闭式清查，并禁止一切人员进入。

“水源、食物、空气，都可能是感染的来源。”审判庭的休息室里，安折和博士共处一室，博士对着白墙壁自言自语，“如果是这样就好了，但偏偏不是。”

“是辐射吗？”他又道，“假如每个怪物都是一个辐射源，最开始，辐射很弱，只有重伤者才会感染，到后来即使是轻伤者也会发生感染，然后辐射强度逐渐变强……只要待在怪物的身边，基因就会因为辐射产生瞬间的改变。”

安折觉得他说得很有道理，但下一刻他就看见博士将脸埋在手掌间，深深喘了一口气，一个几近崩溃的姿态：“但我们的仪器捕捉不到。”

安折觉得博士快疯了。设身处地，他明白博士发疯的根源。

那些研究——关于怪物的研究，让研究人员痛苦的不是它多么复杂或者需要多少资源、多么危险，而是直到现在他们都不知道自己究竟在面对什么。像是走在一片黑暗里的人，连最后一根拐杖都失去了，他知道悬崖在不远处，可是不知道自己究竟什么时候会一脚踏空。

他看见博士缓缓抬起头，他碧蓝的瞳仁微微涣散，面部肌束颤动，那是一种绝望的恐惧和惊怖，像是面对着什么巨大、恐怖、无法形容的存在——他面前是空无一物的白色墙壁，世界上最可怕的东西是未知之物。

安折倒了一杯水给他，博士喝了下去，勉强笑了笑。

“谢谢，”他道，“基地的水供应不知道还能维持多少天。”

博士没有说错。从极光消失的这一晚开始，整个基地都进入了紧急避难状态。外面是太阳风和辐射，没有人能离开建筑，但是外面的热度透过厚重的墙体传了过来，房间内的温度至少到了 30 摄氏度以上，没有温控措施，室内干燥得可怕，电力仅仅用来维持基础设备运转。每天上午 8 点和晚上 8 点，基地定时为每人发放一块压缩饼干或一包营养冲剂，配一瓶饮用水。

三天后，只有上午会发放一瓶水。

而这个地方是双子塔，军方指挥中心和科研人员所在的地方。安折有时候会想，双子塔的资源供应已经紧缩到了这种地步，外面的普通居民楼会怎么样?

“1109 战机从北方基地飞到地下城基地需要十二个小时，返航同样需要十二个小时。一百二十个小时过去了，我们还没有得到任何消息。”博士一边用纸笔演算一些复杂的公式，一边对他道：“我在情感上相信陆沨，但现在我们要做最坏的打算。”

五天后，营养冲剂也没有了。

电梯停运，安折悄悄溜出审判庭，爬上楼梯的时候，至少遇见三对情侣在角落里接吻——或许也不是情侣，但至少他们现在难舍难分。

“我虽行过死荫的幽谷，也不怕遭害。”

“因为你与我同在。你的杖，你的杆，都安慰我。”

“我一生一世必有恩惠、慈爱长久相伴。”

“我且要住在耶和华的殿中，直到永远。”

他在 13 楼路过一间会议室，里面十几个白人军官与研究员正在聚众朗诵《圣经》，里面至少有一半的人鼻孔里塞着纸巾，高温和干燥令人类很容易流鼻血。

其实高温和干燥更加不适合蘑菇的生存，安折这几天来从没有睡好过，他有时感到自己在命运的洪流中起起伏伏，有时又感觉正被摊在阳光下，即将被烤干。好不容易醒来，又会感到很饥饿。

但他可以等，没关系。就在今天早上，博士还说他：“虽然情况越来越糟，但你好像越来越冷静了。”

安折确实并不惶恐，他是一个冷静的蘑菇，这五天来他安静地待在双子塔里，和博士以及瑟兰同进同出，不少人都眼熟了他。

他观察监控摄像头里代表工作状态的暗红光芒，也竖起耳朵听着每一次广播。

就在昨天，那光芒暗下去了。

而就在今天早上，博士接到通知，由于能源不足，一切研究活动终止。

安折轻轻地深呼吸一下，站在 D1344 实验室门前。门里寂静无声，连机器运转的嘀嘀声都停了，他终于等到那些研究员离开。

实验室的门是紧闭的，门口的感应器闪烁着微弱的光芒。

下一秒，他拿出了陆沨的 ID 卡。

*

地下城。

空旷的地面上，矗立着人造磁极的上半部分。在一片黄沙色的土地上，它像座宏伟的墓碑。

这个地方地理位置绝佳，四面各有高大的山脉挡住风暴与寒流，中间是一马平川的原野，地质构造稳定、坚固，足以支撑不可思议的地下工事的建造。这座地下城市的面积和容量可以媲美人类巅峰时期的大都市。

最初，人类四个基地初具雏形的时候，有人预言，如果人类有抵挡不住的那天，那么地下城基地一定是最后倒下的那个。

然而现在，这片开阔的平原上遍地血迹。有怪物的、异种的、人类的，血迹上是残肢、断手，与重武器的残骸。

一架黑色战机飞快贴地掠过，投下数颗大当量炸弹，沉闷的爆炸声响起，怪物的嚎叫声震耳欲聋，但很快淹没在滚滚的烟尘里。

战机拔高，在上空平稳盘旋，陆沨手中拿着一副对讲机，道："地面怪物已肃清。"

他身边是哈伯德，这位外城的传奇佣兵队长看着不远处地下城的通道入口，道："里面很难办。"

陆沨也望着那里，他没说话，默认了哈伯德的观点。这几天来他与这位队长协同指挥空中作战，已经建立了足够的默契——更何况他们原本就是最深入深渊前线的那类人，没有人比他们更了解那些东西的习性与杀伤力。

地下城易守难攻，是一个足够安全和强大的堡垒，并且天然具有防止辐射的优势。然而它的结构也注定了一点，一旦被异种攻破，里面必然是一片狼藉、混乱。

而现在它已经被攻破了。

"他们最缺的是火力，出生率跟不上，兵员不够，只能加大军备消耗。提前透支太多，现在就没办法有效地防守。"哈伯德鹰隼一样的眼眸微微眯起，"我们带的东西够多，来得也及时，还有胜算。"

就在这时，对讲机里传来声音。

"地下城感谢你们的慷慨支援，"接线员的声音颤抖，"但是，出于人道主义的原则，我们必须告知北方基地的同胞：目前基地内部已经观察到无接触感染的情况，随时随地都会有不可预测的感染发生——"

"北方基地收到，"陆沨直接打断了接线员的话，"请准备地面接应。"

哈伯德蹙紧了眉头。

陆沨道："飞行编队暂时悬停，我带人下去。"

"我去吧。"哈伯德道，"听他的话，里面比我们想的更危险，下去就回不来。"

"你没有这种义务。"

"但我没什么牵挂。"

陆沨语调淡淡："我也没有。"

哈伯德却笑了笑，反问："你没有吗？"

陆沨和他对视，冷绿色的眼里看不出任何感情，但这次他没有说话。

"你有时候会看着舷窗，一看就是很久。"哈伯德道。

"我留了一个人在基地，"陆沨抱臂倚在舷窗前，"他脖子上挂着一枚我杀人用过的弹壳。"

"你杀了他什么人？"

陆沨没有回答。

"这么说，他和你有仇。"哈伯德说着，却仿佛想起了什么，"我遇见过一个男孩拿着一枚你的弹壳，问我知不知道它的来源。"

陆沨勾了勾唇。

哈伯德道："那你们的关系很复杂。"

"可能吧。"陆沨向外走去，"我和所有人的关系都很复杂。"

他嗓音冷淡，对领航员道："准备滑行。"

这次哈伯德没有阻拦，他望着陆沨的背影，若有所思。

——在西方天际巨大的血红色的夕阳映照下，飞行编队落地，舱门打开，陆沨走下 PL1109，去往那座绵延在地下的血泊中的城市。

*

北方基地。

即将把 ID 卡贴在感应器上的那一刻，安折听见了背后的脚步声，他转头，是例行巡逻的士兵，由一名面熟的审判官带队。

那名审判官看见他，道："你怎么在这里？"

安折微垂下眼："帮纪博士拿东西。"

"博士还在做研究吗？"审判官道。

安折轻轻"嗯"了一声，没再说话，那名审判官并没有问别的，而是道："早点回去，今天军方有事。"

安折道："谢谢您。"

他们走过去了，安折深吸一口气，将ID卡贴在了感应器上，所幸门禁系统还没关闭，咔嗒一声，门锁打开。

安折推门进去，门轴因摩擦而发出吱呀声，他走进去后就立即把门关上了。昏暗的灯光下，巨大的仪器黑影憧憧，而在房间最中央，圆柱形的玻璃箱静静伫立着。玻璃箱下方的一缕幽光照亮了它，一簇小气泡正从地下冒出来，浮到上面去。

安折屏住了呼吸，在打开门之前他做好了最坏的准备——被抓住，孢子已经被转移，实验室里有别人……在这一刻，他心脏都完全停跳了。

——直到他的目光穿过玻璃水箱，穿过淡绿色的培养液，看见中央孤孤单单悬浮着的白色的一小团。

安折的呼吸颤了颤，他的嘴唇翘了起来，心脏重重跳了几下，他想立刻扑过去，却因为情绪的过度波动而几乎不能动弹。

那雪白的一团小东西，在暗淡灯光下的液体里，仿佛在深海底游荡。安折眼睛一眨不眨地看着它。

就在这时，他看见孢子原本静静悬浮的姿态顿了顿，然后菌丝猛地舒展开了，或者用炸开来形容比较恰当。

然后，它用一种绝对算不上慢的速度向他的方向漂过来，然后突然顿在玻璃墙那边，像是撞到了。

安折三步并作两步来到玻璃水箱前，手掌贴上去，整个人都贴了上去。

他的孢子也紧紧贴在玻璃壁上，菌丝不安地隔着一层玻璃触碰着他，那动作明显是想要离他更近一点。

安折忍不住笑了笑，陆沨在旁边的时候，这团孢子好像没看到他一样，现在这个时候，倒是认出他了。他不舍得眨一下眼睛，看孢子把纤细脆弱的菌丝朝自己这边伸过来，却又碍于玻璃的阻挡，只能更加努力地贴过来，几乎在水箱内侧贴成了一张白色的小薄饼，每一根菌丝都在强调它多么想靠近安折。

安折靠着它，一种久违的安逸将他包围了，但又隔着一层打不破的膜。

他得把它从水箱里救出来。安折艰难地把自己从水箱上撕下来，来到侧面，那里是一个操作台。根据人类机器的普遍规则，他试着按下那个最大的圆钮，操作台的屏幕果然亮了亮，一旁的卡槽处亮起指示灯，他再次刷了陆沨的卡，指示灯变绿，这个人的权限在整个基地简直畅通无阻。

但紧接着，面对那些形状一模一样，上面只标着一些复杂符号的按钮，安折陷入了茫然。

怎样才能把水箱打开？

他的手指在操作台上游移不定，终于他横下心来，按下最中央的一个按钮。

三秒钟后，水箱里的水波动起来，孢子无助地被水流冲到这里，又冲到那里，最后在水箱中央打着旋儿。看着那无助转圈的一小团，安折感到自己的脑袋也天旋地转，他揪着心按下第一个按钮。

下一刻，红色的激光在水箱最顶端亮了起来，连站在旁边的安折都感受到了热度，孢子的菌丝炸了一下，然后无力地垂落，仿佛下一秒就要被烤干，过一会儿，再炸一下。

安折怀疑它正在无声尖叫。他难过得蹙起了眉——孢子在人类实验室里每天受到的就是这种折磨吗？但他来不及思考别的，又按了一个按钮。

红光变成了一下又一下的脉冲光，孢子无助地炸了一次又一次。

安折迅速按了远处一个按钮，这次红光消失了，他松了一口气。然而下一刻，嗡鸣声响起，蓝色的离子火花在水箱里猛地亮了，随后，水面开始微微震颤——孢子也像发疯一样在水里颤动着。

安折：“！”

他给水里通电了。

他手忙脚乱，按了一个又一个，终于，一声震响，淡绿色培养液被缓缓地从容器里排除，安折按下它旁边的一个按钮，咔嗒，水箱最上方的盖子打开了。

水箱太高，他搬来椅子，站在上面，终于将手伸进了水箱的顶部。

然而此时培养液已经被排出了一大半，孢子没办法浮到这个高度了。

然后安折就看见孢子贴在玻璃壁上，沿着玻璃壁慢吞吞地往上爬，边爬边往下滑，滑一段，继续往上爬。

这团小东西还没有完全成熟，就继承了他自由活动的能力。安折伸出手，他的手臂和手指化成漫卷的雪白菌丝，沿着容器内壁向下，与孢子相触。

那一刻像电流贯通了他的全身，脱胎换骨一样，他拿回了自己的一部分，一定有一种奇异的波动包围了他。

托着那一团，他小心地将它捞出来，孢子所有散落在外的菌丝都乖巧地收起来了，在他的菌丝间打了个滚。

安折弯起眼睛笑着看它，他的菌丝接上了它的，小心地将它纳入自己的身体，孢子的身体也彻底舒展开，融入他的身体。一种雀跃的情绪传递到安折脑海里，它终于回到了该待的地方，人类的培养液无济于事，只有在成体的营养下它才会继续长大，直到成熟。

这次没有坏东西再把它挖走了，虽然不知道孢子为什么会主动去靠近那个家伙。

其实那天孢子没有靠近他是一件好事，一旦它表现出靠近自己的倾向，立刻就会被研究人员观察到，继而他的身份必然会被怀疑。于是安折单方面认定自己的孢子具有非同一般的聪明才智。

随着孢子的回归，他身体里那个空洞终于被重新填满，所有不安的东西在那一刹那尘埃落定，那是一种没有办法形容的感觉，像是重获新生。安折走到窗前，按下按钮，升起金属板。

刺眼的光线照进来，他眯了眯眼睛。

外面，风沙的尽头，金色的晨曦中，一轮灿烂的红日喷薄而出。

安折缓缓转头，回望这个银白色的实验室，机器与机器并排放置，电线与电线根根分明，物品柜上的试管架摆得格外整齐，从这一个实验室，他能想象整个基地的样子。

这是人类的基地，过去、现在、未来都和他没有关系。

他的手扣着窗沿，指节泛白发力，推开了透明的三层玻璃窗。

窗户开了道一指宽的缝，灼热的风裹挟着沙砾扑面而来，随之而来的还有手指的刺痛，外面的风和空气里遍布来自宇宙的强辐射。那浩大的波动内含无数微小的涟漪，他好像听见深渊在召唤他回去。

他可以走了，离开这里，去外面，回到深渊。外面同样残酷，不知道能不能活下来，但他找回了孢子，已经什么都不怕了。

……他什么都不怕了。

安折将左手轻轻按着自己的腹部，额头抵住窗沿，闭上眼睛，整个人忽然微微颤抖。

他扣住窗沿的右手收回，向相反的地方使力，轻轻一下，“嘭”的一声，窗子再度合上，紧接着合上的是防辐射的金属层。他喘了几口气，额头贴在金属板上，手指在身侧缓缓收拢，像是做下了什么难以做出的抉择。

随着辐射被隔绝在外，他身上的刺痛感也渐渐消退，就像那天晚上陆沨抱着他，用他的身体挡住了他，滚离了那片有辐射的区域。其实换成别的任何人，陆沨都会那样做，但正是因为这样，那一幕才让他记忆深刻，就像他对陆沨每一次离开的身影都记忆犹新一样。

安折走出了实验室，此时正有两个士兵从走廊里经过，方才巡逻的那队士兵已经走远了，现在是别的人。

安折与他们目光相接，他抿唇笑了一下作为招呼，转身朝楼梯间走去。

昏暗的楼梯间里，只能听见他自己的心跳声，一下又一下鼓荡着，比平时快一些，人类的心脏在感到恐惧的时候会跳动得更快，但到底在恐惧什么，他也不知道。

瞒不久的，他知道。一旦秩序恢复，研究重新开始，人类重要的实验室丢了东西，一定能查出来龙去脉。他必须走，越早越好。

但他又控制不住地从衬衫口袋里拿出一样有棱角的温凉的东西，那是陆沨外套上别着的徽章，被他摘下来了。

他将那东西握在手中，想，等极光亮起，听到 PL1109 返航的消息，他再走——如果有这一天的话。

这座城市没什么好的，只有土豆汤还算不错。

要不是——要不是他的孢子总想靠近陆沨，他早就走了。

图书在版编目（CIP）数据

小蘑菇. 审判日 / 一十四洲著. -- 北京：北京联合出版公司，2020.7（2024.12 重印）

ISBN 978-7-5596-4232-5

Ⅰ. ①小… Ⅱ. ①一… Ⅲ. ①幻想小说 – 中国 – 当代 Ⅳ. ① I247.5

中国版本图书馆 CIP 数据核字（2020）第 080335 号

小蘑菇. 审判日

作　　者：一十四洲
出 品 人：赵红仕
责任编辑：管　文
特约编辑：丛龙艳
产品经理：穆　晨
内文排版：杨莉芳

北京联合出版公司出版
（北京市西城区德外大街 83 号楼 9 层 100088）
北京联合天畅文化传播公司发行
天津中印联印务有限公司印刷　新华书店经销
字数 293 千字　710 毫米 ×1000 毫米　1/16　20 印张
2020 年 7 月第 1 版　2024 年 12 月第 54 次印刷
ISBN 978-7-5596-4232-5
定价：49.80 元